书香国土·智慧人生

——国土资源系统读书大赛（2014—2016）
优秀作品集

陈国栋　主编

海洋出版社

2017 年·北京

图书在版编目（CIP）数据

书香国土·智慧人生：国土资源系统读书大赛（2014—2016）优秀作品集/陈国栋主编. —北京：海洋出版社，2017.1

ISBN 978-7-5027-9686-0

Ⅰ.①书… Ⅱ.①陈… Ⅲ.①读后感-作品集-中国-当代 Ⅳ.①I267

中国版本图书馆 CIP 数据核字（2017）第 018601 号

责任编辑：鹿 源

责任印制：赵麟苏

海洋出版社 出版发行

http：//www.oceanpress.com.cn

北京市海淀区大慧寺路 8 号 邮编：100081

北京朝阳印刷厂有限责任公司印刷 新华书店发行所经销

2017 年 4 月第 1 版 2017 年 4 月北京第 1 次印刷

开本：787mm×1092mm 1/16 印张：18.75

字数：330 千字 定价：45.00 元

发行部：62132549 邮购部：68038093 总编室：62114335

书香国土·智慧人生

——国土资源系统读书大赛（2014—2016）优秀作品集

主　　编：陈国栋

副 主 编：李彦普　梁成斌

执行主编：徐　峙

编　　委：武玉强　李乐才　任　成

王诒卿　陈琼枝

让书香洒满大地

陈国栋

2014 年 10 月 15 日，习近平总书记在文艺工作座谈会上的讲话中指出："社会主义文艺，从本质上讲，就是人民的文艺。"

文艺为了人民，团结、发动广大人民群众参与文艺，把人民作为文艺审美的鉴赏家和评判者，把为人民服务作为文艺工作者的天职，是习近平总书记为文艺发展指明的方向。而阅读，无疑是这其中一种重要的参与形式。

据第 13 次全国国民阅读调查报告数据显示，2015 年成年国民人均纸质图书阅读量为 4.58 本，美国是 7 本左右，日本是 8 本左右，韩国是 11 本左右。相比较而言，中国国民阅读量远远低于其他国家。在社会经济蓬勃发展、人民物质生活得到极大富足的当下，如何用文艺丰富人民的精神世界，建设书香社会、阅读型社会，已经成为了颇具社会热度、亟待解决的社会性问题。

正是在这种时代需要的背景下，在国土资源部直属机关党委的支持下，中国国土资源报社、中国国土资源作家协会自 2012 年起，立足于本系统文化建设需要，面向全社会，开展了以"书香国土·智慧人生"为主题的国土资源系统读书大赛，迄今为止已成功举办了四届。从山东泰安迈出第一步开始，临沂、商丘、安丘，一步一个脚印，扎扎实实地将"书香国土·智慧人生"做成了享誉系统内外的优秀文化品牌。

回首四届读书大赛的举办历程，得到了国土资源系统内外的广大读者的大力支持与广泛参与。经过统计，共有三千余篇作品参与了历届读书大赛，评出各类奖项二百二十二个。这些参赛者，涵盖了各行各业、各个年龄段，既有耄耋老者，也有稚嫩学子，既有乡野村人，也有教授学者，既有国土资源系统内的普通职工，也有社会上已得到广泛认可的知名作家。在我看来，这是件十分让人感动、也让人振奋的事，因为这个事实代表了，建设书香社会已经取得了丰硕的成果，阅读正成为人们生活的一部分，影响、改变着人们的精神面貌。

而在举办过程中，大赛组委会始终秉持着公平、公正、公开的原则，组织专家进行专业、严谨、细致的初评、终评工作，保证了大赛获奖作品的高质量。可以说，历届读书大赛的获奖作品，从深度和广度上，都达到了令人满意的水准，既有从平凡的生活与人生经历中感悟的读书体验，也有在阅读文学作品后品尝到的人性百态，正契合了“书香国土·智慧人生”的双重主题。

为了传承和弘扬国土资源系统广大干部职工爱读书、悦读书的优良传统，让书香洒满大地，中国国土资源报社、中国国土资源作家协会在首届读书大赛获奖作品集于2013年出版之后，再次将第二、三、四届大赛的一、二、三等奖作品全部收录出版，呈献给广大读者。书中68篇文章，既是过去三届读书大赛成果的集中展示，又在一定程度上代表了国土资源系统干部职工的阅读水平，可谓是一场难得的“精神盛宴”，必不会辜负广大读者的热情期待。

目　录

“临沂国土杯”第二届国土资源系统读书大赛优秀作品

“商丘杯”第三届国土资源系统读书大赛优秀作品

"景芝杯"第四届国土资源系统读书大赛优秀作品

“临沂国土杯”
第二届国土资源系统读书大赛
优秀作品

"临沂国土杯"第二届国土资源系统读书大赛获奖作品名单

一等奖（2名）

吴文峰　多读古书开眼界

夏　明　读《旧制度与大革命》有感

二等奖（5名）

方鸿惟　寻找回家的路——读高洪雷《另一半中国史》有感

崔　瑛　理论与现实——《马克思为什么是对的》读后感

何正坤　是谁打造了诺亚方向——读姚鄂梅长篇小说《西门坡》

孙大顺　英雄——黄国荣小说《碑》读后感

李建勤　苦难的童年是人生的一笔财富

三等奖（15名）

刘会然　一书的温暖

李文凯　高向蓝天的致辞——读史铁生《我与地坛》

刘宏伟　我的"忏悔录"

黄河清　父女俩的悦读生活

刘玉福　平衡 生态 进取——《狼图腾》带给我的感悟和思考

张　陟　做官先做人 为政德为先——读《领导干部从政道德启示录》有感

尹金龙　乡土社会的变迁及民间法的命运——《乡土中国》读书笔

记之一

仲伟朴　和父亲一起看书

侯海生　边疆区域的国土保全

冯连伟　文坛劲吹齐鲁风——读《脉动八年》有感

沙玛建峰　让乡村走向自己的复兴之路——《中国在梁庄》读后感

马　萌　读史杂记——评文学批评家金圣叹

杨广虎　土地是乡村的灵魂——读熊培云先生著《一个村庄的中国》

杨京红　书店里的灯光

刘仕君　皇权制度下的制度建设局限——读《张居正》有感

优秀奖（20名）

黄文山　司马懿为什么能走向事业权力的巅峰

顾丽红　真情：春风十里——读《山楂树之恋》有感

王　申　读书漫谈

李　曼　乡村婉约的歌者——印象宋长征及散文集《住进一粒粮食》

鲁　楠　读书打开那扇窗

李宇华　生命如水，静默温婉

陈慧君　从草莽到将军——《历史的天空》读后感

吴清资　耪地与读书

张柯平　三读《大国之魂》

胡　斌　我读保尔

赵维峰　笑问客从何处来——读张步青新诗集《时空沧桑》

李满喜　心香一叶自书香

石绍河　扬长补短求进步

现场花絮

第二届读书大赛颁奖现场

为获奖作者颁奖

常江先生赠送对联：耕读拓开高境界，临沂传诵好文章

临沂市国土资源局与第三届的承办方

河南商丘市国土资源局交接纪念奖杯

北京师范大学教授任洪渊讲座

与会者在书香国土读书倡议板上留言

多读古书开眼界

吴文峰

我一直对一副对联念念不忘："二字格言勤和俭，两行正路读与耕"。这是30多年前，我在山东章丘砚池村的一户农家的堂屋里见到的。

7年前，我去浙江乌镇。作家茅盾的故居旁，一个"晴耕雨读"的牌匾，让我凝思了很久。西栅的雨读桥，更是我每夜必到的地方。独坐桥头，想得更多的是读书。

忠孝传家远，诗书继世长。耕读传家。不读书不知礼。可见一个"读"字在古人心中的位置，也体现了农耕时代，人们的精神追求。在"万般皆下品，唯有读书高"的年代，莘莘学子丰富和改变自己人生的捷径，只能是"两耳不闻窗外事，一心只读圣贤书"。这里的圣贤书指的是《大学》、《论语》、《诗》、《书》、《春秋》等四书五经。

相比于古人，晴天在太阳下默默辛苦的劳作，雨天躲进书斋捧一卷诗书轻轻诵读，我们现在的条件实在是太好了。先不说知识五花八门，暂不论书籍汗牛充栋，就是无处不在的网络，随时都可以进入读书频道，点古今名著、读诗词歌赋。但事实上呢？玩游戏、看电影，没见有人读书，这一情况被一个印度工程师发现后，写成了《令人忧虑，不阅读的中国人》，一时红遍网络。

我喜欢读书。尤其爱读"古书"。

好书如酒。我认为古书是酒中的陈酿。

在过去爱惜字纸，木版印刷的时代，大多数作品都是精雕细琢，经过了时光的淘洗，保留下来的，几乎全是精华。全不像现在某些写手们的快餐式创作。再是古人遣词造句用典，喜欢“推敲”。“吟安一个字，拈断数根须”，“两句三年得，一吟双泪流”，“为人性僻耽佳句，语不惊人死不休”。更有甚者，“不着一字，尽得风流”。

我读古书，一是古代人写的作品，如唐诗宋词元曲，《水浒传》、《红楼梦》、《西游记》；二是写古代的书，如国史县志家传。一本《唐诗三百首》，曾是我年轻时代，流浪的行囊里的必备。在跋山涉水的途中，在穷乡僻壤的孤馆，开卷有益，追随着李白的诗句，去“一生好入名山游”；几十册志书家谱，在床头橱上整齐排列，是我每晚睡前总要“会晤”一面的朋友，他们告诉我的经典故事，经常会在梦中重现。

古人云，书中自有黄金屋，书中自有千钟粟，对此我不敢苟同。但读诗使人聪慧，读史使人明智，我深信不疑。

“熟读唐诗三百首，不会作诗也会吟”，因为喜欢读，继而爱上了写，包括我在内的好多人，从此诗兴大发、文思泉涌，成了一名文字工作者，其中的一些诗词名句，经常被引用到文章中。因为读历史，我知道了泱泱华夏五千年艰难曲折、灿烂辉煌。特别是一些地方史志里的“人物志”、“艺文志”等，是我的最爱，里面透露出的一些鲜为人知的信息，让我大开眼界，甚至有时光倒流之感。

作为一个国土人，我说一下与这个行业有关的记载。如光绪丙申重修的《高密县志》“田赋志”“田亩”一节载：“明初官民地八千五百八十六顷五十四亩六分……万历二十六年清丈熟地一万一千六百二十四顷一十二亩九分二厘八毫。三十二年知县唐允中劝开荒地六十四顷四十四亩五分一厘七毫……（到目前）共地一万四千九十七顷六十七亩九分七毫八丝二忽。”我不知道这“分毫丝忽”四个微小长度到底有多大，但从古人对土地丈量的精度，可以看出对土地的珍爱。所谓“寸土寸金”、“寸土必争”，由此可见一斑。因为当时是要按土地的面积缴纳赋税的，马虎不得。其中有“劝开荒地”一词，说明当时官府是鼓励农民自主开发整理土地的。民国二十四年续修《高密县志》上，有“光绪二十九年建筑胶济铁路占去地十六顷六十六亩七厘八毫”、“民国三年车站开沟筑桥凿井占去地二十七亩八分三厘二毫”等记载，说明拆迁占地随着工业化的兴起，已经有百年多的历史。

三年前，一次同时任中国国土资源作协主席常江先生交谈，他说起了“高密诗派”：此派由“三李先生”李怀民、李宪暠、李宪乔所创立，影响全国并持续200多年。其门徒、追随者遍布山东、广西、江西、辽宁、四川、台湾等地。我回家打开《高密县志》，还真找到了相关的内容。其中，有李怀民《送邑宰张明府南归》诗：“为官几载贫，因病忆江莼。在县常无事，还家只有身。随行一舟月，出送满城人。去后野棠树，年年花发春。”作品呈现了一个廉政爱民的清官形象。好一句“在县常无事”，好一个“出送满城人”。平安才无事，千金难买。古人送别他们认可的父母官，才会倾城出动，甚至不远百里千里。

我曾在陕西《麟游县志》上读到这样一则故事，山东沾化人吴汝为，清顺治六年进士。顺治八年任麟游县知县。麟游“居万山之中，举步即山”。到任后，他利用三个月时间遍踏全县，将见种熟地普遍丈量，只得熟地69 640.87亩，其余全是荒地。和过去花名册上全县有耕种熟地151 645亩相差甚远，当即具册详报各上司，请求除荒免粮。经过不懈努力，层层上报，得皇帝朱批允准，为麟游人民减轻了沉重的赋税。后来又招抚流民，开展生产，引进核桃和棉花种植，极大地改善了当地人民的生活。“顺治十四年丁母忧，去职时百姓含泪远道相送，依依惜别，人感其德呼称为吴爷。在县城兴国寺建祠竖碑，以怀其人。”这段记载在《沾化吴氏族谱》家传中也有提及。就是在那样的环境中，吴汝为诗心未泯。在《雪夜登箭括岭》中写到：“荒山天作雨云中，人指微萍一径通。入谷逶迤迷出路，寻源恍忽近离宫。蚕丛久借隋唐銮，鸟道今无虎豹踪。边塞苦寒独此胜，携将谢句问苍穹。”族谱上还记载，他去世后，“秦人不远千里前来吊唁”。他的事迹被今人怀念，写成《穷乡僻壤出清官》一文贴到网上。

做官做好了，被人怀念。一些积德行善之人、忠义豪杰之士、孝子烈女之辈，也被史官记录在案。在《淄川县志》上，有一个“老实哥哥庙”的记载。其来历为：“城东二十里许，壁有石头室，仅容两人。昔有男子避雨其中，一妇继至，偎坐。彻夜，男子不为动，终亦不言。天明雨止，妇去，敛衽谢之曰：‘汝真老实哥哥也。’后人高其义，于室旁凿一龛，又琢一小石像置其中，祀之。”听起来，很像柳下惠坐怀不乱的故事。说起来，或许现在有的人不相信。但我更相信，正是因为这样的传说，影响甚至教化一些人，让他们在不平凡的时刻过得平静、平稳、踏实。

正所谓“国有史，方有志，家有谱”。这三方史料，相互补充印证，组成了中华民族历史的繁花似锦。

在翻阅史志的过程中，我常常为每州每县的“古代八景”所陶醉，甚至利用出行的机会前去探访。每到一地，凡有“文庙”的地方，我都设法去看看。济南府学文庙、曲阜孔庙、北京国子监、江西赣州文庙、滨州沾化文庙、临沂孔子庙等，不为别的，就为感受一种气氛。中华民族文化的根在这里。在这样的地方，坐下来，依古柏参天，看香烟袅袅，闻淡淡书香，读一段《论语》，“子曰：弟子入则孝，出则弟，谨而信，凡爱众，而亲仁。行有馀力，则以学文”，是何等的惬意。

“行有馀力，则以学文”。如今，除了历史名著，我已收藏了几十部新老县志及家谱。我爱喝陈年老酒，但也不拒绝扎啤、干红。因此，也购买了大量现代人的著作，时常翻阅。

记得1988年的一批诺贝尔获奖者曾在法国巴黎发表过这样一个宣言：“人类要在21世纪生存下去，必须回首2500年前，从孔子那里寻找智慧。”

截止到2013年12月18日，全世界已有孔子学院440所，孔子课堂646个。包括四书五经在内的国学课程，已光明正大地走进大学、中学、小学甚至外国人的课堂，这些人类知识的结晶，是无价之宝，是全世界共有的财富。

书籍是人类进步的阶梯。对于古代的经典我们要继承。为往圣继绝学，为万事开太平。历史需要传承，知识需要积累，那就从现在开始，从读书开始吧。

多读古书开眼界，腹有诗书气自华！

读《旧制度与大革命》有感

夏　明

偶然看到一则消息：政府高层热读《旧制度与大革命》。为什么？找来一读，果有感悟。

书中提到的"大革命"是指法国大革命，这场对世界历史进程产生巨大影响的革命，相关的史书已经很多了，但基本上都是叙述史。本书的作者法国历史学家亚力克西·德·托克维尔在书中讲的是法国大革命到底为什么会发生。他用比较研究的史学方法，为我们剖析了那风云激荡的大革命岁月，运用社会学的方法系统分析了旧制度与大革命之间的亲缘关系，其中亦颇多创见，诸多新颖观点亦给人良多启示，令人深思回味。

一、革命不一定在压迫最重的地方爆发

在我们学过的教科书里总是告诉我：哪里有压迫，哪里就有反抗。压迫越重，反抗越烈。总结革命爆发的原因，无外乎独裁统治、政府腐败、苛捐杂税、民不聊生等。大家自然而然地觉得，肯定是官逼民反，老百姓起来闹革命！

但是法国大革命好像还真不是这样的。在法国大革命前，欧洲国家几乎全都是君主制和农奴制，而法国的农民恰恰是这些国家中境况最好的，受到的压迫也是最轻的。革命并非从压迫最深的地方爆发，而是从最轻的地方爆发，在压迫最少的地方，人民反而最无法忍受——这几乎颠覆了史学家的观点。

托克维尔在书中说道："革命的发生并非总因为人们的处境越来越坏。最经常的情况是，一向毫无怨言仿佛若无其事地忍受着最难以忍受的法律的人民，一旦法律的压力减轻，他们就将它猛力抛弃。被革命摧毁的政权几乎总是比它前面的那个政权更好，而且经验告诉我们，对于一个坏政府来说，最危险的时刻通常就是它开始改革的时刻。人们耐心忍受着苦难，以为这是不可避免的，但一旦有人出主意想消除苦难时，它就变得无法忍受了。当时被消除的所有流弊似乎更容易使人觉察到尚有其他流弊存在，于是人们的情绪便更激烈；痛苦的确已经减轻，但是感觉却更加敏锐。路易十六最轻微的专横举动似乎都比路易十四的整个专制制度更难以忍受。"

托克维尔所说的不能不引起我们的思考。其实只要对欧洲文明史有所了解的人，对此就不难理解。法国在大革命前已进行了一系列社会变革。这些本为维护旧制度的变革，却直接导致了延续千年之久的政治结构的嬗变与社会结构的分化，加剧了社会动员与社会流动的程度。在这一过程中，进一步削弱了本已腐朽的旧政权，激起了人民变革的欲望，为革命创造了条件，加强了变革的力量。

我们改革开放30年，取得了巨大的成就。但随着改革的深入，各种深层次矛盾凸显，触及各方既得利益。因此，在任何一项改革之前，要让被改革的人明白为什么要改革，明白改革不能一步到位，改革会让大家变得越来越好，只有赢得了被改革的人的支持，改革的效果才会更好。

同时，更应该坚持的是，要研究新情况、新问题，适应新形势，改革不能停止，改革应该坚定不移，不畏艰难。一些"公知"、少数官员、学者，网络上的言论不停地唤起对穷人的同情，而现实又不能满足他们的欲望。这无不重蹈着法国的覆辙：社会上层阶级开始关心穷人的命运时，穷人尚未使他们感到畏惧；他们关心穷人时，尚不相信穷人的疾苦会导致他们自己的毁灭。在互联网时代，压制社会各界对穷人的同情几乎不可能。无论从道义还是现实出发，关注和同情穷人都是正确的。但正是这种同情和关注，使得穷人的欲望和怒火被点燃，而庞大的中国社会，不可能一夜转型，实现政通人和。农民上访，工人罢工，张力正在加剧，危机正在迫近。中华民族实现稳定转型，更需要的是坚定不移的改革，破解难题。

二、经济繁荣却加速了革命的到来

托克维尔在考察法国大革命爆发的历史背景时观察到：大革命前二十年，社会财富正以前所未有的速度蓬勃增加，“人口在增加，财富增长得更快，国家因战争负债累累；但是个人继续发财致富，他们变得更勤奋，更富于事业心，更有创造性”；“公共繁荣在大革命后任何一个时期都没有大革命以前20年中那样发展迅速”。政府一方面积极鼓励民众发家致富，另一方面则发起各种新兴事业，成为国内市场最大的消费者，民众与政府之间的贸易关系以惊人的速度增长。但结果民众收获了更大的失望，因为政府残留了太多专制时代的毛病，民众“用自己的资本去买政府的公债，他们绝不能指望在固定时期获得利息多”。

托克维尔总结道：“一场浩劫怎能避免呢？一方面是一个民族，其中发财欲望每日每时都在膨胀；另一方面是一个政府，它不断刺激这种新热情，又不断从中作梗，点燃了它又把它扑灭，就这样从两方面催促自己的毁灭。”我们的现实中，类似的现象或者是情况不容忽视，只不过是没有更深切的关注。现在看起来虽不会发生大革命这样的悲剧，但现实中也有类似的“悲剧”的发生。我们的经济增长计划、我们环境保护要求、我们的调控措施、我们引导和鼓励资本投资、我们的人事制度等，既调动了一部分人的积极性，带来了较好的发展和繁荣，也引起了不满、矛盾纠纷，甚至是群体性事件，更为甚者，引起整个社会的动荡和公众的普遍不安，这是十分危险的。

总而言之，繁荣的背后，隐藏着危机。面对危机，需要智慧、勇气和胆略。对于繁荣何以加速革命的到来，其实孔子早有判断，他说“民不患寡而患不均”。社会繁荣未必保证社会不会动荡。就中国现状来说，一方面大量的私产被公共化，另一方面大量的公产被私有化，国家财产和私人财产出现前所未有的紧密混合。国家管理措施不再只涉及公共领域，而是直接涉及亿万人的私人财富。房地产价格的波动、股市的风波关联着千万家。长期调控仍走高的房价、过山车式的股价，挑动着亿万人神经。政府措施不当，诱发人民聚集起来向政府发泄不满。此前对痛苦逆来顺受的人，现在变得像干柴烈火，一点就着。这些应当引起我们的高度关注。

三、中间势力难以生存是最难摆脱专制政府的社会

托克维尔在书中失望地感叹道：“长期以来一直最难摆脱专制政府的社会，恰恰正是那些贵族制已不存在和不能再存在下去的社会。”“没有了中间势力，民众就陷入了原子化状态，迫使每个具体的民众独自去面对强大的专制国家机器。个体的原子化的最终结局，就是政治生活从民众当中完全消失——单体的民众无力对抗庞大的国家机器，最终必然选择远离政治生活。”

其后果，托克维尔也说得非常清晰，“法国是很久以来政治生活完全消失的欧洲国家之一。在法国，个人完全丧失了处理事务的能力、审时度势的习惯和人民运动的经验，而且几乎丧失了人民这一概念，因此，很容易想象全体法国人怎么会一下子就落入一场他们根本看不见的可怕的革命，而那些受到革命最大威胁的人却走在最前列，开辟和扩展通向革命的道路。”

“理论的和善与行为的强暴形成对比，这是法国革命最奇怪的特征之一，如果人们注意到这场革命是由民族中最有教养的阶级准备，由最没有教养、最粗野的阶级进行的，就不会为此感到惊奇。”要推动政治体制改

革，要推动收入分配改革，关键要看怎么重新分配利益。只有满足最广大群体的核心利益，才能缓和矛盾，保持稳定，增强发展的动力和活力。

四、在革命过程中，追求平等要比追求自由更加重要

追求自由与平等是法国大革命的两大终极目标，但托克维尔还是相当失望：在革命的大潮中，"自由"之所以敌不过"平等"，法国在中央专制集权统治下长期缺乏公共自由，是一个重要的背景因素，但并不是主要因素。

最主要的原因，正如托克维尔所说："对于那些善于保持自由的人，自由常常带来财富；但有些时候，它暂时使人不能享受这类福利；在另些时候，只有专制制度能使人得到短暂的满足"——"自由"没有办法像"平等"那般，在革命的进程中随时给跟随的革命者以物质的鼓励（譬如均分财产、土地革命），所以，不光是法国大革命，放眼世界史，近代以来绝大多数的革命，都逃不脱"平等"凌驾于"自由"之上，甚至为了"平等"，不惜牺牲"自由"的命运——当革命为了实现"平等"而不得不借助"专制"的力量时，革命往往毫不考虑"自由"的感受，义无反顾地选择与"专制"结盟。托克维尔说道："只要平等与专制结合在一起，心灵与精神的普遍水准便将永远不断地下降"，这，就是私心。

法国大革命的结局，革命者陷入到一种"民主的专制"的泥潭，"只承认人民，没有其他贵族，除了贵族公务员；只有一个唯一的、拥有无限权力的政府，由它领导国家，保护个人"——国民作为一个整体拥有名义上的一切主权权利；而单一的国民却仍然没有摆脱被政府奴役的命运。在我们的工作中，总是希望追求平等，物质上要求缩小收入差距，精神上渴望平起平坐，但绝大部分人又害怕平等，害怕失去身份界限以后的社会地位随之消失。所以，国家推动各项改革，就会因私心所带来的巨大阻力，

既渴望打破平均主义，建立起可以适应社会不断追求、不断进步的激励机制，但又害怕在这样的机制下失去竞争力，害怕机制不公平或执行不公平给自己利益带来的损害，最后，又回归到了追求平等和平均。

古人云“读史可以明鉴，知古可以鉴今；以铜为镜，可以正衣冠；以古为镜，可以知兴替；以人为镜，可以明得失”。历史总是由相互联系的各个事件汇集而成的，没有哪个事件是凭空产生的，它总能从历史上找到它的蛛丝马迹。一位领导在推荐此书时说：中国这样在世界上举足轻重的大国，从历史上看也好，今天的外部环境也好，现代化转型不会那么顺利。中国人自己的代价也没有付够。过去这些年走的顺了些，下面难免会有反复。法国大革命之前的社会状况，同现在的中国有太多的相似之处。以上那位领导的话值得我们警醒！

寻找回家的路

——读高洪雷《另一半中国史》有感

方鸿惟

如果有一条路，可以走进历史，那么这条路的名字应该叫做：史书！

纵观我国历史，大开大阖、低吟浅唱的，无非是以汉室江山唱主角戏的中原史。但对于中华史来说，同样拥有数千年文明的少数民族史，却由于各种各样的原因，被史学家们尘封太久。少数民族史想回归祖国史的怀抱，以文字、音像的形式体现在教材中、落实在科普读物上、根植于国人的传统思维里，就像一个漂泊在外的游子想回家却迷了路一样。

迷路的人想回家，必须找到一条回家的路。

与“中原”王朝骨肉相连、形影不离，历经血与火的碰撞、厮杀，情与泪的交融、互化，一直存在却迷失在外的少数民族史想回家，路在何方？

山东作家高洪雷的《另一半中国史》，为少数民族史走进中华史的大宅院，开辟了一条回家的路。

匈奴、突厥、鞑靼，楼兰、柔然、康居，这些洋溢着野性、诗意的名字，在我国的历史文献及教科书中，鲜有所见。但这些曾经辉煌无比却又遥远得像浩瀚星辰中的颗颗明星，在《另一半中国史》中，却唱起了主角，引领我们去欣赏、去思考、去追问！

历时两年，我跟随着作家的笔触，穿越“秦时明月汉时关”，进入一个镶嵌着穹庐、翱翔着雄鹰、奔驰着骏马、摇曳着驼铃的茫茫大漠，打开一个个尘封的民族宫殿，探寻着丝绸之路上的西域古国。

翻开《另一半中国史》，金戈铁马便扑面而来。草原上任意驰骋的无畏骑兵，在马背上打着呼哨，马鞭扬起，马蹄声中，“卷起千堆雪”的草原帝国匈奴，昙花一现的游牧帝国柔然，踏平拜占庭的突厥帝国，柯尔克孜雄鹰黠戛斯，逐水草而居的契丹，席卷欧亚大陆的黄色狂风蒙古，沉静千年的绿洲神话楼兰，一个个争先恐后地涌入我的精神家园。在“风吹草低见牛羊”的大草原和“大漠孤烟直”的茫茫戈壁上，英雄横空出世，帝国此起彼伏，他们以马蹄为笔，前赴后继地书写着一章章波澜壮阔的民族发展史诗！

《另一半中国史》摒弃了普通史书惯有的刻板和教条，揉进了较为轻松的写作手法，这就让这部55万字的“大块头”读起来并不让人觉得吃力。

书中，作家不单单为了记述而记述，对历史的反思、叩问，一直贯穿于各个章节。

针对曾经驰骋无敌的女真人的覆灭，作家认为，对于任何民族来说，倘若不能冲破传统的羁绊，一味地沿袭旧制，妄自尊大，看不到外来文明之优长，不懂得取长补短，那么这个民族注定是短命的。而冲破传统、革新时弊的前提是思想解放，个人的思想解放是一个人成才的基础，群体的思想解放才是整个民族昌盛的希望！

这是多么振聋发聩的深刻反思！这也为少数民族史进入中华大家史寻找到了理论依据！

徜徉在《另一半中国史》中，我时常被作家自然流露的情感所打动。

由于历史的局限性和民族的狭隘性，在我国民族史的浩渺烟云中，许多古老民族被永久灭失。“突厥在中国版图上的消失，连同业已远去和消失的匈奴、柔然……不然，中华民族大家庭何止56朵鲜花？”作家的惋惜之情溢于言表，“看来，学会吸收，学会包容，学会合作，过去是、现在是、未来仍将是决定每一个民族生命走向的命题！”

对于拥有着当时亚洲上最强大的北洋舰队的晚清，居然招致甲午惨败，书中写道：难道这就是闪着丝绸之光、敦煌之光，修筑起长城，开凿出运河，创造了儒教、道教，融合了佛教、回教，同化了一支支异族入侵者的中国？为什么如今连小小的倭寇都能骑到我们的头上？作家愤怒地指出：是大清成就了日本的帝国梦！

除了这些沉重的笔调，书中到处流淌着智慧火花的短句。“道路往往在最直的地方拐弯。”“只有让你迷路的地方，才是你新的出路。”“有理想的地方，地狱也是天堂。”“当一个人脸向着太阳的时候，就看不见自己的影子了。”……正是这些闪耀着智慧光芒的句子，给本书增加了更多让人深思的地方。

更为重要的是，作家还使用了大量比喻和拟人化的写法，这让整部作品在刀光剑影、血肉横飞中充满了诗意。“一个新王朝的影子在遥远的地平线上，披着曙光，带着血与火蹒跚走来。”“在土库曼人丰衣足食的时候，身边的一个强盗正垂涎欲滴。”“羌和氐是两朵唇齿相依的姊妹花。”

作家还向我们描绘了一幕幕如诗的生动画面。“残阳如血，羌笛声咽，荒漠古道上，一支马队蜿蜒西去，凄迷不知所踪。”“苻坚被流箭射中，撇下军队单骑逃回淮北，一路上，黄叶纷飞，惊鸿声声，坐在马背上的他须发飘零，瘦若秋风。”书中也不乏幽默诙谐，“一会儿你打过来，一会儿我又打回去，两国的边界线恰如一个傻子追完狗后呼呼喘气的肚子。”

真正的历史，一定充满了暴力、情色、铁血、柔情。

“一代天骄”铁木真的纵横四海，“冲冠一怒为红颜”的吴三桂，壮志未酬的铁血男儿岳飞、“飞将军”李广的悲催孙子李陵，“胡笳十八拍”蔡文姬的婉转柔情，天高云淡的出塞昭君，是否真的像传说中那样自大的夜郎……

这些多姿多彩的真实的历史故事，也为少数民族史进入中华史，奠定了感情基础。

读读这本书吧，只有我们真正读懂历史，我们才能共同努力，为民族史“回家”找到一条正确的道路。

高洪雷说，创作《另一半中国史》的冲动来自于一次偶然，在一次演讲中，一位从事民族研究工作的专家认为，孙中山先生提出的汉满蒙藏回“五族共和”的口号，其中的“回”是指回族。而实际上，这里的“回”，应该指维吾尔族。民族研究工作者都出现如此的常识性错误，这让高洪雷心里很不是滋味。后来，他在参观内蒙古历史博物馆时，居然找不到有关草原帝国“柔然”的任何文字。“于是，我决定创作一部中国少数民族史话……串联出泱泱中华56个民族交往进而融合的瑰丽画卷。”“从此，岁月为我打开了一扇悠远而深邃的窗户。”

做决定不难，难的是付诸实施的过程。

写一本书，需要花多少时间？

这个问题有很多的答案。但在高洪雷那儿，为了《另一半中国史》，他从2001年开始，便“抛下繁杂的尘世喧嚣，避开正常的人际交往，远离诱人的灯红酒绿，一头扎进寂寥而幽深的中国少数民族历史园林。”为经得起岁月的检验，作家一遍又一遍地翻阅历史典籍，中国的、外国的……为增加作品的现场感，他还走进了历史的山山水水，从蒙哥折戟沉沙的钓鱼城，到赫连勃勃威震四方的白城子；从文成公主远嫁的日光城，到乙弗氏自尽的麦积山；从巍峨俊俏的天山，到风花雪月的大理……对于历史上鲜有记载的少数民族史，要想从一团迷雾中找到线索，并理顺它们之间的关系和顺序，这就像一个迷路的游子，在苦苦地寻找着回家的路。

就这样，十年磨一剑，《另一半中国史》终于厚重出炉。虽然已经成稿，但书的出版却遭遇到重重困难，因为少数民族史是一个创作禁区，涉及许多敏感的民族与宗教问题。历经艰辛，当作家接到散发着草木气息的样书，“感觉就像当年接过经剖腹产而诞生的女儿。那一刻，望眼欲穿的我潸然泪下。”

写一本少数民族史的书，花了十年，那么，少数民族史，回归中华史的大怀抱，该用多少年？

这个问题，作家没有设问，更没有给出答案，但在书中，却留下了足够的想象空间，“锡伯人的经历告诉我们，奔腾而出的小溪固然是一道风景，但坚守深山的湖泊其实也是一种美丽。”相信读过此书的人都会掩卷沉思。

中华民族的历史，绝不能只是一部中原史。越来越多的人都在发出同样的声音。这从《另一半中国史》的一版再版，乃至多次占据各类书榜榜首的不争事实可以看出。

而让我们欣慰的是，今年4月，以此书为蓝本的电影《冒顿》在世界民族电影节中获得最佳民族电影奖，同名大型电视纪录片正在拍摄，中央宣传部、中央文明办将该书作为“好书”向社会推荐……

这样的一系列正能量，是否预示着民族史已成功寻找到回家的路？不管怎样，我坚信，民族史加入中华史不再只是个遥远的梦想，因为：

“只要心有脚，回家的路就不会太漫长！”

理论与现实

——《马克思为什么是对的》读后感

崔　瑛

当我们谈到马克思主义的时候，总是会觉得这些理论性、哲学性的论述将会是十分艰涩和严谨的。正如这本书的标题《马克思为什么是对的》，这是一个很鲜明的政治议题，有很浓郁的论辩味道。但是当我读这本书的时候，发现本书采用了散文化的手法，充满文学化的语言、跳跃的思维，本文的作者特里·伊格尔顿试图通过反驳其他人反马克思主义的十个观点来说明马克思主义为什么是对的，同时提出了自己的观点，为我们进一步认识和理解马克思主义提供了新的视角。

我想很少有书会起这样的标题：某某为什么是对的。会给人一种标题党的感觉，有哗众取宠之意。但是对于马克思主义这门学科来说，这本书的出版意义还是十分重大的。归结为两个词，便是：必须和勇气。对于当代社会这本书代表的思想可以说是必须的，而对于伊格尔顿来说更多的是一种勇气，马克思主义在二十世纪的几番沉浮，历史地看，马克思主义革命竟在俄国这样一个落后的国家上建立了起来，对马克思来说可能是很大的讽刺，而接下来在东欧等国推行马克思主义所带来的失败也让我们看到了马克思主义的痼疾所在：理论上的建树和实践过程中存在的巨大的差距。正是由于这种不足，招来了马克思主义反对者的强烈的抨击。但是当我们看看现在社会的发展，在一次金融危机的面前，资本主义的体系变得不堪一击。马克思的《资本论》又开始畅销，以前实践的惨痛代价并不代表其最终失败的结局，马克思主义在新时代将有机会绽放出其明亮的光芒，对于这个时代，这是十分必要的。可能就是一个转机，让马克思主义在实践中获得更大的成功。对于伊格尔顿，我们应该为其勇气而感到敬畏。因为他并没因现实的黑暗而放弃对未来光明的追求。

《马克思为什么是对的》一书讲述了在全球化的背景下，资本主义内部的各种痼疾纷纷显露。从城乡差距、贫富不均到经济掠夺问题，加上全球霸权在金融海啸中显露的腐败，种种迹象显示，让整个世界重新认识、反思马克思主义的契机正在显现。作为一位坚定的马克思主义者，作者特里·伊格尔顿希望理清人们对马克思主义的错误认识。该书通过大量实证内容，从十个方面反驳了世人对马克思主义的错误认识，进一步阐明了在马克思主义理论指导下运作市场经济体系的可行性，同时还为马克思主义与可持续发展观找到了一个极佳的契合点，对当下的经济建设工作有着深远且具操作性的指导意义。而我们拥有 90 多年历史的中国共产党正在并且会持续地以自己的实践来证明马克思主义的正确性。

一、关于社会主义市场经济的思考

《马克思为什么是对的》一书认为，在马克思主义指导下也可以发展市场经济。这就意味着，在发展市场经济这方面资本主义并没有错，资本主义社会为之积累的一系列成果尤其是市场法治精神也更没有错。资本主义的错，恰恰是违背马克思哲学之“道”的错。全球性的金融危机，根源于对资本贪欲的放纵。按照资本主义的理性人假设和资本逻辑，获取更多的利润和增值才是资本的目的。而在马克思看来，人才是资本的目的。资本只能成为人的工具，就像众多其他工具一样。资本与人的对立成为资本主义的原罪。至于资本主义政府为了削弱资本对人的暴力所做出的全部努力，则成为人类理性在资本主义世界里的贡献。

我国目前的经济发展虽然走的是社会主义市场经济发展道路，依然保证公有制为主体的经济状态，但整个经济发展中的问题是显而易见的。有些人将目前我国经济发展过程中展露出来的不足归因于我国的社会主义制度，对我国的市场经济体制提出质疑，甚至不承认我国的市场经济地位，我认为这是不应该的。在全球化的背景下，中国目前正在努力地在政治经济等方面与国际接轨，特别是在中国加入了 WTO 之后，中国市场经济正在逐步向开放性发展，与地区间的经贸往来也正在逐步增加。当然，在某些方面我国经济的开放程度比起一些发达的资本主义国家还存在差距，但中国整个经济的发展大方向还是正确的。

中国经济目前最大的问题还是片面追求 GDP 的高速发展而忽略经济的可持续发展，忽视人的幸福感问题。去年冬天和今年春天，中国京津地区、河北中南部和山东西北部等地遭遇能见度不足 1 000 米的大雾，给人们的正常出行和生活造成影响。美国《纽约时报》指出，北京首都国际机场因大雾不得不取消上百个航班。这是中国大型城市受到严重空气污染的最新标志，这一状况已位居世界前列，将造成严重的经济损失。而根据美国驻华大使馆这周一放出的数据，北京的 PM2. 5 数值已经超过极限值 500，空气质量属于“高危”级别。北京的人口密度与剧烈的经济发展，是导致空气污染的主要原因。这次的北京大雾在中国又再次引发了公众对于“空气质量灾难”问题的关注与讨论。除了大气污染之外，水污染等其他伴随着经济的高速发展所产生的问题也同样存在。

对于污染的治理，政府也采取了各种措施，但效果并不是非常显著。一方面，这与我国的经济发展阶段有关。我国目前仍是发展中国家，在世界产业链中处在底部位置，有“世界工厂”之称。其实在资本主义发达国家，譬如英国，其工业发展初期也同样面临着高经济发展高污染问题。另一方面，这也与我国政府官员的考核机制和政令的执行力有关。虽然我国提出过绿色 GDP 的考核理念，但在具体落实的过程中却存在着很大的障碍。同时，在政令的执行力方面也同样表现出了很大的不足，政府高层制定的各种政策措施并不能得到很到位的贯彻实施。

二、关于政府的思考

马克思主义相信国家是万能的，主张建立全面强大的国家，在这样的国家里不存在私有制，社会主义革命以专制集权的方式领导，这种方式将会彻底消除个人自由。所有这些都是已经付诸实践的马克思主义，过去是这样，将来恐怕也不会变。这就是马克思主义逻辑的一部分：人民让位于政党，政党让位于国家，国家则听命于一个铁腕的领袖。自由民主也许并不完美，但至少人们不会因为批评专制政府就被关进精神病院。批评者们认为马克思是一位典型的专制政府狂热者。然而，在作者看来，马克思没有摒弃以中央管理的方式建立起国家并且希望作为暴力工具的国家能够消亡。

我很赞同马克思是在以一种冷静的，现实主义的眼光审视着国家的存在，国家是很难在处理各种社会矛盾的过程中做到完全的客观公正。虽然如此，但国家机器在运行过程中是否能够尽力做到公平和公正是一个国家的社会秩序能否得到稳定维护的一个重要前提。正如作者在书中所说："任何变革的过程都不是一夜促成的，而是各种矛盾随着时间的推移最终激化的结果。"

同时，正如马克思所提倡的，国家可以成为有益的强大力量，通过立法行政等多重手段在保证统治阶级利益的同时促进社会和谐，这让我联想起了目前备受大众关注的楼市调控政策。近几年，我国内地房价攀升，北上广内环区域房价更是高得离谱，因此住房问题也成为广大的工薪阶层所担忧的问题。为此，国家连续打出组合拳以保持房地产价格基本稳定、促进房地产业健康发展，把一些地区过高的房价降下来、使房价回归到合理水平。对于那些低收入群体，国家开始大力建设保证性住房和推进廉租房政策，以解决这部分群体的住房问题。试想一下，如果没有国家机器的存在，没有各种宏观政策手段调节，就不会出现这种局面。

但反过来看，国家机器在楼市问题上并没有做到完全的公平公正，如今的高房价和政府还是有一定的关系的。一方面，一些地方政府的主要财政收入还是来源于土地转让金，活跃的土地转让市场从供给层面上拉动了房市的增长。另一方面，我国的房地产市场已经成为了拉动我国 GDP 增长的主要支柱之一，与其相关的工业制造业对其的依赖程度很高。一旦国家真的从信贷等多方面大力控制房地产市场的增长，那么我国的经济发展会受到极大的负面影响。可见，政府的确很难在处理社会各方矛盾上做到完全地平衡各方利益，但政府所采取的各项措施也确实缓解了各种矛盾的冲突，维护了社会秩序的和谐。

三、马克思对唯物主义的理解

马克思主义的批判者认为马克思是唯物主义者，他认为除了物质，什么都不存在而且他对人类精神层面毫无兴趣，认为意识仅仅是对物质世界的反映。作者认为的马克思主义其实并不认同人是物质世界的机械功能，即只是在被动状态下反映社会现实。对于作者的这个观点，我是赞同的。人类是具有主观能动性的，出发点是人类的真实属性，而大多数人的集体实践活动，能够改变支配我们生活的思想观念，因为这些思想已经深植与我们的实际行动之中。对于这个观点，我联想到了近期发生的一系列因好心扶起老人被起诉赔偿的案例。

以南京彭宇案为例，是 2006 年末发生于中国江苏南京市的一起引起极大争议的民事诉讼案。彭宇因好心扶起摔倒老人被老人家属追偿，虽然最终以和解告终，但仍在社会上引起了很大的反响。此后，由于类似事件频发，竟出现了老人当街摔倒，路人围观但无人搀扶的情况，甚至有的老人发病倒地，因为无人及时援助而导致死亡，此前的"小悦悦"事件更是震惊全国，挑战了整个社会的道德底线。可见，社会大众并非在被动地在反映社会现实，社会负面的信息和思想通过传媒的力量被无限放大，从而被植入到人们的社会行为当中。人们受这些负面案例的影响，就会偏离社会原有的主流道德价值观，开始认为乐于助人可能让自己缠上官司，而并不能得到帮助别人以后内心上的满足。而这种消极意识反作用于人们的行为，导致社会道德沦丧的事件发生。

在《马克思为什么是对的》这本书中，我发现作者很少提到中国。从某些层面来讲，中国虽然作为马克思主义的奉行者，但并不合适作为例子来说明马克思主义。我国目前处在社会主义初级阶段，改革仍然在继续中，而中国特色社会主义的理论研究并未得到国际社会的完全认可。从书中作者的观点来看，我们一直所坚持的马克思主义，应该是立足于马克思哲学核心基础上的马克思主义，唯有如此，才是坚持正确的马克思主义。至于马克思主义创立者们说过的具体观点乃至个别理论主张，则是容许也需要根据实践中的新情况做出发展、调整、补充、完善乃至放弃。唯有如此，才是科学地发展马克思主义、科学地推动马克思主义中国化。

此时，再立足于马克思哲学之"道"审视当下中国的社会主义实践，我们只能说坚持社会主义道路的宏观方向是符合马克思主义的，但在具体的实践措施中存在有诸多不足。由于对于马克思主义的研究会帮助我们更好地去改变社会，所以对于马克思主义的研究对于帮助我们纠正中国政治经济发展模式中的诸多不足是具有重大意义的。

是谁打造了诺亚方舟

——读姚鄂梅长篇小说《西门坡》

何正坤

周日休息，我坐在办公室里翻阅《钟山》杂志（2013年第2期），邂逅了姚鄂梅的长篇《西门坡》。刚开始我没打算读下去，只想翻上一两页过过眼瘾。我读过姚鄂梅的作品，喜欢她独特的视角和作品中蕴含的主题。我完全没料到一踏上西门坡，就会收不住脚，一直走到尽头。我用了大半个周日和周一的一个清晨，跟着姚鄂梅去了耶市，逛了西门坡一号，认识了许多人。

我首先认识的是安旭。当然我不知道，安旭在打造着使命和追求的诺亚方舟。谁也不会把安旭这么一个前卫，洒脱，高知的女性，和西门坡一号的冗闷，封闭，黯淡联系到一起。因而最初让我对小说欲罢不能的，并不是安旭的时尚，而是庄老太的神秘。庄老太是贯穿这本小说的重要人物，她最初的诡秘行踪，把辛格和我，相信还有其他的读者，牢牢地引进了鲜为人知的西门坡一号。这时我才知道，前面设下的悬念不过是栈道，是铺垫，西门坡才是故事的真正的核。

说是女儿国也好，说是世外桃源也好，总之这是一艘自以为拯救女性的诺亚方舟。故事之初，离了异的辛格便颠沛流离，无枝可栖。走投无路之际，诺亚方舟的领航者安旭出现了。然而安旭并没有划来她的诺亚方舟，一是辛格丝毫没心理准备，二是辛格尚有十万元积蓄。安旭安排一系列事件，终于掠夺了辛格的生存能力，不由自主地走进了西门坡一号。

西门坡一号是作者在作品中构建的另类王国。我不得不敬佩作者丰富的想象力，在如此开放、物质且信息化的时代，在耶市这样一个繁华如烟的大都市里，竟能构筑出如此奇异脱俗、别有洞天的世界来。是出于无奈，出于彷徨，还是出于向往，这些都不重要。重要的是，现实中难以想象的天堂，作者在作品里实现了。作者犹如一个能工巧匠，用缜密的思维，灵巧的笔法，悄悄地在都市里垒起了厚实的围墙，留了一扇大门，盖起了密不透风的大杂院，还在院里种了树，向读者呈现了山内青山楼内楼的清冷世界。这里住的是清一色的女性，每个女性都有着不幸的婚姻生活：辛格是因为操蛋的婚姻法，让她失去了老公和房子；阿玲是富家女，老公因为钱杀了她父母；庄老太则是由于男人有外遇而放了一把火；白老师因为母亲同性恋失去了爱情最后跳楼伤残……幸福的女人是相同的，不幸的女人各有各的不同。不幸女人的结局是相同的，相同的境遇让她们走到了一起，走进了西门坡一号这个清凉大院。

这个清凉大院有着非常奇特且严密的管理制度，这是西门坡一号独立于世的必需条件，否则就会为外面的世界所侵扰。西门坡规定颇多，诸如：所有成员的个人财产全部上交，所有成员的劳动所得全部上交，没有手机，不准串门，生活节俭，出入受限。这不能不让读者忆想起改革开放之前的中国。那是个吃饭不要钱劳动不计酬的年代，物质贫瘠，精神富足。那个年代没有诱惑，思想纯净，精神的财富远远胜于物质的追求，无须任何的限制。然而时过境迁，那个时代已经走远，西门坡也在根本上有别于那个年代。在当下这个无拘无束放荡不羁的年代，价值观和道德取向都有了很大的逆转，西门坡要实现它的价值，稳定它的存在，就必须面对现实，在现实中超越。西门坡做不到与世隔绝，割不断家庭成员们与外界的联系：一方面家庭成员们要靠卖饭团延续生活，另一方面通过各种禁令主宰家庭成员们的欲望。西门坡这种充满理想主义平均主义集体主义的仄逼时空，是作者凭空捏造的在当今社会不可能产生的一种生存态势，但它又近乎是五六十年代中国的生存现状和社会写照。作者将那个年代的生活状况搬到作品中来，究竟是对那个时代的制度和思想存有某种难舍的眷恋，还是现实的残酷精神的桎梏使离异女性包括作者在内对那个时代的生活方式产生了依赖？我不能妄加臆断。若说是眷恋，我不以为过。现实中确有一些上了岁数的人，甚至是一些年轻人，对五六十年代怀有深厚的感情。那种平等互助，和谐安定，贫富均等，精力充沛的公有制生活，在有着鲜明对照的今天，已显得弥足珍贵。但我更倾向于后者。尤其是作者在小说的结尾又亲手毁掉了西门坡一号，更让我猜测作者的意愿，不是眷恋，而是依赖，想为离异女性寻找一个可以依赖的容身之处。

西门坡一号的女人们，其实在现实中处处可见，尤以八〇后居多。八〇后的年轻人，相比于他们的前辈，多了一份散漫，少了一份责任。结婚为云，离婚为雨。离异的女人远比离异的男人要艰辛得多，困惑得多。离异的女人若是带了孩子，生活更是捉襟见肘。又有不在少数的离异女子，她们对婚姻失去了信心，甚至对再婚充满了恐惧。生活再难，也不想再嫁了，宁愿像辛格那样，领着孩子过着飘游不定浪打浮萍的生活，也不愿守着缺少责任迷失在花花世界里的男人。倘若西门坡一号在现实中存在的话，对于衣食堪忧山穷水尽的离异女子及单身母亲们来说，未尝不是个绝好的去处。

人的思想是最不易统治的。人心难测，人性难泯，不是制度能约束得了的。作者深知这一点，所以在打造西门坡这个世外桃源的同时，渐渐披露人性的劣根性。比如：卖饭团时两个变三个，有人偷偷赚了钱；庄老太来去自由，经费来历不明；阿玲捐房捐资后，总想退房给儿子小福，等等。私欲像一把尖锐的锉刀，锉破了友善的氛围，挫伤了温和的家庭，矛盾不可避免地滋生了。阿玲的儿子小福跑了，庄老太不让阿玲报警，阿玲认为庄老太不关心小福；石玉华不让飞比去看坐牢的亲生母亲，割腕自杀；庄老太因牵挂前夫，最终离开了西门坡；小福为了要回房产，求助于社会上的“蟒蛇”……西门坡一号如同一个完整的鸡蛋开始出现裂缝了。

来自鸡蛋内部的力量在日渐膨胀，矛盾一点点加剧。本就脆弱的蛋壳开始被挤裂，变得更加脆弱。以至于外来力量稍稍介入，鸡蛋就彻底碎了。

西门坡瓦解了，女人们的意志瓦解了。“与其被送出去无家可归，不如死在西门坡一号拉倒，大家说是不是?”女人们选择了集体服毒。作者这样的安排固然残忍了点，但延续了故事的可能性，让故事更趋于合理和圆满。留给读者的是诸多更深层次的思考：西门坡现实存在的意义何在?泯灭人性的管理有无价值?离异女性的现状如何改变?现实社会的弊端怎样解决?……

值得称道的是作者姚鄂梅的写作手法，精致，曲折，完美，连贯，快捷。一个个诸多的偶然构成了最后的必然，一个个精心的伏笔荡起了叠加的悬念，在平淡无奇的现实生活中展开一幅奇异魔幻的画面，其精彩不亚于悬疑类的作品。十五万字的长篇小说，没有多余的情节，没有无聊的人物，每幅画面都有存在的意义，每个场景都得到完整的诠释。先是主人公辛格的生活窘迫，让读者为其生存问题牵挂；然后庄老太的出现和失踪以及西门坡一号的初次登场，让读者产生疑问；之后一场火灾让辛格积蓄损半，很自然地把读者引进了西门坡一号；接下来西门坡一号里的故事波澜壮阔，疑窦丛生；最终作者再一一化解，还读者一个完美结局。读者始终被作者牵着手往前走，没有停下脚步的理由。

小说中有许多富有哲理令人深思的语句，颇值得读者沉思玩味。“与其在平静中麻木枯竭，不如在动荡中变得敏感丰富。”“为什么要相信感情?感情是什么东西?如果它是物质的，那它是固态的还是液态的还是气态的?如果它是非物质的，那就更加不可靠了。我觉得还是理智比较可靠一点。”“……生活其实很简单，这是大家都知道的道理，他不可能同时睡在两张床上，他不可能吃下超过胃容的食物。人之所以对占有财富着迷，多半是虚荣心在作祟。”这些句子意味深长，细细品来，别有滋味。

西门坡是 simple 的音译。Simple 作为形容词译成中文的意思是：简单的，单纯的，天真的，这是西门坡的真实写照，简单得未免太天真了。Simple作为名词译成中文的意思是：愚蠢的行为，出身低微者，这也能切合西门坡里的女人们，行为是愚蠢的，出身多是低微的，除了阿玲。

生活其实很简单，复杂的是这个处处是陷阱的时代。

英雄（组诗）

——读黄国荣的小说《碑》后感

孙大顺

怀念战友

长风越吹越长　吹过大地的心脏
阳光收集着那些沸腾的汉字
松柏间　这些在泥土的波浪里
流淌的人　用鲜红的歌声
推开夜色　蜜蜂引路　你们赶在春天
到来之前抵达　这些灵魂高过天空的人
以阳光充饥　清风洗面
你们纯粹的笑容　让我一生追问
一生疼痛　你们的铁血绝唱
在我青春的骨肉里奔涌　那响彻云霄的
铮铮誓言　是靠近你们燃烧的灯塔

军旗飘飘　军歌嘹亮
敞开最圣洁的心灵　带上纯朴的口信
在同一个境界的纬度上　我们含泪相向
但是我并不忧伤　你们与麦子一样朴实
揣着青草一样葱翠的心思　与我悄然并立

我听到你当年的笑声　趟过童年的歌谣
在我们母亲的皱纹里日渐长大
沉睡的老人　我们的父亲
在郁郁葱葱　想念的路口低低咳嗽
纯美如水　那个叫杏花的妹妹
正用乡音布置着温馨的家园
兄弟们哪　光明的使者　紧握八月的承诺
亮开歌喉　敲响春天的大钟
等待的人　倾听的人　缅怀的人
擦亮黎明的杯盏　呼喊些走失的亲人
我燃烧的怀念里　一颗硕大的泪珠
至今不肯滚落

英　雄

一个燃烧的过程　缓慢而疼痛
爱　这是怎样广袤的覆盖
在这个习惯了　用珍珠和玛瑙
来表达温柔和忠贞的年代

鲜花占领着春天　雨水的背面辈出
时间的碎片在火焰里聚集
阳光和马匹返回　一树的鸟鸣
这干净的日子　我诗歌的羊群
正遗落草原　没什么
可以阻止这朴素的愿望

眼前的交替　醒目的痛
哀悼的语言如爆裂的石榴
它们成熟的秘密正被泄露
英雄　所有的伤口都是眼睛
死亡的音乐如同蚕茧　那么明亮
敞开如沸腾的钢水　然后飞翔
这是怎样的奔走　在暴风中
英雄　一个视剑为生命的骑手
漂在血里的向往　有什么语言
可以抵达

聆　听

多么美妙的词　翻山越岭
把道路带上路　把天堂送上天
霞光是夜晚最后的乘客
这叶子间的细语　闪亮的预言
改变着空气和睡眠　无法回避
烛光是今晚潜行的花朵
开放的时间　多么自由
把雨水拴在大风里
春天被蜜蜂咬得极其快乐
天堂的门　　一朵盛开的莲花
被芳香指引　倾诉倾巢而出
祝福四处奔跑
今夜　清脆的马声谁能珍藏
聆听　前方是转弯的河流

苦难的童年是人生的一笔财富

——读吴官正同志《闲来笔潭》随感

李建勤

童年，对每个人来说，不仅仅是挥之不去的记忆，更重要的是它在一定程度上影响甚至决定了人的一生。有的人童年是在百般呵护、无忧无虑，甚至是在蜜罐里、温室中度过的，童年是美好的、浪漫的；有的人童年是在苦难中度过的，生活的艰辛在他们幼小的心灵刻上重重的印记，童年是灰暗的、苦涩的。但是，正是苦难的童年使他们与命运抗争，懂得感恩，学会珍惜。“虽然我们吃了不少苦，但这也是一笔财富。”吴官正同志在《闲来笔潭》中道出了一个农家子弟成长的心灵感悟。

读《闲来笔潭》，我仿佛是在与一位智者做一次心与心的沟通。在“岁月难忘”一章里，官正同志从名字来源于一桩痛心疾首的往事，向我们描述了家庭生活的苦楚，社会的不公。官正的祖母受人欺侮，叔叔来水抗争，却招来了官司，来水叔叔说：“本来是我有理，到头来却输了官司，我看就叫‘官正’吧。”家里吃“官司”输了，起了一个“官正”的名字，让我们看到了苦楚和不公不仅仅在他幼小的心灵上刻上了伤疤，也刻下了奋争的符号。

孟子曰：“故天将降大任于斯人也，必先苦其心志，劳其筋骨，饿其体肤，空乏其身，行拂乱其所为，所以动心忍性，增益其所不能。”官正同志从7岁起开始放牛、犁地、除草、耙地、割禾、车水，除扛禾斛、水车外，几乎所有农活都干过。家里穷得吃不上米，有时只能糠拌菜，两天拉不出大便。穷则思变。“我要读书”成为官正同志改变个人和家庭命运的唯一通道。9岁那年，家里穷得没法供他上学，只好中止学业。后来，他竟“偷”了家里几升米，用一条旧裤子扎着，背着父母到学校报到。他对父亲说：“你下决心送我读书，我们家总有出头的日子。”1956年暑天干旱炎热，田里禾苗半枯焦，他父母去车水抗旱，但他不去，爷爷骂道：“人家一个儿子都去抗旱，你们两个儿子，都这么大，还不去帮忙，看你父母都累成猴子精了。”吴官正顶了他爷爷：“你的父母和你不是年年抗旱吗？怎么还这么穷？我不去，我要读书，我决定不跟你们一样。”小小年纪的吴官正怀揣着一个梦，他梦想着有一天，通过读书让家里人吃饱、穿暖、住上瓦房，让家人不再受欺侮，受污辱。

“人穷志不短”。童年的吴官正尽管他家里穷得叮当响，尽管他长得黑黑的、身材矮小，但他心里不服输，高考填报志愿时，别人担心他考不取清华大学，但他很坚定，“就要报，清华大学总是要招人，我一定能考取。考不上，就回家种田”。自信来自他的努力，自信来自他不屈的与命运抗争的勇气。1959年，他梦想成真，终于考上了清华大学。在清华大学的几年里，他受到了“厚德载物，自强不息”的熏陶，精气神得到了升华，为他以后一步步走上行政岗位，奠定了坚定的人生信念的基石。

鲁迅曾说：“我们从古以来，就有埋头苦干的人，有拼命硬干的人，有为民请命的人，有舍身求法的人……这就是中国的脊梁。”吴官正同志的童年因家里穷困，住在牛栏里而被人瞧不起，受欺负。“你要好好读书，为妈妈争口气。”妈妈的话，伴随了他一生。他说：“童年经历的人间苦难，令我对生活在社会底层的感同身受，格外关注弱势群体的生存状况。我自认为是个有情有义的人，尤其懂得知恩图报。”官正同志走上领导工作岗位后，无论是在湖北、江西还是山东工作期间，始终坚持为百姓说话，为百姓办事，武汉市民的菜篮子，江西老区的脱贫致富，山东信访的处置，无论事大事小，只要是老百姓的事，都是天大的事。他到中央工作后，心里念着百姓，为百姓维护权益，惩治百姓痛恨的腐败。

读《闲来笔潭》，浮想联翩，令人深省。我作为一个农民的儿子，虽然身处的年代与官正同志不同，但共同的是苦难的童年。在我的记忆里，大学前吃不饱、穿不暖一直伴随着我，“我要读书”，唯有读书才能改变自己的命运。家里穷得叮当响，年年是生产队里的“超支户”。高中几年，靠舅舅接济勉强读下来。曾记得接到北京大学录取通知书的那一天，父母从短暂的高兴很快转入了愁眉苦脸，家里没钱，怎么去北京上学。一连几天，母亲找村干部，最后从信用社借贷200元，让我登上了北上的列车，一根扁担、被子、蚊帐，加几件衣服，只身来到了北京。第一个寒假，同学们一个个戴着“北京大学”校徽荣归故里，而我却因为家里寄来的100元是作为路费回家，还是买一块手表面临两难选择，最后为了不因为没手表而不能掌握上下课时间，耽误学习而选择了在北京过年。那一年的春节，我一生难忘，学校放了寒假一天两顿饭，上午9：30一顿，下午3：30一顿，晚上饿得肚子直叫，几个留校的同学用粮票到中关村农贸市场换了点瓜子花生，过了一个年。往事真是不堪回首。这些苦难的经历，讲给我们的子女听，他们难以想象，瞪大眼睛发问，那是真的吗？他们也许不信，但我们的的确确是这样走过来的。

“宝剑锋从磨砺出，梅花香自苦寒来”。一代又一代象吴官正同志一样的农家子弟正是付出艰辛的汗水，奋力拼搏，才走出了乡村，改变了个人，乃至家庭的命运。一代又一代经历了苦难童年的农家子弟，自信、能吃苦，勇于拼搏，感恩父母，感恩党，感恩社会。他们不仅知恩图报，而且格外珍惜，他们骨子里是农民，了解社会底层，为民请命，自觉维护百姓的权益。但是，我们也不能不看到，近年来，社会阶层的凝固化愈来愈明显，教育资源不平等，大学，特别是重点大学里的农家子弟比例越来越小，在北大、清华农家子弟比例已不到15%。他们毕业后能考上公务员的又有多少呢？农家子弟通过自身努力改变个人、家庭命运的路越来越窄，这不能不引起社会的反思。

一书的温暖

刘会然

初中毕业后，我一直流浪到 19 岁那年才有了一份临时的工作。工作的地方是邮局，任务是报刊的送递。

报刊的送递很辛苦，风霜雨雪，每天都要按时把报刊送递到订阅者的信箱。

骑着绿莹莹的自行车，每天驮着两袋沉重的报刊，年轻力壮的我感到趣味盎然，但这种幸福是短暂的。临时工待遇的落差，让我感到了工作的乏味，特别是在遭到客户误解的时候，我会感到莫名的委屈。

我负责的社区订阅报刊的人不算太多，但由于人口基数大，每天的量也相当可观。大部分人订阅的都是情感类、通俗类或时政性报刊。只有一位老人订阅了一份纯文学期刊。正是这本期刊让困顿中的我望见了一缕生活的曙光。我有时候真羡慕老人能看上文学类刊物。因为我也曾经迷恋过文学。

那还是初中时，我时常溜到学校的阅览室，如饥似渴地阅读我酷爱文学书刊，有时也偷偷地模仿文章上的内容写一些自己喜欢的文字。

或许太过于沉浸在文学之中，我中考落榜了，并开始了我人生的初次流浪。在流浪中，我渐渐地远离了曾经的阅读爱好。

每次送老人的那份纯文学期刊时，我总喜欢把车支在社区的一个草坪边，把这本杂志的内容浏览个大概。慢慢地，我发现自己爱上这本杂志上的文章。

为了能够看上老人的杂志，我故意放慢老人杂志的投递速度，目的是让自己能够看完喜欢的文章。

那次，杂志第 5 期上的一篇文章我特别喜欢，反复看了这篇文章后我产生了一个可怕的念头，把这期杂志占为己有。我为这个念头感到后怕，因为万一被老人投诉，我可能要丢掉这份难得的工作。

强烈的占有欲望击败我脆弱的理性，我决定铤而走险，把杂志截留。

日子一天一天过，老人好像没有发觉似的。我截留杂志的恐惧开始慢慢消融。不久后的一天，我又被杂志第 9 期上的一篇小说迷得神魂颠倒，占有的欲望又一次掩埋了我的理智。

一阵冷风吹来，大雪纷飞，我发觉年终就要到了。在这段日子里，我很怕见到那位老人。我记得一次，老人碰到了我，欲言却休。

又是一年春草绿，在阅读老人杂志的过程，我产生了书写的冲动，我写下了我平生的第一篇小说，幸运的是这篇习作在市报的副刊发表了。当我看到自己的文字变成铅字后，我喜极而泣。那段日子，每次送递报刊的时候我都一路轻舞飞扬。

新一年投递工作又开始了，老人竟然把他喜欢的文学期刊订阅了两份。我心里揶揄这个怪老头——嫌自己钱多。我也埋怨自己的工资太低，要是多点自己也可以订几份自己喜欢看的杂志。

第二次去送递老人杂志的时候，老人在邮箱里留下了一份上期的杂志和一封短信。

老人在信上说，小伙子，我知道你是个热爱阅读的小伙子。我曾经在路边看到你支起单车旁若无人地阅读。你的阅读让我想到了自己年轻的时候……

最后，老人在信上写道，我多订阅的那份就送给你，小伙子，希望你永远不要丧失你阅读的激情。

我忽然想起了老人那次的欲言却休。我心里有莫名的感动。在那个寒意料峭的早春，那书给了我无限的温暖。

从那以后，我一直固守自己的阅读激情。通过阅读，我发表了大量的文章，手中的笔改写了我职业的轨迹。

许多年过去了，我一直珍藏着老人帮我订阅的那份杂志。正是书的温暖，照亮了我迷茫人生的前进路。

高向蓝天的致辞

——读史铁生《我与地坛》

李文凯

天地间有风云变幻，人生路无绝对平坦。古往今来，一些遭遇挫折或者苦难的人，坚强面对现实，理智排忧解难，留下了许多至情至性的体悟。史铁生的散文《我与地坛》，就是一篇从苦难中站立起来的励志佳作。作者在霉运当头与地坛结缘，怀着僧徒般的虔诚持久“朝拜”，端直失衡的内心，用真挚的及物表达，对过往的人、事物进行“在场”展现——

一

作者1969年离开北京到陕西延川插队，1972年因双腿瘫痪回京，后来又患上尿毒症，病魔残酷地将他缠缚家中。遭逢沉重的打击，需要寻求解脱的道路。他在当年的一个下午，摇着轮椅无意中走进了离家不远的地坛，从此天天前往，直至十五年后的1990年初，以坦荡的胸怀，回视置身地坛的岁月。

地坛是明代的祀典建筑，庄严肃穆、古朴幽雅。他觉得地坛历尽沧桑四百余年，仿佛就是为了等待自己出生，又等待自己活到最狂妄的年龄上失去行走能力。他患病在最初几年，脾气暴躁，喜怒无常，受着病痛和绝望的煎熬，每天像发了疯一样地离开家，回到家里又不说话。母亲每天帮他坐上轮椅车，看着他摇车出门，有时又悄悄地去寻看他，过着坐卧难宁的日子。他在地坛意兴阑珊，百无聊赖地或坐或躺，或看书或思考。地坛犹如神赐之地，让他获悉其他人无缘或无暇顾及的事情。那里荒芜成一片宁静，陪伴他的是花木野草，鸟语虫鸣以及风雨剥蚀的古殿。他看到一对恩爱的中年夫妇，几乎是风雨无阻地相伴散步，不觉变成了两位老人；看到一位小伙子，多年坚持去高墙之下，反反复复唱那么几首歌；看到一位腰挂扁瓷酒瓶的老人，眯缝双目一边观景一边饮酒；看到一位捕鸟的汉子，在树丛中拉一张网，将捕得的鸟又摘下来放掉；看到一位女工程师，早晚穿过地坛，留下素朴优雅的身影；还有一位长跑的朋友，经过几年苦练在第五年获得第一名，参加环城赛又破纪录，后来无果而归。特别是那一位漂亮的弱智小姑娘，大约三岁时就开始到地坛玩，经常捡拾树上掉落的“灯笼”花，有一次被人戏耍，他毫不犹豫地驱车上前制止……这些见闻，让他冥思境遇、世相之图景，深虑命运、苦难等问题。他曾经想到了死，经过一番伤心的挣扎，认为死是一件不必急于求成的事，死是一个必然会降临的节日。他的幡然醒悟，驱散了阴霾，逐退了苦闷，走出了自己灰暗的心墙，最后以太阳的升降现象，发出耐人寻味的感慨：宇宙以其不息的欲望将一个歌舞炼为永恒。

二

欲望是人类的本能和人性的组成部分，无论是谁突遇挫折或者苦难，在自不待言的压力之下，都会产生逃离逆境的欲望。作者多么渴望肢体康复和自在生存，但无情的病害使他如临雾锁之海，举目四顾不见岸。地坛公园的眷顾，让他无助地寄托于尘嚣市街所忽略的天地。

他在地坛推开纷乱的思绪，目睹平民百姓，静观草木花鸟，窥看自己的心魂。视野之中，淡褪了朱红的门壁、高墙坍圮散落的雕栏、祭坛四周的苍柏，在荒中藏幽；遍地茂盛的野藤，在自由坦然地染绿，满园弥漫着沉静的光芒，让他心底涌动快意。祭坛石门中的落日，对地上的每一个坎坷都映照得灿烂；最为落寞的时候，一群雨燕便出来高歌；冬天雪地上孩子的脚印，孩子是谁，孩子又去哪儿；暴雨骤临，激起一阵阵炽烈而清纯的泥土芬芳……他从这些生动的细节中，领略到春润夏烈、秋爽冬洁，从乐器、声响、景物、心绪、艺术形式分别对应四季的过程中，被生机蓬勃的大自然抚慰，反而还感恩于自己的命运。

作为残疾人跋涉生活道路，比身体健全者更需有力的支撑。他一度徘徊在生死边缘，因为地坛的拯救才有坚韧心志，因为母亲的牵挂才有雨露滋润，所以才流淌出有别于他人的自省妙语。如言母亲，忏悔滴血。母亲当年看到他失魂落魄，心疼地让他独处。母亲去世之后，他才感觉“庭前不见父母在、梦里难忘恩泽长”，原来以为自己是世上最不幸的人，确不知母亲是一位活得最苦的人。他选择了写作，第一次获小说奖后，多么希望母亲还活着，整天跑到地坛去，想让母亲骄傲，想让母亲分享快乐。如烟往事，让他想起母亲四处张望的情景，端着眼镜像在寻找海上的一条船……看见母亲走过他身旁，走过他经常呆的一些地方，步履茫然又急迫，他当时没有喊她，给自己留下了终身遗憾。可怜天下父母心！母亲没有感天动地的事迹，却是一处温馨的港湾，随时都在给予他好好活着的信心。他用纸笔撞开了一条文学创作道路，想到也许不是母亲所盼望的那条路，他又淡定下来，不为名利所困。他感知自己从死的欲望里复活，是母亲那毫不张扬的大爱，在马不停蹄地深情呼唤。因此，地坛成为他虚化了的母亲，母亲是他心中岿然不动的地坛！

三

不少优秀的文学作品，往往从孤独忧伤、痛苦绝望和愤怒不已的境况下产生。如果没有对人类世界充满忧悲情怀和博大爱愿，没有对生活充满昂首阔步的理想主义热情，就不会取得历久弥新的文学成果。作者以浸润着情感的朴实文字，描摹细微的生命搏动，真实地记录罹遇厄运的思辨过程，表述他在地坛舔舐伤痕，扶正倾斜之心，抵死握住自己的命运而走向阳光地带。

地坛的修建，源于“万物有灵”的自然崇拜，蕴涵“天圆地方”的文化观念。让作者在那里感受人世的神机秘境，正视繁复飞扬的红尘，冲破深不可测的命运围困。让冷酷的残疾事实，留有柔软的目光；让庄严的地坛，暗存人寰犹在的风度。他在奋斗的漩涡中，养育风生水起的写作生涯，走出物质虚荣之外，祈祷地坛垂挂的悲悯灯火，寻觅心灵皈依的倾诉场域。他在“职业生病，业余写作”中，实施积极救赎，坦白曾经的焦灼和图强意志。轻生是对自身人格的践踏，是逃避家庭和社会责任；只有笃定信念做到残而不废，才能豁达对待生死而战胜自我；只有珍惜有限的生命，才能从黯淡的废墟里挺立起来；像古殿默然面对世界，像古柏保持英雄气概，像蚂蚁、瓢虫以及小草那样，毋须外界的在乎与否。那些奔跑的或悲情、或轻松、或愉悦的言词，直抒胸臆，触景生情，洋溢着浓烈的诗情画意；那些回味生活镜像、感悟人生得失、讴歌温暖亲情的陈词，在收放自如的对比映衬中，赋予了深刻的社会内容，释放出令人震撼的艺术感染力。

浩瀚星空，无尽宇宙。人之生死，前赴后继，构成人类奔流不息的历史长河。人类社会由人的个体生命组成，人群中具有不同限度的欲望。人的欲望既能改造自己，也能泛滥成灾。因此，自然生态需要和谐，人类世界需要和平，人与人需要和睦，每一个人需要和善。学会掌控欲望，学会预防灾祸，学会放下包袱，学会挑战苦难，充满正能量去追逐梦想，让心灵归属快乐。中华五千年文明史，包含着捍卫国土、不屈不挠、战胜困难、自强不息的传统美德。民族复兴，文化强国，需要自觉自信。让文学展示奋发有为、弘扬伟业风采，凝聚强力提振人心。

文贵天成的《我与地坛》，给我们由衷的阅读享受。作者在宣示人生征途上一场幸运的自我抗争，也为我们敞开了安放灵魂的信念居所。在传达历练的思想中，那些健全的发声，余音袅袅，不绝如缕，腾达胸怀而鼓舞斗志。让我们清醒：人的生命无法丈量其长度，但可以扩大它的宽度与深度，延伸它的精神生命。人之生命诚可贵，精神生命价更高，可以升越河山，矗耸苍穹，即便是乌云密布，也有机会擦亮一片辽阔。我们相信，这是一篇汪盈着哲理情愫的致辞，以动人心魄的力量高向蓝天，永远烛照我们一往无前！

我的“忏悔录”

刘宏伟

从我把它从地坛公园的书摊儿上带回家，整整十年了。十年来，物换星移，我早已被浮华人生的起起落落摔得遍体鳞伤，而它，却始终如一不离不弃地伴随在我的身边。如寒夜里的一盏豆火，飘忽、摇曳，却总能把我孤身天涯的倦困驱散，将凝结心窝的凄寒温暖。

第一次听说《忏悔录》，是在中学的课堂上，作为一道冷硬的语文命题。为试卷上多几分考分，我不得不囫囵吞枣般将它死记硬背在脑海。幼稚的心灵很难拐弯儿，光从书名上判断，总觉得这并非一本好书。需要忏悔，一准儿是干了啥坏事儿。

每每看到有人写到自己在大学里悠闲的海量阅读时光，总令我羡慕不已。对于一个成天琢磨着学业能否继续、下一顿饭钱在哪里获得的穷小子而言，大学并不是理想国，更不是象牙塔，它只是一处把生存的烦忧和内心的卑微无限放大的曝光台。悠闲的阅读时光，是一场可望而不可即的奢侈想象。因此，我在大学时期虽然对这部作品多了些了解，但也只是停留在大致的概念上：一个激进的平民思想家与反动统治激烈冲突的结果，一个平民知识分子在封建专制压迫面前维护自己作为一个普通人的人权和尊严的作品，一部长久地受人敬仰、地位崇高的自传文学作品。对于作品本身，依然没有读过。

离开大学校园后，我便开始了四海漂泊的打工生涯，整日为生存和前途奔忙，在滚滚红尘俗念中摸爬滚打。一门心思纠结在物欲的汪洋，怨天尤人有之，自怨自艾有之，失魂落魄有之……哪里还会有静心阅读的心思?！何况对于一颗燃烧得正旺的青春之心，对“忏悔”一词，感觉完全是毫不搭界的两码事儿。一切还未开始呢，有啥可“忏悔”的?

直到十年前，早已被生活的铁锤砸吧得面目模糊的我，在地坛的冬季书市上，在处理余书的地摊儿上，我见到了这部《忏悔录》，外皮印着金色的图案，里面是天蓝色的布料硬壳。

莫名其妙地，内心某个隐秘的角落突突弹跳了几下。被生活的滚滚洪流冲刷得棱角殆尽后，我对于“忏悔”二字，总有股莫名的亲近和感念，总会情不自禁地对过往的人生产生回光返照般的寻思。并非真的有啥事情需要忏悔，更像是对过往生活的沉淀、梳理。我相信，有些词语，注定会在人生的某个阶段同命运相逢相融。于是，毫不犹豫地买下，带回家认真地看了起来……一直持续到现在。

一个钟表匠的儿子，从学徒、伙计、仆人、随从，甚至曾乞丐般走进收容所，到音乐教师、秘书、职业作家，全靠自学和自我奋斗，最后竟然成为了法兰西思想界的巨擘。人生稍顺时，却又接连遭到污蔑和残酷迫害，只能在颠沛流离的逃亡生活中继续写作。

与之相比，我此前所遭遇的那些困境和挫折又算得了什么呢?生活的不顺、情感的纠结、写作的煎熬……那些扎根心底的根深蒂固的自暴自弃、小有所成即安于现状的想法开始动摇，进而无处藏身。更多的时候，我总是习惯性地拿起它，让眼下的物事跟书中的叙述交替混杂，让心急火燎的心思归于沉静。

三百多年过去了，关于卢梭人品的争议，从未停歇。爱之，深入骨髓；恨之，咬牙唾弃。于我，既不羡慕他跟华伦夫人之间的纯净爱情、与巴西勒太太间的一段温清，还有诸如此类的其他更为美好的邂逅或令人想入非非的欲念，也不憎恨他说谎、调戏妇女、行窃、遗弃子女的不光彩的行为。漫漫人生路，谁没点儿乱七八糟的事情呢?即便出身名门望族书香世家的人，有谁能扪心自问，一生中没有干过几件有失体面不光彩的事情呢？更何况是一个从生活底层的血水里淌过来的平民？！尤其是在我们所生活的物欲的当下，能在人生的名利场中守住大是大非的原则底线，就已算得上难能可贵了。

真正让我感到震撼的是，在人人都在想方设法掩藏自己不光彩的一面、力图把自己的人生包装得熠熠生辉时，卢梭却选择了亲手解剖开自己的心，呈现在世人面前，把自己的所思所想，无论纯洁美好，还是龌龊卑鄙，赤裸裸地坦露在阳光下。仅仅只是关乎勇气的事情吗？这需要多么博大纯净的情怀和超乎寻常的人生智慧？！

“不管末日审判的号角什么时候吹响。我都敢拿着这本书走到至高无上的审判者面前，果敢地大声说：‘请看！这就是我所做过的，这就是我所想过的，我当时就是那样的人……请你把那无数的众生叫到我跟前来！让他们听听我的忏悔……然后，让他们每一个人在您的宝座前面，同样真诚地披露自己的心灵，看有谁敢于对您说：我比这个人好！”面对这样的灵魂，无论多么喧嚣的世间争议，都退隐成了一抹轻飘的余音。人世间，有什么会比一颗坦诚的心更珍贵的呢？有什么比做一个胸怀坦荡的人更重要的呢？正因如此，卢梭和他的《忏悔录》，于我，更像是一面观照人生的镜子，时刻提醒着自己的言行，尽量让平凡的人生少些“忏悔”和阴暗、多些美好和光亮。

十年来，床头的这本《忏悔录》天蓝色的精装书皮，已经沾染上了一层淡淡的褐色汗渍，但这丝毫也没影响我对它的阅读兴趣，反而多了几许老朋友般的熟悉和亲近。入睡前，随意地读上几页，或是猛然想起其中某一段，急着翻到，细细品味儿，总能获得新的感悟和体会，然后，在心绪宁静中安然入睡。

人的一生，能遭遇到一部命定的书的指引，无异多了位良师益友，很幸运，也很幸福。《忏悔录》于我，便是如此。

父女俩的阅读生活

黄河清

读书是一种生活态度和生活方式，也是健康幸福生活的重要保证。我与女儿的阅读生活可以讲是趣味盎然，一碗一碗心灵的鸡汤不断地滋润着我们身体与心灵。

女儿诞生在十一年前的4月23日，那是一个非常有意义的日子。既是南京解放日，1949年百万雄师过大江，在这一天占领了国民党统治的心脏——南京；也是中国海军诞生日，同年同月同日，人民解放军海军在泰州长江边白马村成立，从此我军有了第一支江河湖海水基部队；更是一个为全世界崇尚读书追求知识，热爱生活生命专门设置的纪念日——世界读书日。每年女儿过生日，古都金陵到处张灯结彩花团锦簇，五年十年大庆时旅大（051）级导弹驱逐舰131“南京”号会停泊在下关江面上供市民登舰游览，书店与媒体营造浓浓的读书节气氛，著名作家的签名售书图书优惠活动精彩纷呈，我们全家也与全世界的亿万读者、人民海军全体将士和纪念南京解放的市民一起享受着节日的快乐，有时甚至比过年还热闹。

闲暇时经常带着女儿走进书店或者上亚马逊、当当，一起买上几本书。在南图或区图书馆办了四张借书证，一次可以借阅10本书，两周左右就要坐公交车去一趟，沉沉地驮回家喜滋滋地像中了大奖。时间长了那个区级图书馆里，每个角落我都有我或者女儿曾经看过熟悉的书籍，其中有许多给我们心灵以震撼和慰藉的好书。因为居住空间比较狭小，书柜逐渐已经放不下了，我便在淘宝上定制了三个空间大师书柜直伸向了天花板。女儿床头书柜里也放满了黄蓓佳亲笔签名的倾情小说全集，还有曹文轩、杨红樱、金波和梅子涵的小说，她静静地阅读爱不释手，连走路上卫生间坐在电动车上都带着一本书，看到精彩处突然喷笑，欢快地跑到我跟前坐在我腿上绘声绘色地述说着书中有趣的故事。有时半夜推开她的房门，见她还捧着书，我便强制性地把灯关了。有一次竟然发现她用手电筒躲在被窝里看生怕被我发现，却捂出了一身的汗，简直有点像谍战片里的特工。

把女儿房间的灯关了，但我的灯什么时候关却是我的特权。夜深人静我手捧一本心爱的书籍，耐心地品读与鉴赏，迫不及待地摘抄笔记，时不时地将读书笔记拿出来温习，或者写一两篇心得，真是一种妙不可言的享受，时常忘记了时间和自己。

融入纷繁复杂的社会生活，我和女儿面对着职业学业的生存困厄、考试名次竞争压力与各种诱惑，网络电视等云媒体声音画面，赚钱消费选秀比拼游戏，文娱体育疯狂魔力"风暴眼"的吸引抑或是"信息"过渡污染，让我们有限时间和生命空间无法安宁。经常瞅见社会上行色匆匆的身影觥筹交错夜色斑斓中的寻欢人群，听到过忸怩作怪违心苟且灵魂发出的声音，瞄到过其他孩子手里拿着的时髦的 IPAD 和各式游戏机。其中一些家长们心态浮躁急功近利，把升迁发财物质享受感官刺激当作是成就；一些孩子也把拥有一款最潮的电子产品到处炫耀显摆。女儿有时也经不起诱惑娇嗔地教唆我去买个新玩意过过瘾。我不断地拒绝推脱，提醒她把有限的时间用地读书上，我甚至告诉她坐在电视电脑前，可能会很快头发发白成为老太太，爱看书的女孩子会越长越漂亮，她笃信不已。电视电脑成了摆设，仅过年会打开看春晚，需要查阅资料再上网，其他时间一律在写功课和阅读中度过。

这些年我总在思考一个问题，千百年来读书的生活生存的方式及享受的乐趣如今正受到前所未有的冲击，难得看到公共环境里有成年人静下心来读书了，为了什么呢？张少农副部长在陈国栋社长主编的《书香人生》

序言中提到中国美国日本韩国以色列法国等国国民年度阅读书籍量比较，我国国民阅读数量是以色列的十二分之一，美国的十分之一，日本的八分之一，位置垫底。有识之士感慨万分“富裕的中国怎么有些人心变得非常冷漠自私”、“火车跑得太快，灵魂却赶不上趟了”！底线红线不断地被突破，党纪国法、道德良心在个别人眼中心里成了一“陈词滥调”，不是别的，恰恰是读书少了、心不安静了、灵魂也不安分了。

我不愿意做这样的人，生活的坎坷让我愈发懂得读书重要，感悟到了读书支撑生命的巨大力度，也遭遇过因为放松了读书让生活黯淡失色命运多舛的苦难经历，更希望把这种人生体验和收获告诉孩子。

我读书偏重于人文，读《朱镕基讲话实录》让我感受大国总理的爱国爱民的情怀和应对变化中世界以及中国的智慧与胆识；叶曙明《大国的迷失——帝制崩溃后十字路口的中国》，了解了湖湘文化地理气候因素及南方人叛逆精神；《仇和十年》让我惊叹一个改革者历尽风雨，矢志不渝苦苦求索的人格魅力；任彦申《后知后觉》，对当代江苏地域文化脉络、“水做的故乡水做的人”的百姓品性和城市精神有了认知与感悟；《呼救人心——中国思想者集体发出的宏大呼唤》，在温情与犀利的文字间，心灵也被无情地晾晒亦被有情地救赎，让我在厘清方向后也享受到了大片的阳光奔涌而来的纯粹的幸福；台湾陈慕纯《快乐心理学》让我懂得快乐是头脑的最高指令，但快乐需要学习的简单道理；《奥巴马我的总统梦》我学习了陌生词汇——“同理心”，将心比心、心同此理、人同此心；读哈佛经济学教授格莱泽的《城市的胜利》，知道什么样的城市才更环保、经济和可持续；邓拓《燕山夜话》，深深感佩中国古代人民“女工一月得四十五日”，秦始皇“操文墨，昼断狱，夜理书”的勤劳勤奋精神及对整天劳动工作以后，以轻松心情领略古今有用的知识的温馨的提醒；《大数据时代》《世界是平的》让我认识到信息技术深刻地改变世界与人，因果相关结构非结构数据在现实生活中预测感知的力量，让我从事的国土资源信息化工作视界顿时扩宽了几个数量级。这样拨动心弦，震撼人心，滋润心田的书籍还有许多许多。

读书必须思考，这是我与女儿在读书之余经常探讨的问题。尽管她还似懂非懂，觉得好玩有趣就成。我觉得读书必须与国家民族、时代环境与学习工作联系起来，才能不钻进死读书的牢笼变成了不食人间烟火的呆子，也不会让周围人觉得另类。我惊叹一些名家和读书狂人对读书行为有历史责任感、使命感的警句和符号。胡适先生“读古人的书，一方面要知道古人聪明到怎样，一方面也要知道古人傻到怎样”；三毛“读书多了容颜自然改变，许多时候自己可能以为许多看过的书籍都成了过眼烟云，不复记忆，其实它们仍是潜在的，在气质里、在谈吐上、在胸襟的无涯，当然也可能显露在生活和文字中”；温家宝“读书决定一个人修养和境界，关系一个民族素质和力量，影响一个国家前途和命运”；陈圣来“文化不登峰，难圆中国梦”，强调读书在实现“中国梦”中的重要作用；贾梦玮“没有文学滋润的人将彻底异化”的论断，谈到读书能塑造心灵和想象也能塑造未来；姜义华“中华文明核心价值以文字书籍为载体，需要在书箱里寻找”。这些深邃文字让我感同身受，激励我带着女儿在书海里一同寻宝，在没有雾霾的茂盛书林里尽情地吸吮氧气。

书读了一些自然有些惊喜和收获，女儿懂事听话温柔善良气质端庄，口语表达有层次常有惊人名言、科学的论述和生活中奇巧的艺术创意构想，故事《头陀岭历险记》获得了全校第一，创作的小说《咱们班的那些事》已经有了30多集，部分段落让我喷饭，人物个性十足，故事跌宕起伏；我也在每天安静阅读闲暇，用国土人惜土爱乡的眼光和情怀，写出了江苏20多个历史文化名城散文随笔，发表在《中国国土资源报》等媒体上，成为了行业及南京作协会员，我们父女俩一起自我享受着一种惊艳之美，也一起携手在书山路径里慢慢地前行。

平衡　生态　进取

——《狼图腾》带给我的感悟和思考

刘玉福

一

第一遍通读《狼图腾》，让我对狼没有了憎恨和偏见，并对草原有了大概的了解。时隔六年再次通读该书，读出了不同的味道，让我有了许多的感悟和思考。

这是一部因狼而起的认知游牧民族生存哲学的奇书。我没去过草原，读此书之前以为草原就是腾格尔深情歌声中的天堂，就是“天苍苍，野茫茫，风吹草低见牛羊”的和平安详。读了此书才知道《敕勒歌》只是鲜卑族的一首儿歌，而草原生活实在太严酷了，而正是严酷的游牧生活，培养出了能跑善战、震惊世界的蒙古马；培养了草原游牧民族强悍、智慧、不屈不挠的民族性格，也培养了草原民族讲诚信、懂平衡、知命理的优秀品质。

草原学是一部生态学，也是一部生存学，一部古老而奇妙的关系学。

草原上的各种生物通过捕食的关系构成了一个庞大的食物链，草和狼是食物链的重要环节，对草原的生态系统起着决定性的作用。狼控制了草原上食草动物的数量，特别是控制了与牲畜争牧草的草原四害：老鼠、野兔、旱獭和黄羊。草原上遇到大灾的时候，狼又是最有效的清洁工，及时把死畜处理干净，控制了瘟疫的爆发。

草原民族懂得要在草原上长期生存，就要保护草场控制载畜量。在草原，狼杀黄羊从不杀绝，打旱獭也是打大不打小。蒙古人打狼、打獭子更是不赶尽杀绝。这些草原的规矩，都是为了更好地生存繁衍。正是草原狼在草原生态中的重要作用，草原民族才以狼为师、以狼为友、爱狼敬狼、以身饲狼，狼成了草原人崇拜的图腾。

二

在草原民族看来：草和草原是大命，剩下的都是小命，狼和人也都是小命，小命要靠大命才能活命。草原人和草原狼打了几千年的仗，就是为了控制草原人口和牲畜数量，所以草原才会有几千年不变的水草丰美。

虽然我国早在1980年就开始推行“一胎化”的计划生育政策，但目前我国的人口数量已逼近十四亿。庞大的人口数量给我国的资源、环境带来了巨大压力。我们的“十八亿亩”耕地红线能坚持多久，能否挡得住膨胀的人口和膨胀的私欲，是我们必须正视的问题。我的老父亲常和我说：在解放初期，分到各家的土地多的种不过来，只挑些肥沃的土地耕种。现在村子里人均不足一亩耕地了。谈起此事，他的言语里满是叹息。可当谈到儿孙满堂、人丁兴旺的时候，他又神采奕奕，自豪满满了。我知道，老家的计划生育政策很严格，但还是挡不住超生的大军！几千年的传统观念让多少人还麻木在“多子多福，有人就有财”的偏见里。

看着膨胀的城市、膨胀的村庄，到处人满为患、车满为患，都是膨胀的人口造成的。我们的国家早在六十年代就开始考虑计划生育了，只是部分国民始终没有彻底觉醒。上有政策，下有对策，传宗接代的欲望让部分国民各显神通，变着花样地与政策对抗。政府怎么办？总不能草菅人命，激化社会矛盾吧。我和父亲也讲过这样的道理，但触及到他孙子多的问题，他就会说“中国人口虽然多了，但国家也富了，我们的生活水平不是也提高了吗？遇到困难，国家总是有办法的”。

国家有办法？国家有什么好办法呢？地少了人多了，活命就要吃饭，那就提高亩产量吧，老人家又怎么知道这是耕地之觞呢！

三

“6.25”全国土地日之前，我在国土报上看到一篇报道：我国用占全球不到8%的耕地养活了全球超过21%的人口。看似很光鲜的成就，可如此少的耕地却耗掉全球化肥量的1/3，过度的耕作致使耕地质量严重退化。报道中有个例子：我国著名的蔬菜生产基地山东寿光，许多种植户已先后数次挪动大棚位置，因为大棚建成五六年后，产量就会下降，并最终成为“死棚”。许多地方的耕地氮肥使用过量，到了增肥不增产的地步。况且工业废水的无处理排放、农业投入品的滥用、外源性污染、养殖业污染以及工业漂移物等，使我们生存的根本——土地逐步被毒害了。如今我们吃的粮食、蔬菜、肉类产品，有多少能贴上绿色的标签？重金属超标的大米、农药残留超标的蔬菜、瘦肉精、地沟油……我们的身体健康正承受着各种毒害的威胁。人口过剩的民族，活命是头等大事，成了相互毒害、断了子孙后路才能活命的头等大事，是多么可怕的事情啊！

人是地球上最高等的动物，也能以最快的速度打破自然界的平衡，物种的多样性也正受着人类的威胁。记得小时候，在老家田间的沟渠里，鱼、虾、螃蟹、泥鳅随处可见。沟渠的两侧有许多螃蟹打的土洞，拿一根狗尾巴草就能钓出小螃蟹来。走在田间地头，走不了几步就有受惊吓的青蛙噗噗通通跳进沟渠里去。早上我跟着哥姐到云蒙湖上游的小溪里，用个小网子很轻易地就能捞起许多小河虾，这些可爱的小生灵在网子里蹦蹦地跳，散发着淡淡的腥香。现在小溪和沟渠都干涸殆尽了，鱼虾螃蟹都没有了，连青蛙和蛇都很少见到了。我们想用生化武器杀灭害虫，提高农作物的产量，可害虫没有杀尽，害虫的天敌却不是被生化掉就是上了餐桌了。

在草原，人、狼、食草动物都控制在合理的数量内，是为了更好地生存。连狼都知道保护草原的生态平衡，聪明的、高智商的人类不是更应该保护生态平衡，为我们后世的子孙留下美好的家园吗？

四

《狼图腾》在深层次里表现的是民族精神。姜戎老师在"关于狼图腾的讲座与对话"里，对华夏五千年民族发展史做了梳理，并提到了民族的发展要有大游牧精神，不仅包括草原游牧精神，还包括海洋"游牧"精神和太空"游牧"精神。近年来我们国家致力于这些方面的发展并取得了长足进步——"神十飞天，蛟龙下海"，让国民自豪和振奋。但国家的发展和民族的振兴需要全民族的忧患意识和进取精神。一头狼领着一群羊不会真的变成一群狼，国民委顿麻木了，就会羁绊民族振兴的步伐。

说到这里，让我想起中国足球。在足球这个对抗性很强的集体竞赛项目中，既需要激烈竞争，又需要团结协作，这样的运动会让意志品质和竞争意识得到磨炼，有利于培养积极向上、勇于拼搏的精神。足球运动也是当前世界上第一大球类运动，多数发达国家都将它发展得有声有色，培养了团队精神、激发了民族斗志，展示出这个民族的狼性和民族的凝聚力。人口一亿三千万的日本已经踢出亚洲走向世界，人口不到五千万的韩国足球是中国永远过不去的坎！国家队 1:5 输给泰国后，在中超踢球的外援都说为中国感到丢脸……

北京奥运会上我们虽然夺得金牌数的第一名，但多数是单兵较量。中国十三亿多人口，为什么在团队项目上没有大的突破？我们不应该把眼光放在现有的几个球员身上，要让足球回归体育，体育回归教育，教育回归文化。中国足球首先要普及、要推广；并培养快乐足球的理念，让球员享受足球、享受文化。球员的眼光放远了，就不会被金钱羁绊了双脚。

五

一个国家的强大与否，并不与该国的 GDP 大小成必然关系。因此，官员的政绩除 GDP 外，还要包括资源的保护、环境的优化、民族的精神风貌、民族的凝聚力和向心力。

党的十八大报告中提出了大力推进生态文明建设，以独立篇章提出了今后 5 年大力推进生态文明建设的总体要求，并把生态文明建设放在事关全面建成小康社会更加突出的战略地位，纳入社会主义现代化建设总体布局。2012 年全国组织工作会议上，习总书记指出：要改进考核方法手段，既看发展又看基础，既看显绩又看潜绩，把民生改善、社会进步、生态效益等指标和成绩作为重要考核内容，再也不能简单以国内生产总值增长率来论英雄。

新一届中央领导集体在国家博物馆参观《复兴之路》展览过程中，习总书记将实现伟大复兴定义为“中国梦”。让人民共享人生出彩的机会就是“中国梦”的构成。就像龙有九似，将各种高超的本领和优秀品质集于一身，是华夏民族信奉和崇拜的标志。当每一个人都为了“中国梦”的实现而努力，每一个人都能放飞自己的梦想时，中华民族定会插上腾飞的翅膀。

做官先做人　为政德为先

——读《领导干部从政道德启示录》有感

张　陟

最近得到一本由中纪委宣教室、中组部干教局、中宣部宣教局组织编写、名为《领导干部从政道德启示录》的书，读来使人深受启迪，深获教益。该书在对道德品行的本质追寻和道德修养的路径探索中，萃取我国历史上的优秀廉政文化、借鉴国外官员伦理建设的有效做法，结合当前党员干部的思想和工作实际，从坚定理想信念、秉持群众观点、正确行使权力、坚持良好作风、创造过硬实绩、保持清廉气节、培养高尚情操、正确对待亲情八个方面，就党员干部立身用权、为民务实、修身齐家等方面的思想道德要求进行了深刻阐述。论述深入浅出、夹叙夹议，生动活泼、不拘一格，融思想性、引导性、可读性于一体，是一本运用名言至理、古今殷鉴帮助广大党员干部修身养德的好书，也是当前正在开展的党的群众路线教育实践活动的一部好教材。

这次教育实践活动的主要任务是聚焦作风建设，集中解决党员干部特别是领导干部当中存在的“四风”问题。然而，好作风的养成不是一蹴而就的，需要通过长期的思想修炼才能逐步形成。做官先做人，为官重修德。道德素质是人的内在自我修养，作风则是人的道德修养的外在表现。所以，领导干部要想有好的作风，必须首先注重自身的修养，在立德、自律、修身上下工夫。

第一要立德。德，从现代意义上讲，指的是一个人的思想政治素质，包括世界观、人生观和价值观，也包括事业心、责任感、理想、信念、情操等。由于领导干部都在一定的岗位上承担着一定的领导责任，因而领导干部的道德较之于一般民众而言，要求更严，标准更高。作为一名执政党的党员，特别是党员领导干部，要从党和国家事业成败的高度来认识立德问题。以个人立“德”，立的是“小德”、“私德”；以人民立“德”，立的是“大德”、“公德”。立德，是一个漫长的过程，伴随人的一生，它依赖组织的教育、同志的帮助、舆论的监督，更要靠自身的努力。每一位领导干部应从加强学习入手，以“君子检身，常若有过”的虔诚态度，反躬自省，不断进取，努力把自己修炼成有远大理想的、道德高尚的、脱离了低级趣味的、有益于人民的共产党人。

第二要自律。自律，就是要能够自觉遵循法度，自我约束，严格要求，以党员的标准规范自己的言行，不做违法乱纪的事，认真履行职责。作为一名领导干部要真正做到严于律己，必须“五官”端正：“眼不偏”，透过现象看本质，眼睛向下看群众，不偏不倚看干部，视野开阔看全局；“耳不软”，既要有从谏如流的胸怀，又要有辨别真伪的能力，不偏听偏信，能容逆耳之言，广泛听取群众意见，让报喜不报忧现象、奉承拍马之言失去市场；“嘴不浮”，讲话实在不浮夸，敢讲真话、心里话，不讲或少讲不偏不倚的套话、不咸不淡的空话、不痛不痒的废话，同时要管住自己的嘴，不该吃的不吃，不该说的不说；“手不长”，牢记“吃人嘴软，拿人手短”的古训，牢记“手莫伸，伸手必被捉”的告诫，不该拿的不拿，不该给的不给，不该签的不签，真正使自己手中的权力成为造福于民的工具；“腿不懒”，迈开双脚，深入群众，沉到基层，接触新鲜事物，倾听群众呼声，找到解决问题的妥善办法，真正体现领导作风和领导方法的转变。同时要管住自己的“腿”，不该跑的不跑，不该去的地方不去。

第三要修身。领导干部要注重自己的品行修养，洁身自好，修身养性，把道德实践当做培养良好道德观念、形成文明道德风尚的根本途径，把“为民、务实、清廉”作为行为准则，变成自觉行动，以自身的模范行为带动群众实践社会主义荣辱观，做到一身正气做人，两袖清风为官。

作为组织人事部门的干部，衡量作风好坏的最重要标准，就是是否能坚持“公道正派”的核心价值观，是否能坚持“德才兼备、以德为先”的用人导向。我党高度重视干部的品德操行，坚持按“德才兼备、以德为先”的原则和“政治上靠得住，工作上有本事，作风上过得硬，人民群众信得过”的标准选拔、培养、使用干部。“坚持用好的作风选人，选作风好的人”，就坚持了德才兼备的用人导向，就能从源头上扼制凭不正当手段“跑官”、“要官”，靠年头“熬官”，用钱“买官”等不正之风，营造一种靠贤德、靠素质、靠实干、靠本事、靠政绩的用人环境。把德才兼备、群众公认、实绩突出、勤政廉洁的干部及时选拔出来，体现了选人用人的道德取向。组织人事部门的干部要做到以德取才，知人善用，任人唯贤，首先必须大胆创新干部人事制度，以德为先，广开选贤任能之路，决不能提拔那些“缺德”、“失德”、“损德”的干部。通过建立考核激励机制，让德才兼备、政绩突出、锐意改革、群众拥护者上；让德才平庸、能力不济、违法乱纪、唯我独尊者下。其次，要善于发现和使用各类贤德之才，不以人画线、以地域画线，不凭感情用人，给所谓的“自己人”说好话争位置，不拉帮结派，搞团团伙伙、亲亲疏疏，培植私人势力。再次，要把培养和选拔年轻干部作为一项重要工程紧抓不放，要创造机会，让年轻干部的品德和才干在实践中得到磨炼和考验，努力营造有利于干部脱颖而出的环境，敢于让有德有绩、有胆有识的人挑起大梁。只有坚持“德才兼备、以德为先”的用人导向，才能调动和保护各级干部的积极性，引导他们勇做德高望重之“官”，不做声色犬马之徒；勇做德才兼备之“官”，不做不学无术之徒；勇做厚德载物之“官”，不做追名逐利之徒。

乡土社会的变迁及民间法的命运

——《乡土中国》读书笔记之一

尹金龙

乡土社会是社会学界在研究中国社会时，对中国基层农村社会的特性所做的一种概括，并逐渐超出社会学的范围而为政治学、历史学和法学等学科所熟悉、沿用。上世纪四十年代，著名社会学家费孝通先生在其《乡土中国》一书中提出了乡土社会这一概念。“乡土社会在地方性的限制下成了生于斯、死于斯的社会”，因而乡土社会是几乎不流动的，在这里，“世代定居是常态，迁移是变态”；乡土社会的人们聚村而居，造成了乡土社会生活上的“地方性”；由于不经常流动，就形成了一个“没有陌生人的社会”，大家彼此熟悉，“乡土社会里从熟悉得到信任——乡土社会的信用并不是对契约的重视，而是发生于对一种行为的规矩熟悉到不假思索时的可靠性。”

费老关于乡土社会的描述成为很多论者研究民间法问题时的前置语境，被当做一种不言自明的表达，但问题是当下的中国农村社会究竟还在多大程度上吻合费老在上个世纪四十年代所做的描述。笔者以为关于当下乡土社会的描述，不仅仅是一个语境置换的问题，更关系着整个民间法的命运，从而关系着中国法治现代化的进程，因为所谓法秩序说到底只是建基于经济基础之上的一种上层建筑，经济形态的改变将直接影响着法秩序内在机理的流变。在我国现代法治建设的若干年，在城市主要是以国家法为主，而在农村——特别是偏僻农村，则主要以民间法为主。民间法功能的发生，其根源在于其处身一个乡土农村那样一个熟人化的社区，一个与现代化法律作用逻辑相隔阂的网络结构，因此一个乡土社会越“典型”，其经济越单一，流动越小，越封闭，这个熟人化的社区就越稳固，相应的，民间法功能发挥的空间就越大；反之，当一个乡土农村不再那么典型，整个社区随着经济的发展变得日益流动，需要不断地和陌生人进行交流，并进而不断地陌生化时，民间法功能的发挥空间也将日益萎缩，曾几何时无用武之地的国家正式法将理所当然地进入，并支配人们的生活，而社区中的人们因为各种利益的需要，也将更坦然地接受这种“新”的支配。正是在这个角度，我们需要对当下的中国乡土社会做一番描述。

通过近年来一些学者对中国农村社会所做的调研，关于乡土社会的变迁大概可以做出如下一些判断：其一，1978年开始的农村改革，已使今日之农村不再是费老笔下典型的“乡土中国”形象。表现在：一是随着经济的发展，城镇化进程的加快以及户籍制度的改革，乡土农村正从一个不流动的社会转化为一个日益流动的社会；二是随着农村新生力量文化知识的不断提升，很多人融入了城市群落，“沾染”了城市的现代因子，并以各种方式影响着生养他们的土地和人们的观念；三是按阶级、血缘划分的社会等级被打破，人们的社会等级和地位更多地由经济和法律所赋予；四是普法的深入和市场经济的冲击，提升了农民的法律素质，国家法在农村的地位逐步上升，绝大部分村民会开始习惯并接受法律介入生活的现实。其二，中国农村社会的乡土性依然存在，它仍然是一个礼情社会和熟人社会，分散和封闭依然使它处于与中心城市相对应的边缘地带，民间的人情、礼俗、道德、习惯等依然活跃。

当下中国农村社会所反映的这样一个景象，决定了民间法的命运将出现以下几种情况：第一，国家法的局限以及农村社会乡土性依然存在的事实，决定了农村社会中的乡土逻辑仍在一定范围内存在，民间法将在一定的空间内继续发挥它的功能，与国家法长期并存。第二，随着农村中工商经济的发展，社会流动性将日益增强，乡土社会原来的熟人社区将日益陌生化并面临解体的命运，现代法律的作用发生将变得经常，传统民间法的功能发挥空间将被压缩，但这一过渡期显然将是漫长的，在这一过渡期，一部分民间法其内在机理将发生流变或被国家法改造，一部分则将被抛进历史的角落，不复再现。第三，随着时间的流逝，区域间流动性增大，文化的弥散的传播，一部分不同地域的民间法可能会趋于同一，从而扩大其适用的范围。同时，由于从农村进入城市的人日益增多，他们可能很难在短时间内改变原来的观念逻辑，而为了心理上的需要，从而努力地在城市这个陌生化的区域营造熟人的社区，将一部分民间法在城市里继续加以适用。城市文明因此将变得更加多元。第四，随着市场经济的发展，社会成员的利益需求将趋于多元，而国家制定官方法一般从国家或者社会整体利益出发，因此可能忽略某一群体的合理诉求，难以满足社会成员多元化的利益需求，这就为民间法以另外一种形式出现提供了广阔的社会空间。

显然，这里关于民间法命运的简单勾勒，注定是不全面也不十分准确的，因为我们做此判断只是基于经验，但真实的社会发展却是万分复杂的。民间法的变迁也必然是一个漫长而曲折的过程，在这一过程中，其实质内容将发生改变，其形式特征将得以保留。

和父亲一起看书

仲伟朴

从小，我就特别喜欢看课外书。那时，由于家境不好，根本就买不起书。后来，我无意在家中翻阅到一本《课外阅读·散文读本》便如狼似虎地读了起来。整整一下午，我都抱着这本书不肯放手，以至于妈妈喊我吃晚饭我都没听到。最后，还是爸爸发现了我并把我从角落中“拎”出来。

爸爸以为我是故意装作没听见让他们到处寻找，扬起手就要打我，被妈妈及时给劝阻了，妈妈说：“听听看他是怎么说的。”我实话实说道：“平时想看书都没有，好不容易找到一本书，我看得入迷了，没听到你们在喊我。”我此话一出，爸妈的表情瞬间都变了，尤其是爸爸，脸色变得难看得很，他从我手中抽过书，转身离开道：“先吃饭。”那顿饭是家中吃的最乏味的一顿，往常家里的笑声都不见了，席间，爸妈一直埋头吃饭，没说一句话，我也意识到自己讲错话了，没敢吭一声，姐姐好奇地望着我们，不过由于压抑的气氛，她也没说一句话。

第二天，父亲在园中搬过一张椅子，两个凳子，把我喊了过去，拿出昨天我看的那本书道：“到这边来，爸爸陪你一起看。”我讶异地走了过去，爸爸表情不自然道：“是爸爸没用，连本书都买不起给你看，这还是上次你表舅买的忘在这里带走的，过几天得还给他。”我坐在凳子上，默默地看了起来，爸爸的声音又从旁边传过来，“遇见不懂的字句就来问我。”那个傍晚一直牢牢地刻画在我的心中，父亲的背影在夕阳下愈发的高大起来。

书还给表舅后，我还难过了好一阵子，不久，爸爸就像是变戏法一样，不知道从哪里弄来那么多小人书，我问爸爸书的由来，他摇头不语。后来爸爸每月总有几天消失不见，我就问妈妈爸爸的去处，被我问烦了，妈妈无奈松口："你爸爸为了让你有书看，答应每月都帮袁老五家干几天农活，他，他这是干活去了。"袁老五我知道，村里有名的暴发户，为人极其吝啬，他给儿子女儿买了很多玩具和书本，一心指望儿子女儿能考个好大学，无奈儿女皆顽皮，对书本都没多大兴趣。

爸爸肯定是去问袁老五借书，我都不敢想象爸爸给人卑躬屈膝的场景。我听了妈妈了话，下定决心要好好学习，不能辜负父亲对我的一番期望。现在，我已经长大，可以买任何我想买的书籍，不需要父亲对别人低头了。

前段时间，我回老家看望父亲，发现父亲躺在摇椅上，带着老花镜，眯着眼睛看着什么，我走过去，发现是一本《周易》，母亲的声音从旁边传来，"这么大年纪了，还看什么书，带着老花镜也看不清，跟他说了多少次都不听。"

"爸爸带着老花镜还看不清吗？"我问我妈。

"上年纪了，那里还看得见这样的小字。"妈妈唠叨了一句，转身进了厨房。

第二天，我特意去书店买了一本老人版本的《周易》，店主是个老头子，笑呵呵地对我道："年轻人，是买给你爸爸的吧，现在像你这样用心的年轻人可不多啊，我那儿子啊，一年都不回来看我一回。"我笑了笑，不语，结账离开了书店。我记得当时爸爸把那些小人书放在我面前说的话："这些小人书正适合你现在看，那本书太破旧了，伤眼睛。"现在，我也怕父亲伤到眼睛，特意买一本适合他看的书。

回到家，父亲接过书，嘴里责备道："干嘛买这么贵的书，浪费钱。"可是我看到他脸上是满满的笑意。在家中的时间，没事我就拿个凳子坐在父亲旁边，指出他阅读错的字句，帮助他理解，一如他当年对我那样。

边疆区域的国土保全

侯海生

钓鱼岛、南海诸岛的困局，即便那些热衷于打酱油的人，也会有所诘问：为什么 hold 不住呢？

海洋国土的困局不是新问题，如同陆地国土的丢失，这其中有太多的老故事。1949 年之前的 100 多年里，丢了四百多万平方公里：黑龙江乌苏里江外 150 平方公里、漠北 150 万不止，阿勒泰西北方向也得几十万。大致没错。不必再往前追溯，不同类不可比附。没法拿者如古罗马帝国或者蒙古帝国极盛时的版图，比附今日某国的边界线是否合理。一国的版图，只能参考历史，尊重现实。

现实的控制能力，最有说服力。所谓 50 年来的实际控制，虽然是强权政治诞下的国际法则，我们也得无奈接受。新中国 60 余年，为边界问题，经历了太多的好说歹说、打架斗殴、军事冲突、乃至规模战争，保家卫国，不一而足。大部分国境线经过和睦、血腥、冷静、理智的种种状况后，终于划定了。剩余海上陆上的争端，依然面积巨大，不可预测的可能性依然如故。例如海洋国土，大家看得到与日菲越的剑拔弩张，虽是若干无人岛屿礁滩等，却关系到数百万平方公里海洋权益以及战略考量。陆上主要是印度、不丹等，也涉及十数万平方公里面积，而且资源禀赋为大多数人所不知。例如藏南的森林活立木存量，就在大小兴安岭之上，一条雅鲁藏布江大拐弯后的水资源能量也数倍于三峡。可惜都 hold 在别人手里。新中国的几十年，对这些地方有不少机会拿下，但，可保全并拿得住的条件阙如。不然早攥紧不放了。

国土保全的途径何在？历史有借鉴，现实有说法。十年前，笔者在西藏国土资源厅主持工作期间，曾对“印占区”乃至于我国边疆区域的国土保全问题，做过一些研究。近期又涉猎不少新材料，感触颇多，借读书频道叙及一二：

首先，国土保全的途径离不开政治之道。政治手段很多，内外有别，但不论阳谋阴谋、谈判争吵、妥协怀柔、最为极端的途径就是军事，所谓“战争是政治以另一种方式的延续”。靠武力来攻城略地，扩张领土，镇压反抗，保卫国土，历来是政治家决策时的主要备选项。看古代史、近代史和现代史，那些扩张力最强的王朝与国家，靠武力征服、军事侵略，造就了许多版图宏大甚至跨越欧亚非的所谓神圣帝国。但是，依靠武力保全国土，并非万能。远的那些王朝与帝国不说，现代的纳粹德国、日本帝国还有苏联，都是把武力侵占发挥到了极致。后来，“治天下”和“打天下”全然两回事。特别是“二战”后的民族解放和国家独立大潮，那些不可一世的老牌殖民主义国家，面对手无寸铁的异邦民众，最终的结果尽人皆知。可见，国土保全离开军事手段不行，但是全靠军事手段也未必行。历史的教训如此，应该也是必然规律。再强的政治集团和国家，概莫能外。这方面的著述太多，我很想举例一部征服与被征服（也是征服者被征服）的历史经典，法国历史学家勒内·格鲁塞的旷世名作《草原帝国》（国内的中文译本可能有几个，大家有兴趣自己选）。我们可以从中感受从匈奴、突厥、蒙古等亚欧征服者及其版图的演变以及他们又如何被征服、被同化。后面这一点，最有意思。因为，凶悍的武器所产生的力量，最终可能被柔软的文化力量所征服。我想我的这篇杂文，最终要在这个主题下，论及国土保全之要害。

其次，国土保全之道，经济手段为重，这是最现实的力量。基本的道理其实不言自明：国家发展得好，经济条件好，人民安居乐业，边境相对稳固。国土保全自然容易。如今国土保全状况最好，边界线最稳定的地区，基本都是欧美发达国家。原因当然还有很多，但是经济条件包括各类经济政策、社会公正、公平竞争、劳动保护、社会保障等，毫无疑问是关键因素。它们的吸引力造成了当代最大的同方向移民潮。以至于有调侃，曰：某些小国自愿列添做美国国旗之第 51、52 颗星等。逆向的例子同样也很多。就拿我国 20 世纪 60—70 年代北部边疆和东南沿海的边民外逃偷渡事件来看，最基本的原因也是为了过好日子。1962 年新疆逾 6 万边民，在苏联克格勃等各种力量鼓动下，蜂拥出境，组织者最主要最有效果的动员口号，也是“想吃饱饭就到苏联去”。我们东南沿海延续几十年的偷渡更是如此。设想边疆区域的居民，失去对国家基本的依赖和信任，他的向心力何在，国土保全的动力和基础何在？这方面的著述文献也很多，我很喜欢的一套旧书：美国著名历史学家威廉·曼彻斯特的名著《光荣与梦想》。此书的中文版本也多，我喜欢 70 年代商务版。赏心悦目的名家译文，每读一次都会在令人愉悦的同时促人深思。尤其是思考，这个国家为什么吸引人？为什么留得住人，特别是优秀的人。

第三，看过种种的政治和经济手段之外，你会非常自然地想到：国土保全还要依靠其他手段，例如文化的手段。文化传承的内在力量以及强势文化的浸透力量，对不同文化背景人群的同化过程，通过潜移默化的途径发挥作用，这是我们常见的情况。

现在存世的诸多国家和民族，无论历史上经历过多少侵略与被侵略，国土能够不同程度保全至今，本质上靠的是国民身负的代代相传的文化的力量。文化的力量也包括广义的文明有如宗教等。古代近代的例子比比皆是。即便“大规模杀伤性武器”出现后的现代史上，也有典型甚至于极端的例子。有兴趣可以研究一下，20 世纪不靠“枪杆子里面出政权”的两个名人及其所作所为，一个是印度的圣雄甘地，一个是伊朗的宗教领袖霍梅尼。有关他们的传记很多，不论那本，开卷一定有益。两位的对手一个是大英帝国，一个是霸主美国。我们不评论印度伊朗两个国家的是非，但就国土保全而言，两位手无寸铁的领袖人物及其疯狂的追随者，依靠着各自民众所坚信的宗教与世俗的力量，主要也是文化的力量，在他们的那个时代，赢了那两个不可一世的所谓武装到牙齿的强手。

关于文化的手段，也存在另一种情况，就是统治者有意而为之，利用本民族或国家的先进文化，抑或自认为先进的文化，来教导国民，凝聚民心，或教化异族，改造异类，通过政权的强力，使得国家版图内的民众，逐步认同这个政权与国家，进而保卫这个政权与国家。民众在心理上认同一种文化，就会自觉维护这种文化的载体。这个载体，不仅是一般意义上的各类各种文化形态，其实还包括了与之有着相互依赖关系的某个政权以及它赖以立足的国土。一般情况下，政治正确、政策对路、人民拥护，各族归顺进而国土保全的情况，史上不少见。但是统治者自己不争气演砸了，或者占领军用刺刀顶着百姓喊万岁，最终国家分崩离析、国土尽失的例子，史上也不少见。

通过上述的略微抽象的分析，我觉得文化是国土保全的最终因素。但是，具体到保全什么地方，靠什么人保全，还要更加具体。比如，国土保全的第一线，无疑应该是边疆地区。边疆地区的民众，其文化传承往往复杂。就拿我国来说，各少数民族是边民主体。由于区域发展的不均衡，特别是生存环境的闭塞，他们的文化传承中，国家的意识与认知，即便今天，也不敢说与内地居民等量齐观。事实上，无论“国家”还是“民族”，这两个概念的成熟与普及，在世界范围也是百年左右的事情。至今有些很大的语言仍然对这些概念存在歧解，不要说普通百姓，更不要说对于欠发展地区、特别是半封闭状态下的区域里生活的边民。所以说，与其要他们追求某种政治上的认同，更加实际的是培育这些边民的文化方面和经济（生存）方面的“向心力”。

我用“向心力”这个概念，是因为在边疆地区谈国土保全，必须以此为核心，必须把它作为最基本的逻辑。有个大家比较熟悉的例子，很能说明这个问题。

清政府丢掉黑龙江乌苏里江外的大片土地，除了腐败无能，还有个重要因素是拒绝向那些地方移民，哪怕是忠于朝廷的犯人。造成当地有向心力的人口极少。而沙皇俄国做了相反的事情：哥萨克骑兵，押解着流放的犯人，包括大批有巨大影响力的社会名流，越过乌拉尔，一直向东。从17世纪流放犯人，逐步有意识移民；从18—19世纪的几十万到20世纪初苏联时期的上百万。几代人下来，土著人与移民之比从1∶0达1∶8。不仅西伯利亚，还有远东的伯力、海参崴，远至堪察加等，逐一并入它的版图。

非常类似并且可比的案例，还有清政府对新疆的部分保全。清廷对流放犯人到祖宗之地东北，顾忌很多，但是其他边地不论。在新疆的流放者中，除了一般刑犯外，许多是触犯清廷条规的达官显贵。例如：撰写《四库全书总目提要》并出任《四库全书》总纂官的纪昀纪晓岚；史学家、舆地学家、诗人洪亮吉；写有《西域水道记》等著作的徐松；虎门戒烟当过钦差大臣、在疆大兴水利的林则徐；戊戌变法受了牵连的户部侍郎张荫桓等。这些人大多是清政府流放后的谪居者。还有大批没什么名气的官吏军人与商贾平民等。其中那些有文化修养的人，既忠于朝廷又都非常关心区域的发展。这些人对新疆的贡献，有如沙俄政治流放犯对西伯利亚的贡献。显然，大部分身处边地的流放者，其文化传承不会改变，特别是那些有社会责任感的精英，更加关注国家的大局和民族的利益，自然也会做出种种有利于国土保全的功业来。这方面有兴趣的朋友，可读一读云南人民出版社2001出版的《伯希和西域探险记》，译者是名家耿升。他对中外文化交流包括边疆问题方面的译介与研究，值得花工夫品味。

写到这里，又想起在西藏边境地区听到的一则小人物的大故事。中印边境我方阿里地区，沿着狮泉河（出境后是有名的印度河）到争议区，有一极小村落，叫典觉。几户人放牧为生。旁边有个村叫碟穆楚克，也不大。1962年战争这里是西线的热点之一，两军在此打得很激烈。翻阅当时的人民日报等大报，你能够很容易找到不少精彩悲壮的战事报道。话说到了90年代，和平气氛主导边境，但两方背地下的较劲从未停歇。某日夤夜，印方一情报员潜入典觉，当然化装为牧民，找到一老村民攀谈。咱们这位没多少文化的藏族老人，依照民族礼节款待稀客。酒过三巡，打探情报者原形毕露，藏族老人先不动声色，随后就势把喝大了的印度人五花大绑，送到了边防站。事后得知，情报员乃印军上尉，给同事吹牛说随意出入中国一侧，没人能发现他云云。不想这次栽倒在一区区牧民脚下，实在是丢脸丢大了。据说此人被遣返后，被印方重罚。对比上面提及的那些大人物，小人物一样做大事。道理再简单不过。所以，边民有这种向心力，何愁国土保全的动力！夸张一点说，其他任何力量都难以比拟。

围绕边民的向心力何在，你会一目了然地明白，边疆地区的国土保全问题，结症首先应该是什么！换句话说，必须有足够多的内生向心力强大的边民，并且稳定居住在那里，生存在那里。他们与其他国民有着共同的文化传承、宗教传统、道德伦理、生活习俗，等，如果可能，再能够享有相对良好的生存发展政策。有了他们，就有了国土保全最可靠最持久的力量。

我们的争议区无论海岛还是陆地，吃亏最大的是缺少人口以及鼓励移民的政策。英帝国的英属印度政府在19世纪末20世纪初蚕食我藏南达旺地区时，就采取有意识地发展观光业，“培养”潜在的投资者和新居民。印度1962年战争后到本世纪初，移民我藏南（所谓阿鲁那恰尔邦）的人口260多万，几与我西藏当时人口相当。不用说它的基础设施等建构，都跟得很紧。根据我的观察，西藏沿边地区的居民本来就少，中印1962年边界战争后，亚东等口岸关闭，我方居民与边镇的建设均比较沉闷。与尼泊尔交汇的边镇，尼人居民增加幅度很大。如下吉隆边镇，清朝时就是大集之地，如今尼人从60年代的几个人，发展到三位数。按照这个速率，我们的居民可能很快成为少数派。关于此问题，还可以看看美国的西部开发，虽然从经济地理条件上我们不可比附，但从政策引导的层面，仍有可借鉴之处。其中就包括立法保证新居民能够公平合理获得土地。然后新居民全力以赴从多方面投入，使其土地的收益最大化。这个过程也是新居民与新土地建立感情的过程。有了对土地的眷恋，才会真正建设它、保护它。对此感兴趣的朋友，有一本《美国边疆史》可参考（何顺果著，北京大学出版社2000版），参考它巩固边疆开拓新边疆的政策举措。

由此及彼，关于开篇这个主题，最需要研究的问题也更加明朗。反观各种争议区的边民后撤、脱离接触、甚至铁蒺藜网断联系等，恐怕是弊多利少。政府各口可否花些功夫，研究些政策办法以鼓励扶持那些有向心力的国民进入并落户争议区、培育巩固边民的生存发展条件；尤其尽快出台如何让争议区首先保有我们的居民，如何让我们的居民在那里安居乐业，如何让我们的居民热爱自己家园的种种举措。有了这样的边民，就有了国土保全真正的力量。

一个人、一个族群，在一片江河湖海或林草田畴间渔樵耕作，一代一代，繁衍生息；日复一日为她欢喜为她忧。这种情怀，经年累月，幻化为另一种情怀的养分，营养其根基，使之有朝一日孕育出更伟大的情怀——爱国主义。如此，国土保全才有了意义。

文坛劲吹齐鲁风

—读《脉动八年》有感

冯连伟

虽说这是一个传媒的时代，然而，我却没有培养出网上阅读的习惯，还是笨笨地从书店买回一本本喜欢的书，在墨香中感受读书的那份快乐，感受和书本建立起的那份独特、奇妙的关系。

林语堂说，读书使人得到一种优雅和风味；北宋黄庭坚却说："三日不读书，便觉语言无味，面目可憎。"读书可以修身养性，读书可以经世致用，读书可以从中体悟曼妙的世界或者做人的智慧。在"尘世熙熙，皆为利来，尘世攘攘，皆为利往"的社会，在"飘飘何所似，天地一沙鸥"这种虚无真实的困惑中，走进书香，走进精神的后花园，实在是其乐无穷。

一

晨曦初露，空气清新或夜深人静的时候，伴着静谧的天地，坐在满溢书香的书斋里，打开国土资源导报 2003—2010 优秀文学作品选《脉动八年》，感受着一份高尚的情感，品尝着一份浓浓的亲情，认识一点生活的道理，享受一段淳朴的语言，与新朋老友才人、哲人、贤达之人在书中相遇，为书中的美文轻轻地赞叹，为书中的幽默发一点微笑，为受到的启迪教诲哲理而欣喜满足，一时间宠辱暂忘……

《脉动八年》是一本好书，值得一读。

翻开《脉动八年》，“诗长廊，词短章”让我看到了一望无垠的美丽田野、小河、树林、美景，花的香气、草的芬芳立时扑面而来，令人心旷神怡：王光信的《齐鲁风景》中“一钩新月北长山，怀抱碧水依沃田。浑圆球石生异彩，黄白红绿半水仙”的“半月湾”，“金涛刺海似雷鸣，二龙争斗百万兵。沧海桑田处女地，长河落日烟雨中”的“黄河口”都让我身临其境，心往神往。徐展的《乡土》“望乡土而兴叹”，曾生之于乡土却不能劳之于乡土，于是只盼归之于乡土。徐峙心中记忆的“站台上的父亲”一年不见，在嘈杂的站台上他已经这样苍老，他感受到父亲的爱和父亲落伍的皮鞋、袜子、衬衫还有追随了他一生的灰暗表情也同样苍老，但他知道父亲在等待一个儿子和一个彩色的梦……读着一首首诗篇和词章，我理解和领悟到“只要诗还活着，活在后人的心中，诗人便没有死去”，献给读者的是美景加快乐，智慧和哲理。

二

时间如蚕丝在指尖滑过。读一本好书，正如文化给人的力量一样，在生命的岁月里，更多的是缓慢、绵密、恒久的渗透。一切都有痕迹，我们沉重的肉体会因阅读而获得心灵的轻盈和洁净。

《脉动八年》里刊登的是《国土资源导报》文学副刊“齐鲁风”的优秀文学作品，这些作者主要是来自国土系统的文学爱好者，在所选作品的作者中，也不乏一批在省内外已名声响亮著作缠身的知名作家，更多的是来自国土战线上的干部职工。

中国文化最核心的精神是以人为本的人文精神，文学作品最永恒的选题当属“亲情”。《脉动八年》精选的“游子吟·故乡情”让我念亲人忆故土。阿文笔下的“满院丝瓜”，只因儿媳妇对老父亲说“看到同病房的病友用丝瓜瓤刷碗很好，又卫生又耐用还不发霉”，于是老父亲把老家的宅院种满了丝瓜，作者利用出发的机会回了趟老家，“一进大门，只见满眼的碧绿。墙头，树梢，篱笆上到处爬满了青枝绿叶，走近一看，原来是丝瓜秧……”父亲每年都要从老家给作者捎一大捆自己亲自栽种的丝瓜瓤。可怜天下父母心啊！

“游子吟·故乡情”所选的每一篇美文都让我感动，常常让我共鸣流泪。程炜的“父爱永恒”，邱中华的“第一次陪老爸喝酒”，王兰芝的“父亲啊，下辈子还做你女儿”……一组描述父爱的亲情散文让我的眼前又浮起父亲慈祥的面孔和带着深爱的微笑。是啊，父亲是一只船，载着我们的期待和梦幻；父亲是一棵树，为我们遮挡风雨和严寒；父亲是一盏灯，给我们光明和温暖，每当想起人生的过往，大山般的父亲留给我们的不仅仅是一个挺拔高大的背影，还有永恒的父爱，此时，如果能和父亲面对面坐在桌前和父亲共同举杯是多么幸福啊！

杨先连的“母亲的手”，苟敏的“书包里的母爱”，张清峰的“俺娘”……让我忆起家乡摇曳的炊烟和如豆的灯光，那摇曳的炊烟是一首绵长的诗篇，如豆的灯光是母亲不倦的思念，箸长碗短之间，隐藏着未改的岁月和母亲绵绵的无限真爱 。在岁月的诗行里，我读出了凝重，读懂了生活的艰辛和岁月的沧桑。

尊前慈母在，浪子不觉寒。父母是儿女挡风遮雨的伞，无论儿女走到天涯海角，牵挂的红丝线一头系在儿女的手腕上，一头牢牢地攥在父母的手中。

三

岁月只能衡量生命的长短，读书却能衡量生命的宽和生命的重量。古人说太上有立德，其次有立功，再次有立言，读书作为一种我们选择的人生方式，是立德、立功、立言所不能少的。捧起一本好书，呼吸那淡淡的书香，感受读书时的那份心情，寻找到人生的真善美，坐观尘世潮起潮落，感受青天明日的那份真实。

曾记得有过这样一段话，生命之所以美丽，正在于它有血有肉的过程中，始终宣扬着一个美丽的主题；美丽之所以永恒，正在于生命的底蕴中，始终流动着人类对世界最纯粹的良知与渴望。

读《脉动八年》，让我感悟真善美，让我感受到文化的力量，让我感受到国土文化底蕴的深厚。

把《脉动八年》中的长诗短词、游子吟逍遥游，国土人、文化人撰写的大地随笔品一品，可以帮我们捡拾起一粒粒遗失在岁月沙滩上的那些珍珠，同时捡起的，还有那一份份喜悦的心情和心灵的愉悦。

《脉动八年》是文化的，《脉动八年》是有力量的。

《脉动八年》走进了我的生活刻在了我的心里，让我爱不释手。

让乡村走向自己的复兴之路

——《中国在梁庄》读后感

沙玛建峰

在城市住久了的人，难免会对郊外的田园生活有些许憧憬。有时候，到一个山清水秀的山村，我就会遐想连篇，想着如果有个种满花花草草的小庭院该是一幅多么惬意的山水画啊！美丽，宁静的乡村没有被污染的空气、没有城市般拥挤的人群和堵塞的交通，令人神往和艳羡，而当我翻开《中国在梁庄》这本书时，才蓦然发现梦想中的田园生活在不久的将来可能只能在诗人的笔下定格了。

农村对于我们这些生活在城里的人来说越来越陌生，而我因为还有一些亲戚仍生活在农村，所以仍能耳闻目睹一些关于农村的事。但我老家的农村离县城比较近，人们的生活方式已经基本被城市所同化。即便如此，老家的农村虽说在经济上与作者笔下偏僻、落后的梁庄有些不同，但很多农村固有的、突出的问题仍有着惊人的相似之处。

这本书本身很轻，但读毕后的心情却是难以放下的。

本书的作者利用寒暑假的时间，重回故乡穰县梁庄（河南省一个比较偏僻的村庄）进行实地调查，以依旧生活在村庄的亲人、朋友、村民、村干部为对象，以访谈的形式进行记录，字里行间充满着朴实的乡情，作者尽力保留土话的原汁原味，以最为平实的语言为我们描绘了一幅民风日益衰败的农村面貌。

改革开放30多年了，当我们回望改革的成果时，确实能看到全国上下经济的飞速发展。单纯从收入的角度来讲，农民的生活水准还是提高了很多，但曾经平静、宁和的乡村生活却早已被所谓的现代文明改变得面目全非。当我们把农村与城市放在一起进行比较时，就会发现当初让一部分人先富起来的承诺是兑现了，可先富帮后富的情景好像并没有怎么兑现，反倒是贫富差距越来越大，让农民看不到所谓美好的未来。在作者的笔下，我们看到的是一幅幅衰败、日益落后的景象：大量崭新而空旷的房子，留下只是需要照顾的留守老人和需要用爱呵护的留守儿童；本应是农村基层政治主体的青壮年由于经济的诱惑而放弃做乡村的主人，却大批背井离乡到没有归属感的城市寄人篱下；打工短期利益的影响，使曾经备受重视的基础教育被现实的"读书无用论"彻底打败；进驻村庄的工厂及轰鸣的筑路机，让以为自己已进入城市化进程的村民欣喜若狂；面对污染严重的村庄和被征用的耕地，村民仍不懂得什么才是自己宝贵的财富，什么是自己的权利，更不知道如何去捍卫自己的权利；农村固有的道德规范秩序，被现代社会的财富观、权力观以及还没有真正参透的法律意识瓜分得分崩离析……这些真实场景的描述，清晰地折射出当代农民真实的悲与苦、困惑与迷惘，挣扎与无奈。

在城乡二元体制下，农村是城市得以迅速发展的依托，它为城市提供着生活必需的农产品，它为城市提供建设和发展所需的廉价劳动力，是贫瘠的农村及朴实的农民成就了城市的飞速壮大和发展，然而城市对农村的反哺却微乎其微。《中国在梁庄》的作者正是把现今中国乡村现实与乡村城市化进程中农民所要面对的各种现代与传统的激烈冲突表现得淋漓尽致，作者带给我们需要思考的问题太多太多。

一个社会的发展并不是仅以发达工业取代落后农业这一种方式来检验的，国民素质的提高也不是通过人口城市化这一个指标来决定的。多少年来，我们都在探讨走一条有中国特色的社会主义道路，但我们却恰恰忽视了这个占中国 2/3 人口总数的群体。什么时候，我们的乡村能够恢复其曾经有过的安逸，但是却没有昔日的贫苦与落后；什么时候，农村的老人能真正地享有社保及基础医疗保险，而不必非得羡慕有那么一纸城市户口；什么时候，农村的孩子们可以无忧无虑地在父母身边生活，对知识改变命运这个座右铭铭记于心；什么时候，农村的青壮年，不管是选择生活、劳作在农村，还是到城市打工，都可以有尊严地、体面地享受劳动的权利，享受到自己的劳动成果。

《中国在梁庄》出版以来，受到了人们的热捧。我想这本书之所以如此受到人们的热捧，应该是大家关注社会发展现状的必然趋势。农村的发展势必会对城市的发展起到巨大的牵制作用，两者如果不能均衡的发展，就如同一个人的两条腿一长一短，走起路来是不会顺畅的。如果我们想对历史负责，就要在虚伪的经济热潮中回归理性，让乡村走向自己的复兴之路，让热爱生活的农民不再只被经济利益驱使，而是更加注重精神家园的建设。当然，我们的政府更该在考虑城市建设发展的同时，多关注下乡村，让两者真正地走上有中国特色的发展之路。

读史杂记

——评文学批评家金圣叹

马　萌

夜读史书，明末清初文学家、文学批评家金圣叹的事迹使我颇有所感，他的一生充满着机智、诙谐，嬉笑怒骂皆成文章。说起金圣叹，除了佩服他的幽默和乖戾之外，更多的是对他的同情和惋惜。他是中国几千年历史中，为数不多的草根文人之一。身为草根，他的悲剧命运是显而易见的。如果没有将金圣叹推到那场“哭庙”事件中，或许他能够尽享天年，演绎更多的故事流传下来。而命运恰恰捉弄了他，让他不羁的情怀和乖戾的放达发展到了巅峰。

金圣叹是一怪才，第一怪是他的乱点乱评。据研究者考证，金圣叹难得长寿的一生，阅览无数，大多“囫囵吞枣”，来不及消化，他真正评阅的典籍并不多，如“六才子书”（《庄子》《离骚》《史记》《杜诗》《水浒传》《西厢记》为“六才子书”），在他罹难前只完成了后两种，即《水浒传》和《西厢记》。古人做文章不喜欢长篇大论，而是点点滴滴的积累，因为他们不需要评职称，也就无须有论文字数的限制。所以，古人评点多为性情左右，尤其是金圣叹，有时候心血来潮，不仅点评，还按照自己的一时思想将原作加以删改，他好发议论，不绕弯子，不回避现实，每每才情毕现。在他之前，人们读《水浒传》只是将他作为史籍和散文来读，而金圣叹将他划到小说范畴。金先生指出：《水浒传》令人看不厌“无非为他把一百八个人性格都写出来”。而塑造性格成功的关键是捕捉住人物的独特的个性，“人有其性情，人有其气质，人有其形状，人有其声口”。即使是同一类型的性格，也要显示出同中之异。他的评点中还涉及描写一个人物的性格应表现出多面性、复杂性，又应表现出统一性、连贯性的问题。他在点评《水浒传》时还说：“《水浒传》只是写人粗鲁处，便有许多写法，如鲁达粗鲁是性急，史进粗鲁是少年任气，李逵粗鲁是蛮，武松粗鲁是豪杰不受羁勒，阮小七粗鲁是悲愤无说处，焦挺粗鲁是气质不好。”这种看法很独特，眼光很独到，却未必是精读深思的结果，这是才情，这是机智，这就是怪人的才气，你不得不服。

第二怪是他满脑子的怪点子、馊主意。金圣叹的歪点子多，这歪点子其实就是怪点子。有时候，往往会弄巧成拙，如让他上了断头台的那场“秀才哭庙”事件，他在其中不仅仅是一个参与者，还是一个很重要的策划者，结果让人以“抗纳兵饷，聚众倡乱，惊扰先帝之灵”为名投入大牢，人头落了地，不能不让人为他的英年早逝而扼腕、惋惜。不过，金圣叹临死前还幽默一笑，说“砍头最是苦事，不意于无意中而得之”。他的临行受死，被后人渲染得像神话一样，各种传闻都有。咱就说说他的那幅与子诀别联吧，就可窥视他的大悲大哀。金先生是这样写的：

莲子心中苦；

梨儿腹内酸。

此联的确精妙，但愿不是后人杜撰的。其中“莲子”和“梨儿”既是金圣叹两个儿子的名字，又是妇孺皆知的两种果实；既切合自然规律，又寓意颇深。同时，我们会惊讶地发现，“莲”与“怜”、“梨”与“离”同音。一语双关的联语是否可以这样来解读：孩子，老爸马上就要被砍头和你们说拜拜了，看着你们痛苦不堪的样子，老爸我心如刀绞，心中苦、心中酸呀！可是有什么办法呢，这实在是没有办法的事情，那些狗官们给老爸扣上了犯上作乱的大帽子，你们要化悲痛为力量，好好地活着，记住，活着就是幸福！只有大哀大悲之人，才会如此委婉道白，确实是个机智人物，并非幽默。

土地是乡村的灵魂

——近读熊培云先生著《一个村庄的中国》

杨广虎

我觉得，乡村和城市本不是一个相互排除的词语或者生活场所，特别是在去了法国、瑞士一些小镇之后，具体名字记不住了，但是小镇很美，谈不上是乡村，还是城市。

可是，在我们生活的地方，城市就像恐龙张牙舞爪，就像情色、性、欲望的加速器，被疯狂的拉土车驾驭着，日日夜夜；乡村凋零，被弃妇还弃妇，没有商人，没有耕农，成了空巢的蜂窝，满目疮痍。

无论生活在何处，我都有一种生活在别处的感觉，没有了归程。

熊培云先生说过：“没有故乡的人寻找天堂，有故乡的人寻找故乡”。乡村是中国历史文化的缩影。他立足自己的故乡，一个江西小山村，怀着感恩、悲悯、明辨，更加温暖的游子之心，亲身经历和体验，考察近百年来中国乡村的命运，乡村的沦陷与希望。其中有作者三十年生活的阅历与见证，六十年中国农村建设的荣辱与沉浮，并由此折射反映出近代百年中国历史的若干重要问题与玄机，从种种细节、矛盾中真实、逼真地反映出了我们时代的大历史。

我生于乡村，老实讲，我是农民的儿子，这是一件进入城市之后许多人羞于说出或者难以说出口的身份。高贵繁华的城市让许多人找到了梦想，也让许多人堕落，没有善良，没有良知。客观地讲，城市的发展促进了国家经济和物质的腾飞，但是，从精神上讲，城市这架绞肉机，让多少有理想的人迷失了前进的方向。

在城市憋得慌的时候，我也有时候要去乡村去小住几日，乡村是我的故乡，生我养我的地方。这是生长在城市里面的人无法体会到的，所以可能对一些人而讲，飘到何方只要觉得舒服就行，但这种飘零的生活没有根，连一片叶子也不如。熊培云深知，去乡村靠几个调查表解决不了问题，只有自己去居住去体验，才可知道乡村的秘密和农民的隐情。甘地说过："就物质生活而言，我的村庄就是世界；就精神生活而言，世界就是我的村庄。"如果放在现在乡村的语境中，我比较同意后半句，现在的村庄就是贫穷的代名词。

土地就是乡村的灵魂。我清晰地记得，小时候，为了地畔，几个大队群殴致死事件发生不少；联产承包责任制开始，为了地畔，兄弟反目成仇，相互打架不少。地，成了农民的宝。农民、农业、农村，"三农"问题的根在土地。由土地这个根，繁衍生长了乡村的各种伦理、道德、情感，甚至是封建迷信。在20世纪80年代末期，我亲眼也感受了当时"别动队"狠抓计划生育的疯狂，比现在的城管还厉害，根本没有法制观念，随便抓人强人，"一人超生，全村结扎"，"一人结扎，全家光荣"，"宁添十座坟，不添一个人"，"一胎生，二胎扎，三胎四胎——刮！刮！刮！"等雷人的宣传语，生育的权利被粗暴地刮掉，饱受屈辱的乡村之人成了"超生游击队"！我承认农民善良，但狡黠，农民朴实，但木讷。这些都是农民的生存环境和文化素养等所致。二元户籍制度限制农民离开土地，城市房市限制农民购房，差额选举与直选，宗族势力和乡村治理，生活环境恶化和信仰危机，教育普及和学无所用，民主文明和宗族势力甚至黑社会治理乡村，生不起养不起活不起，社会保障的不完善和农村生活的单调等问题，让我们没有办法，束手无策。小城镇建设似乎成了一剂良药，但是没有医疗没有学校没有养老等便捷的公共配套设施的"中国式小城镇"，能解决什么问题？

我还是要说，土地是乡村的灵魂。随着土地被租用、征用，流转等，没有土地的农民，更像是一个流离失所的孩子，村里没有人管的流浪狗。各种利益媾和，无限制地剥夺农民的土地，只能让他们沉沦得越来越快，乡村，最终成了这代人的记忆。

熊培云先生的乡村，实际是中国每个村庄的代名词，大同小异而已。他用自己的细心体验，自己的文字给一个村庄做了注解。虽然，有的，缺乏更加深入了解和思考。

费孝通先生说过：“我一生的希望，也可以说我过去工作的中心，而且今后还要继续坚持下去的，就是能认识中国社会，首先是农村社会，弄清楚中国农村社会究竟有哪些基本特点。世界各国都在迈向现代化，我们也不可能例外，但要设计我们自己的道路。这就先得要求我们认识中国历史所造成的特点。”

我希望每个关注乡村的人，去乡村体验，认识乡村，让自己的灵魂在乡村安息。每个人的乡村都很多情。土地是乡村的灵魂。乡村在沉沦堕落，也在生长发展，说不上好坏，但即将消失，这是事实。

书店里的灯光

杨京红

雨天有某种无法言说的情绪，一杯玫瑰花茶，一本书，在凉台上，舒服的椅子里，伴着淅沥沥的雨声，一天时光能够不知不觉很快从翻书的指间溜走。白色的纸边留下了一段段札记，几年过去了，再看到以前写过的东西，我也是感慨万千，字里行间流露了多少真实的情感，那个“感”，由书引起，却远远超出书外，也许是书中的一段话，也许是书中的一件事，沉下去，出来的是活脱脱的自我。《书店的灯光》便是那样一本书，引起我无限遐思，让我忘记了时间，忘记了现在。

《书店的灯光》（［美］刘易斯著，陈体仁译，上海三联书店 2008 年 10 月版）是一本关于书的书，更确切地说是关于书店的书。因为作者在成为专业作家之前，曾在书店和出版社工作多年，在书中，他回顾了自己作为读者和书业从业者的经历与感受，而我更多的是透过这本书，想起我在图书馆、书店度过的美好时光，和读书带给我的愉悦。

儿时的书籍是通向自己的过去的鲜活记忆之门，这些书并不一定让我们记起当年读过的故事情节，但却使我们想起读这些书时，我们在哪里，在干什么；记住一本书是记住读这本书的那个孩子。我六岁时我的姑姑咪咪给了我一本向儿童介绍考古学的书，现在只要看见这本书，我就会被带回到圣何塞弗拉德大街家中的卧室，回忆起晚上躺在床上看书，看到书面语“says”应发成“ses”，与“hay”的复数形式并不同韵那一瞬间的情景。我仿佛又……

这是《书店的灯光》的一段文字，也正是这段文字，让我回忆起我第一个阅读的地方——中国地质科学院的图书室。图书室的房间并不大，苏式建筑屋架很高，高到屋顶的书架上堆满了泛黄的学术期刊，取书的梯子靠在墙边，管理员阿姨穿着蓝色大褂静静地填写着卡片，再放到一个个小抽屉里，每本图书上都用打号机打上蓝色的编码，王阿姨是我家的邻居，她允许我放学后在图书室看书，我还记得我就坐在墙角摞起的书堆上，翻着看了无数遍的《动物世界》《自然画报》，随着阳光渐渐退去，耐心地等着妈妈下班，闻着书香，伴着书成长，那，就是我童年最美好的时光。

“书店的吸引来自诸多层面，所以我们必须静下心来。我们在其他顾客中穿行，细细地浏览书架，感觉敞开的门外一阵细雨掠过，一时间不太确定我们究竟要找什么。找到了！在桌上的书堆里，或是在书架满是灰尘的最下层，我们偶然发现了它。这不过是一本寻常的书。这种书可能印了5 000册，5万册，甚至50万册，但这一本就像是专门为我们定制的。我们翻开第一页，于是宇宙也随之开启……”阅读的过程中，我总是时常走神，思绪由作者的笔端漂移到自己的经历，分不清哪些是书本身的感受，哪些是……

对随意浏览的顾客而言，书店也许不过是紧张一天中的一个去处，或是忙乱时的歇脚之地。但书店对于我来说，是个自由和不受限制的交流思想的地方，在那里一个读者独处一隅聆听一个作者的声音，这种独处和会聚实在是完美的搭配，就好像书店在消解图书的孤独，其实有书籍做朋友的人永远都不孤独，书店就是生活，时间和空间向外的延续。

书可以买回去读，也可在书店的一个角落坐下来，花上一整天的时光。近来我时常有种莫名其妙的买书冲动，我去了多家书店，尽管那里有成百上千种图书，却没有找到可以抚平我的冲动的那本。我并非无书可读；我的床边有一摞没有读过的好书，更何况我还有很多从北京运过来打算再读的书。恼火的是我发现我渴望的是“下”一本，但我又不知道它是什么，我不再试图去分析这种渴望，还是再把思绪拉回到读《书店的灯光》这本书的感受吧。

书店的灯光，是阅读的精神，也是人生的精神与意义。如果被一种功利性的心态和思维限定，就根本无法感到读书和写作的乐趣与纯粹的意义所在。现在当我回归到最原始的最自然的最质朴的书的精神——书的乐趣与纯粹，才知道书背后具有的真正价值有多么巨大，阅读与写作自有纯真的美学，你扭曲了它，或者你达不到这个境界，那你就无法感受到这个美学的意义与力量，更无法发掘你阅读心灵的潜力，表达你阅读心灵的激情。

不可否认，网络书店将占据一席之地，而且如果它的商业模式能够根据真实商业世界加以调适，将会成为书页的重要部分。然而网络书店造成了读者与书籍之间的疏离，它排除了传统书店一直传播的那些愉悦。除非发明一种气味复制程序，否则我们怎么知道一本书是否好闻呢？而且如果我想一边抿着拿铁咖啡一边看书，就只有去传统书店才得以享受。因特网虽大，但我看不到全景；因特网速虽快，但我不能遭遇惊喜；因特网是无限的，而书店是有限的，尽管这个小天地范围有限，效率也低，我却能避开国际性全球商业的强势，十分惊讶地发现我一直在寻求的那本书就静静地躺在那里。

皇权制度下的制度建设局限

——读《张居正》有感

刘仕君

熊召政先生花费十年心血完成的长篇历史小说《张居正》荣获第六届茅盾文学奖。《张居正》共 4 部 150 万字，书中涉及了明代的很多典章制度。张居正领导的改革以及他所在的改革之前的社会遇到的各种矛盾和困难，和当前有很多类似之处，我觉得他的故事有历史借鉴意义。我在读书时，边读边写，偶感集合起来，权作读后感。

历来有大成功者，绝非志骄气浮之人。张居正，明中后期的中兴名臣。张居正少年得志，工于心计，在朝中隐忍 20 年之久。张居正一贯的退守姿态，使他能够保持清醒的判断，冷静看待各方势力，且能够有从容的心态等待成功一搏的机会。隆庆五年，他担任主考时说，一流的人才，必须严乎内外，审于施应，既不沾沾自喜，也不汲汲从时。我想，这也是他自身恪守的一些原则，而自然外化为其判断人才的标准。杀害他爷爷的仇人是一位王爷，他可以与之结交三十年，在掌权后再收拾。后有史学家韦庆远评价他的处事风格：非到关键之时，要害之处，绝不出手。而在此之前，不仅能够委曲求全，不拘泥于陈规陋习，更能奉承结交对方。在当时，大臣与太监结交是为士林所不齿的。但是在隆庆晚期，张居正与冯保结为兄弟。比之秦皇汉武、唐宗宋祖、诸葛亮与曾国藩一类人物，张居正在老百姓中并不具有广泛的影响，但他领导并推行的"万历新政"，却在中国古代的政治史上占有十分重要的地位，将大明的气数延长了百余年。

所有的问题，都是人的问题。张居正改革的核心就是用各种办法逼着全国的官僚一起努力干活。安民之要在于核吏治。推出考成法，即对官场进行考核。一是公文流转和办事有时间限制，并予以监督。二是年底的考核评定予以扎实落实，不允许你好我好的大家都合格。然后，改革选拔人才的制度，在制度上保证不唯文凭选拔人才，在实践中，破格提拔几个能够忠心也能够任事的。第三，明确久任之法，不到一定年限不得调任，防止大家跑官要肥缺，也能使得一任官员有时间干点实事。

千古不变，是人心，人事。张居正的成功在人事，失败也在于人事。虽然其失败的根本原因在于中国的封建制度，但其人事的问题同样重要。他没有提高官吏的福利和薪酬，明代官员的工资水平很低，加上实物兑换的失误，工资更进一步减少，导致官员普遍贪污腐败，经济改革之后，国库增收巨大，然而张居正却没有相应地提高官员待遇，如果用一部分钱提高整体吏部系统的薪酬水平，应该能挽回一大部分有理想有道德安于中产的官员，不至于其末期相当于张居正一个肩扛大明朝。

宋朝司马光评价人才：德胜才者谓之君子，才胜德者谓之小人。无才无德是废品，有德无才是次品，有才无德是危险品，有德有才是正品。张居正最高尚的品质是具有“知我罪我，在所不计”的担当精神。正因为有这种精神，他领导的改革才能像一抹灿烂的朝霞，给晚期死气沉沉的朱明王朝带来短暂的辉煌。遗憾的是祸发身后，当他为国尽瘁之后，却遭到了残酷的清算，给他的家人、朋友以及同道带来了巨大的灾难。最遗憾的是，他呕心沥血建立起来的制度，犹如昙花一现，很快被万历皇帝废除殆尽。后人评价张居正“精于治国，疏于防身”，这一精一疏，反映了张居正的悲剧所在，也反映了皇权制度的某些特性与缺陷。

“商丘杯”
第三届国土资源系统读书大赛
优秀作品

"商丘杯"第三届国土资源系统读书大赛获奖作品名单

一等奖（3名）

彭齐鸣　　来自草原狼的启示

李子红　　东海问古

宫景文　　圣徒的黄昏

二等奖（5名）

王亦白　　闲话"病"文人

耿仁东　　书缘

张西礼　　这片土地，仍然太饥渴

杨连山　　《一个村庄里的中国》读后感

张柯平　　就像和勘探队员家属促膝交谈一样

三等奖（15名）

梁守德　　享受自然之美

欧阳华　　书香人生自逍遥

程　珂　　从《百年孤独》中推开的土地意味

伊　豆　　有一种爱，叫简·爱！

任圣杰　　童心来复梦中身

释　然　　精神的光辉

焦　真　　蒋勋和我的读书

李艾凌　“活着”，生命中的一片绿洲

刘　蔚　签名藏书背后的故事

胡俊芳　读书：推开生命的另一扇门

李治钢　为官之道德在首

王　峻　此情可待成追忆

石绍河　红色记忆与生死情怀

武玉强　孤独者的精神花园

王　玮　侯兆明　一部经得住历史检验的好书

优秀奖（20名）

罗　红　读《失落的一角》有感

王德杰　从郎咸平系列书中得到的治学启示

刘绍卿　心中吹过“山谷的风”

吴　瑨　当阅读成为工作的习惯

华玉红　由《狼图腾》说开去

周明军　珍贵的两封信

张　琳　《平凡的世界》平凡的我

王永刚　生活是块磨刀石

韩海涛　读书　修炼　成长

郑育英　爱的呼唤

罗荣青　神交沈二哥

张伟玲　人性的救赎

李宁宁　好好活着

李少莲　孤独的村庄　朴素的诗章

潘新日　我们都有一盏明亮的灯

王宇鸿　读书，令我的生活诗意盎然

于艳文	经济学殿堂的台阶
戴文杰	童年时代的两本书
刘　欣	国殇与沉思
杨燕燕	目送
刘　畅	就从现在开始好好爱
杨　松	行将消失的村庄
李　波	坚持最大公约数法则　构筑践行群众路线长效机制
陈贵东	化腐朽为神奇者堪称英雄
刘　键	努力做名好干部
魏　鑫	干部人事工作与大数据
吴　楠	经济制度变迁的绩效
张兴元	书桥
徐　冬	感悟平凡
施景龙	守望正义的力量
尚　伟	三更有梦书当枕
冯　娉	读《我很重要》心得体会
宾洪超	土地制度变迁中的生产力与生产关系——读中国土地制度史等有感

现场花絮

第三届读书大赛颁奖现场

常江先生赠送对联：

耕乎守土安民喜我商丘弥正气

读也宽心远目祝君学海荡轻舟

获奖者上台领奖

“书香国土”移动阅读平台正式上线

来自草原狼的启示

——读《狼图腾》有感

彭齐鸣

从儿时开始就被告知狼不是什么好东西。开始是警惕“披着羊皮的狼”、“狼外婆”和东郭先生遇到的忘恩负义的狼，后来知道“若是那豺狼来了迎接它的是猎枪”。慢慢地，随着知识的丰富又知道狼还是自然界生物链中不可缺少的物种，没有了它生态会不平衡并受到破坏。但是，却从来没有想过狼还有超出我们想象的大智慧和令人敬佩的精神。

姜戎先生的长篇小说《狼图腾》问世让人们从另一个视觉去重新认识狼，看到一个完全不同于传统观念的狼的神奇精神。近期，小说被拍成了电影，造成轰动的同时更是引起了人们对狼精神与狼智慧的关注。虽然对作品中一些论点的提出与解读有不同看法，但我从《狼图腾》看到了狼让人震撼的、令人敬佩的一面，得到一些特别有价值的启示。作品最打动我的，让我惊叹的是其对狼群和狼个体关系的描述，其背后的深刻哲理让我们人类不得不深思，因为从中可以看到我们人类需要解决的问题和需要激发的潜质。

一

狼群向我们展示出一种可持续发展的理念。狼群不追求眼前的、一时的利益，而用乍看匪夷所思的做法去做着极具战略眼光的狩猎行动。面对足以一饱口福的盛宴，饥饿的狼群居然还能够想到明天怎么办。它们不把羊群赶尽杀绝，为的是明天仍然有羊可猎，它们会将黄羊群冰封与冰雪中，为的是作为过冬的食物。相比之下，我们人类常常会做出一些"今朝有酒今朝醉"，甚至"杀鸡取卵"的事，追求眼前的、一时的收益而不顾及明天的巨大损失。与狼适度猎取羊群的做法相比，我们往往追求一时、局部的利益最大化，把眼前的事做到"极致"而不顾明天的"后账"。例如，资源的不合理开发破坏了生态环境，修复生态的代价远远高于开发带来的收益。

在眼前利益的驱动下，出现了环境污染、温室效应，也有了《寂静的春天》所列举的各种灾难。现在人类开始认识到自己犯了错误，意识到短期行为会付出沉重的代价，可持续发展才是唯一的出路。但是，问题还没有从根本上解决，可持续发展理念的全面贯彻还需要持续努力，在还旧账的同时还会出现新的欠账，在具体的问题上还有可能出现只顾眼前、不管长远的现象。

二

狼显示出极强的大局观和纪律性。狼群狩猎时不追求一蹴而就，而讲究整体战术配合，懂得放长线钓大鱼，甚至懂得牺牲个体保护群体。捕猎过程中，整个狼群在一种共同认可并遵循的理念或潜意识的左右下，配合默契，整体化一，终而取得战役胜利。其中，个体对整体的服从和尽责、个体为整体的牺牲精神令人惊叹。在"飞狼"的故事中，我们还看到了狼群对个体的关心与回报。在整个狩猎队伍中，分工明确，各司其职，井井有条，俨然是一支纪律严明、训练有素的战斗部队。设想，如果没有这种全局观念，每只饥饿的狼在面对唾手可得的大餐时都只顾自己先尝为快的话，会坏了大局，狼群就不可能获得全胜，大部分狼可能得不到猎物；如果每只狼都只顾自己的眼前利益，整个狼群将难以生存。令人惭愧的是，我们人类往往缺乏这种意识，有时过多地追求个人或小集体的名和利，打小算盘，忽视了整体的利益，只算小账，不算大账，“大河有水小河满”经常停留在口头，现实中却只想让小河水满、不顾大河断流。其实，这就像足球或篮球等集体项目一样，每个球员都只想自己得分的话，团队的得分一定会受到影响，甚至导致失败。经济发展中，这样的例子也比比皆是，社会化大生产讲究的是合理分工，各行各业相互依赖，互为依存，各自定位于产业链上的一个节点。同时，政府也有自己的合理定位。如果定位出现问题，错位或者越位，都会给发展带来负面影响。对于每一个个体来说，不能追求小而全，而要有大局观，找准自己的定位，协调各方面关系，才能谋发展。

“功成不必在我”。心里装着全局，尽心尽力做好自己的事，当好配角，才能有整体的成功。在任何一个行业都需要这样做，特别是那些承担基础性工作的幕后英雄，更需要有这样的境界。以基础地质工作为例，这项工作很难直接形成有经济效益的找矿成果，但却是地质找矿的重要基础。做好基础地质工作，为地质找矿提供信息服务，可以为社会做出重要贡献，但是却需要承担这些工作的人耐得住寂寞、不计较个人的功利。

三

我们不是要向狼学习，而是要通过狼的故事找回我们的本能。人类的智慧和能力远远超越狼。生物的进化是一个适者生存的过程，优胜劣汰。在自然界，为了生存，动物和人类都会慢慢学会如何改变自己。人类的祖先能够从险象环生的丛林中走出来，从猿人进化到这个星球的统治者没有高度的智慧是不可能实现的。实际上，人类拥有狼所具有的所有智慧和谋略，而且比狼高明得多。人类的语言中用两句话便可以概括狼的精神：一是“人无远虑必有近忧”，二是“一人为大家，大家为一人”。但是，为什么人类想到了、也说了，却往往没有做到呢？

在人类社会中，情况比狼群面对的环境复杂得多。尽管人类的智慧远远高于其他任何动物，但是大脑的高度发达也带来很多问题。一是人类的想法更多更复杂，变得越来越聪明，有时会聪明反被聪明误。二是随着科学技术水平的提高，人类对大自然的敬畏程度在降低，容易产生战胜自然的冲动。三是现代社会中个体与个体，群体与群体之间的关系随着社会和科技的发展会变得越来越复杂。在这种复杂的关系网中，要建立一个单位内部的大局观，或者说集体荣誉感和共同利益机制比较容易，但要树立更大范围的，甚至全国、全球的大局观就十分困难，因为各个不同层级的群体有着不同的利益诉求，相互之间还常常出现矛盾。大家既是合作伙伴关系，也是竞争对手关系。因此，如果说狼群是依靠简单的利益关系和生存的共同渴望来建立战略意识与大局观的话，人类必须通过健全机制等措施，用更加聪明的方式协调处理各类矛盾，在竞争中合作，在合作中竞争，所以才出现了“合作共赢”、“双赢”的说法（只有竞争对手才需要这样说）。

我想，《狼图腾》告诉我们的不是我们要向狼学什么，而是狼的行为给我们带来的启示，它提醒、告诫我们要用更大的智慧去应对日益复杂的环境，用更加拓展的视野去制定我们的战略，用更加严明的纪律和更强的大局观去实施我们的战略，用更加完善的制度去协调各方面关系。否则，我们将难以生存。

东海问古

——读高洪雷随笔作品集《另一种文明》

李子红

在大自然面前，人其实是无力的，无力到大自然仅仅一个哈欠，就可能给人类文明带来毁灭性打击——摘自高洪雷随笔作品集《另一种文明》

昨夜，又梦见我奔跑在远古的东海大平原里，那微凉的风像佛祖的咒语，簌簌地，渗入我的躯体里。

读过作家高洪雷先生的新著《另一种文明》的句子："如果沿着东方文明史起源于东海平原的思路，我们不难发现，新石器文化源头也在东海平原"，在文中，作者好像满身装着一场世纪大洪水，东海平原被淹没成一片汪洋，汹涌的波涛拍打着海岸，从东海大洪水里有幸逃生的人，奔向四面八方，不仅山东地区，整个华夏乃至亚洲及美洲的印第安人先祖源于"东海平原"，组成了环太平洋文明圈，引领读者踏上一个全新的行程。

诗意的语言远远地就穿透温润的夏夜，扑面而来，间或几声悠扬的虫鸣，抑或几句微醺呢喃的梦语，经了那么多哲思哲理，让人倏然想起华胥姑娘踏上雷神脚印那一刻莫名的愉悦，把热辣的夜浸淫得缠绵悱恻，便即点化了整个夏天的意境，《另一种文明》的画面像长了翅膀的天使，扑进宽阔的夏夜里。这醉人的夏啊。

《另一种文明》这部著作在我手里有些日子了，亲睹书中的东海平原文明之花，是几乎没人涉足的领域，跟《另一半中国史》的华夏民族文化遥相呼应，两朵奇异的知识之花在读者心里争相怒放。

读读停停，断断续续，总想找来《周易》《圣经》《山海经》和地理历史之类的书籍来借助阅读，也总下意识在作者意象的地图上寻找自己所在的家园，还有被时光刷洗得苍白的古人故园。那些新奇的文字不时地拍打着我柔弱的胸膛，揪紧一个弱女子心底的痛，一次次唤醒角落里铺满污垢的良知，引起无数次的感伤。然而，越痛苦越感伤，就越想继续读下去。欲望达到了，是一种快乐，快乐过后又有新的欲望，欲望不能满足，又是一种痛苦。俗人就是这个样子。

书中果然像考古学家开启一座千年大墓，诗性的，细腻的，委婉的，一层一层的，一点儿一点儿地质性剥离，神圣而敬畏。对远古大洪水之前的东海平原进行了全方位的引证，大片大片海域和广袤的陆地是华夏民族的根，在人的心中传唱千年扑朔迷离的传说是华夏民族的魂。

“浙江浦江县上山遗址中，发现了 1 万年前储藏在陶制器皿‘料’中的水稻……”“浙江萧山跨湖桥遗址发掘，有一条长 5.6 米 7000 至 8000 年的古船”，作者念想这也许就是一条东方的“诺亚方舟”。击碎了作者乃至每个人头脑认定黄河流域才是中华文明的发祥地的梦，看来人世间有诸多的不解之谜，令人苦苦追寻，苦苦探索。

作者花费大量时间，四处奔波，考察遗迹，求证专家，查阅上千上万的资料，夜以继日，呕心沥血，挑灯熬油，伏案疾书，可谓字字蘸着血写的。“尤其令人震惊的是，先是北辛文化遗址发现了至今无人能够翻译的刻画符号；继而是距今 5000 年前后大汶口文化晚期，莒县陵阳河、大朱村墓葬出土的陶尊上发现了 12 个图像文字；然后又在 4100 年前的邹平丁公遗址，发现了可有 11 个正式文字的龙山文化陶片……”

一粒稻米就是一群生命；半块陶片，就是一座城市。苍凉、悲壮，了无生机的遗迹给作者和读者展开漫无边际的想象。

后记里作者说这是一次近乎狂妄的挑战，采用纪实文学的笔法，利用国际最新考古成果做参考。这是一部珍贵的史料著作。

我寻思，冥冥之中，他的上辈子欠下读者的文字债，他这辈子拼了性命还。他担当起社会责任，完成了他的使命，探讨人类文明的未来，向读者呈现一道精神艺术大餐，一颗璀璨的夜明珠，照亮读者暗落里的空白。

作者执著地认为，地球也曾是一个家，“来自中国的日本新移民和被新移民赶往日本北部的土著夷人，拥有同一个祖先，是东海平原原住民”“对于美洲土著印第安人的祖先起源于亚洲东部，考古学家和人类学家已经达成共识”。作者笔下的东海大平原人爬上日本岛，造就了一个国家，然后经历漫长的时间，经历无数的苦难，跨过白令海峡，走遍美洲。

人世间没有无缘无故的爱，也没有无缘无故的恨，更没有无缘无故的传说。万事都有因果。可以说文学壮胆，作者借文学的力量打造出一个美丽的“东海大平原”，一个伏羲女娲的家园，我们每一个华夏人心中美丽的故园，每一个远方人梦中的故乡。

他穿越历史的时空，从《另一种文明》裸身而出，跌落在“巢居”“羿射九日”“一统天下”的意境里，漂洗着千年文字，给远古一再坚实把脉。来到兴隆洼，蒙古人种的铁骑踏出汉蒙和亲路，匈奴听到一声细小的祝福，发出了生命初夜的挽歌。

一曲远古的箫声隐隐传来，和亲路越走越宽，汉藏和亲，汉匈和亲。一声和亲曲，又一声和亲曲，伴着少女的哀鸣，合着娘亲哽咽的凄凉一路走来，寥落在历史的书页上，普天之下莫非王土，归于风雅的治国之梦里。在这个火热干燥的夏夜，呆呆望着窗外，原想写点什么给自己的，也给读者，掩卷之后，泪涌眼眶，竟不能语。

一次，因与作家高洪雷先生就餐时谈起，他说起他正酝酿一部新作，是继《另一半中国史》的姊妹篇《另一种文明》。当时，他的著作《另一半中国史》，改编成电影《冒顿》刚获得最佳民族电影奖，讲述了匈奴杰出领袖冒顿单于的故事。为中国首部少数民族历史故事，他拨开了华夏民族掩埋已久的心结。因了读过精彩的《另一半中国史》，就非常期待。

近来听说他又欲写《大写西域》，他就像一座非常活跃的活火山，内心深处积攒已久的炽热岩浆，轰然迸发，一发不可收。跟前两部著作欲组成作者笔下特有的民族文化三部曲。惊诧于他跟一个丰乳肥臀的育龄妇女似的，每年一个孩子，都是龙是凤。

他说我的向日葵大脸盘是标准的山东女人，是东夷人，东方之人。可不是嘛，我所在的小城就有一条通往外界的交通要道叫夷安大道，我的栖身之地就在夷安社区，原来我的先祖我的前世和今生也与东海大平原有关哦。他说他作为男人也好色，好色而不淫。如果这在远古，我也就是他书中下可入海的鲤，一旦跳出海面不能说像女娲一丝不挂，还有鱼鳞遮身呵，遨游大江南北，畅汗淋漓，那个痛快。

尤其他说起由于近代的日本对其文化母体中国，欠下了太多太多的血债，眉宇间蹙起一股愤怒。日本人好斗，血脉贲张，躯体里流淌着杂交的血液。

看得出他也有着天下男人的私心野心雄心忧国之心，眉宇之间有意无意显露出一股子霸气傲气仙气书香之气，不经意间狂傲的眼神里流露出那么一丝儿女情长。

莫非，一切的天空，是他文学的故园么；一切的大地，是他书写激情的纸张么。应了巴金先生的那句话：把个人的命运联系在民族的命运上，将个人的生存放在群体的生存里。

作者生活在泰山脚下，泰山仿佛是他家屏风。泰山是万物孕育之所的吉祥之山，他有着泰山的高贵品质与雄浑。于是，又受到儒家文化的熏染，写出如此宏伟的著作不足为怪。每一个字就是一把锋刃利剑，刀砍斧劈，朴实中闪着剑戳般的寒光，掩盖着他一生的力量，超常的魄力，读罢感到一次灵魂的超越。

中华古代诸文化给了他无穷的灵感与启迪，积累了丰厚的学源，潜在隐藏着的生命力，来自一脉相承的轨迹，把沉睡多年的东海大平原扯到读者面前，作为对古人、对未来充满生活想象的大布景，终于向读者还一颗本初的心，是汉语文学传统叙事的伟大复兴。

《另一种文明》向我们生动地展示了东海大平原的故事，可塑性，史诗性的一部奇书。读进去，仿佛身临其境。一群先人披着些许神话色彩的生活画面像画家的水墨画，莽莽空灵，自由和无边的浩瀚。揭示一个民族文化的精神深处，对生命源头无比执著的追索……

一场梦，又一场梦，远古的脚步一次又一次踏碎了孤寂的午夜，那些被时光淹没的故园，那神秘的“东海大平原”里的文明之花，不时地恍惚在我的梦境里。

圣徒的黄昏

——评《倒转红轮：俄国知识分子的心路回溯》

宫景文

一个大国的历史，从来不是清澈的溪流，而是浩瀚的江河，时而蜿蜒时而奔放，可能经历浑浊曲折，却最终能够汇流入海。欧洲最长的河流伏尔加河流淌在欧洲东部，目睹了蒙古金帐汗国治下的小公国莫斯科“脱亚入欧”，逐步发展成跨越11个时区的超级大国苏联，又几乎在一夜间分崩离析，重回“俄罗斯”这个历史悠久，意义丰富，而未带有意识形态附着的名字。这里是“三个世界”理论中的第一世界，是东方人最能密切接触的西方；也是欧洲这个传统意义上“西方”世界里的东方。双头鹰徽标明显地昭示出这一民族命运的双重性——他们的精神家园到底魂归何处？

金雁教授的《倒转红轮：俄国知识分子的心路回》以时代发展中的人物命运为线索，引导我们重温了一遍俄国知识分子的心灵史，其史观的运用，不能说毫无臧否之处，但史实的选择与梳理，确是蔚为可观，成效卓著。作为另一个与之山水相连的国家的历史学者，天然具有的观察者视角，是这本书不同于“苏修”或“俄修”国内史的亮点；而难能可贵的是，这本书跳出了历史学著作的藩篱和窠臼，用群像描绘式的方法向我们展示了俄国知识分子阶层的流变、探索与成败。很难说这是一种创新，还是对托尔斯泰式现实主义叙事的一种回归，但是既然柴可夫斯基能够把隆隆炮声加入《1812序曲》，我们也不妨追随着作者的娓娓之言，探究作为布景的宏大叙事与构成全书血肉的个人命运悲喜剧们。

为了在地上实践天国的理想，知识分子首先把自己化作人间的圣徒。

欧洲公元纪年后的历史，基本上是一部基督教发展史。对于俄罗斯，在基辅罗斯时期选择东正教化，成为奠定“欧洲国家”血统的基础。在俄罗斯，宗教改革不像西欧诸国，是伴着血与火的争斗，乃至战争和屠杀，而是大体平静的改良。上帝既然从未死去，那么俄国知识分子的精神源流之泉往往就要追溯到信仰上——忏悔这一宗教常见主题也是他们的主旋律。他们追求《雅歌》描绘的田园牧歌式的生活，需要全能的上帝及人间的代言人——智慧而仁慈的君主（沙皇），需要贵族做一个“好老爷”而农民恪守“勤劳而朴实”的本分，需要个人私欲服从集体意识，在世的痛苦成为彼岸世界的光环。

这种对理想国的追求和中华文明中孔孟之道对“大同”社会的期冀，是不是看起来颇有相似之处？然而最重要的分野在于，中华文明具备的包容性和自我修正能力是俄国宗教传统的坚守和一以贯之不具备的。孔孟之道是入世的，首先坚持“经世致用”，不光明白大道理，还要用大道理去制定解决方案，去治国理政。到了明代王阳明发展出心学，甚至在讲大道理的前提下，小道理都可以不讲，已经贴近马基雅维利主义。更不要说两千年来的儒法并举，“性本善”和“性本恶”这两种截然不同的世界观引申出的理论体系都衍生出各自的解决方案并被历朝统治者兼收并蓄地使用。

反观俄罗斯知识分子，一开始就来自识字上教堂的贵族阶层，有问题想不通，就把希望寄托在上帝身上，企图通过走忏悔的捷径，得到良心发现，完成自我救赎，从来没有解决过问题。能够弯下腰干实事解决问题的，却是看上去“搞一言堂，流放政治犯，对外搞武力扩张对内压榨国民”的专制君主，如彼得大帝。俄国后来发展到斯大林式的一人专政，绝不是孤例，而是有强大的历史渊源可证。而进入 19 世纪之后，在渐吹的西风影响下，又希冀解除了农奴制人身依附关系之后一夜之间就能够开出人格平等的花朵。低下的社会经济水平摆在那里，西欧如火如荼的工业革命在俄国还只是一些火星，不停有贵族在自己治下的庄园里搞乌托邦实验，绝大多数以失败收场，其中就包括托尔斯泰。农民进不了城打不上工，分到的田地一两年吃喝卖光，又回去求好老爷收留。乌托邦式的理想主义和寂寞空虚的现实状况的对比，成为托尔斯泰《安娜·卡列尼娜》中两对贵族交织命运的主题（他本人在晚年终于回归宗教，华丽回到了原点）。

既然宗教在长久的求索中已经失去了指导世俗社会的功能，19 世纪后半叶，从底层知识分子里又衍生出一拨人，以没工作的僧侣为代表，干脆什么都不信，崇尚暴力解决问题。圣徒不见了，暴徒取而代之，撸起袖子直接刺杀政府官员。“凡是支持敌人的，就是我们的敌人，就是我们消灭的对象。”偏向革命的贵族阶层变成了口是心非的伪君子，而底层人民完全不能从中得到任何实质性的好处。在这种非黑即白的逻辑下，利益集团失去了推举代言人，获取竞价机会的时间窗口；议价、谈判与妥协这些现代社会常用的小成本手段没有了施展空间；更不要提什么法制了，连杀人有罪这种古老的准则都被“越血腥越光荣”的恶之花吞没。1881 年，改革派沙皇亚历山大之死，彻底封住了君主立宪的道路，断绝了和平让渡政权的可能。

整个苏联时期，随着对宗教势力的否定，知识分子分裂成两类。一类如《倒转红轮》一书开头时即浓墨重彩地介绍了的索尔仁尼琴，揭露了苏联个人崇拜，一人专政的事实，看上去似乎在为西方世界张目，事实上仍踏着数百年来被流放的圣徒们的足迹，把流放地西伯利亚变成圣地西伯利亚，幻想在那里建立理想国，因循守旧俄罗斯知识分子的老调，只讲问题不给对策，对策都在“过去的好时光”里；另一类如高尔基，革命热情高涨，像骄傲的海燕投身于新的苏联政权，却在此后割裂了与艺术创作的关系，关起门来制造官样文章《苏联战争史》，还因为创作理念与当局略有不合，作品迟迟未能面世，为人民服务的热情折戟在僵化体制的泥沙中。

这两者，看似选择道路不同，其实何尝不是殊途同归！

苏联解体后，诗人维塔利·格拉乔夫写道："主啊，请你宽恕这一切/为了那些教堂上被扯倒的十字架/为了沙皇被弑杀/为了被焚毁的圣像 请宽恕……我们要回到被亵渎过的殿堂/让教堂的金顶在晨曦中闪光/只求你赐予宽恕和希望/让我们俄罗斯再次强壮。"历史上，神灵、沙皇和祖国，这三者的关系是三位一体的，一代又一代的俄国知识分子在呼唤大国崛起的时候，不自觉地会回归"信仰"这个源头，并为苏联对以沙皇为代表的旧势力的彻底清算表达忏悔。可是，倒转红轮，就能实现大国崛起吗？单体的俄罗斯能超越苏联取得的成就吗？以反思的名义去开历史倒车，"不是没有良心，就是没有头脑"。

苏联的建立、兴盛和强大，是时代背景下的必然选择；苏联后期的外强中干和最终解体，是数十年累积问题的总爆发。这个问题的源流，从俄罗斯知识分子的传统上，应该很容易推出原因：俄国知识分子的技能树上，从来就没有一条叫做"法治"的枝干。

这就是俄国"双头鹰"偏向东方的那个头了。西欧有罗马法的传统，在东方，统治者更多依靠"道德约束"。黄仁宇在《万历十五年》中批评中国封建政权缺乏"数目字管理"，但中国两千多年来儒法并治的传统中，法家总占有一个不大张旗鼓，却十分有用的位置。从刘邦入汉的"约法三章"，到朱元璋"全国人民学大诰"的大跃进，如果说立法上还是封建王朝全权把控，至少已经做到司法上"勉强有法可依"，普法上"人民知道告状"的状态。

反观沙俄，虽然"平等与自由"深入传播，但缺乏了法制基础，自由演变成混乱；没有立宪，平等更是无从谈起。由于农奴制的长期实施，一直到19世纪中叶，领主在自己的土地上有审判权。私刑有用，则公法无用。贵族阶层的司法体系，则把大部分精力用在对付"政治犯"上，从宗教法庭，到秘密逮捕，流放西伯利亚，沙俄支离破碎的司法体系与其说是用来治理国家的工具，还不如说是一块堵嘴的棉花。缺乏法治精神之于俄罗斯知识分子阶层，比缺乏"数目字管理"在中国更甚。尤其是当他们从法国人那里学会了"自由"和"平等"这两个新名词，却把《拿破仑法典》和拿破仑本人一起赶走了。历数俄国历史，各种天才的思想家、诗人、科学家闪闪发光，宛如茨威格描绘的"人类群星闪耀时"，但可曾见到杰里米·边沁这样的法理学家，一个人开创了一个新时代？也没有宿敌拿破仑这样强力而天才的领袖来推动实践上的法律体系建设（即使同为法国宿敌的德国人也或多或少地抄袭了拿破仑的成果）。缺乏法治精神，实为俄罗斯一个至关重要的软肋，而且至今未有补完。

索尔仁尼琴晚年回归祖国，乘火车四处巡游发表演讲，提出在西伯利亚恢复道德水平高尚的自治村社，这应该是他从人身到精神的双重回归，只可惜在他自我欣赏的金色倒影之中，飘荡着一个幽灵：他在政治领域的成就、地位和价值随着苏联的远去渐渐烟消云散，他对西方已经越来越不重要；而他穷尽此生完成的精神救赎并未脱离俄国保守知识分子的窠臼，他的梦想完全不具备执行的可行性，他的梦想之地西伯利亚的人民早已选择用脚投票，苏联时代建起的许多城市人口少了一半。他作为一个圣徒，用一生的流亡践行了理想，而苏联解体多年的今日，两千年前的理想国之泉早已不能解俄罗斯诸多内忧外患的渴。莫斯科已不再需要圣徒，这是圣徒的黄昏。

闲话“病”文人

——《品中国文人》读后余思

王亦白

在浮躁成为一种常态的当下，阅读似乎变得格外奢侈，很多人已经很难静下心来看书了，特别是与需要无关、与功利无涉的书籍。近读刘小川先生两大本的《品中国文人》，该书叙述并点评了中国历史长河中十余位大师级的文人，作者从他的文化体验和社会阅历，向我们展现了说不完道不尽的性灵与哲思并存的宏大的文人世界，也勾起了我心中尘封已久的关于文人的别样思索。笔者非中文科班出身，但也经历了年轻的光阴，曾像很多文学青年一样，有着对于文人的暧昧情怀，文人这个字眼，于我既是梦想，抑或是存在。就且以小川先生的书为引子，随着他去品读一流的中国文化大家，也从一个很小的视角，谈一谈在我心中介乎应然与实然之间的“病”文人。

文人究竟是什么东西？

许多时候、不少场合，人们称某某为大文人、说什么人是小文人，好像文人有大小之分，而即使是小文人，人们提及时也语蕴欣羡、恨不我就。又如，一些评论家称《围城》中的方鸿渐之辈为伪文人，似乎文人又有真伪之分，而即便如此，我们也能从方氏身上觅得几分亲切、甚而榨出可爱来，等等。

打个比方，譬如金子，硕大的金元宝自然使人嘻嘻而乐；而即便是小巧的金链子，人们得了亦是沾沾自喜。或者两者都不是，只是一块手表镀了虚伪的金色，人们也绝不会弃之如草芥，常是欣然收受、妥为保存。文人就宛若一块金子，人们在潜意识里常常把他们放在一个较高的位置上。换言之，文人的称谓几乎是无穷趋近于褒义，只是失之模糊罢了，体现的是一种激赏的态度。

相较而言，官方词典中的解释就更为宽泛了，作为一个专有名词，“文人是指会做文章的读书人”。这令我想起和农家老人闲聊，他知道你识字且能写写画画，会啧啧称叹：“唉哟，文人嘛！”因此，我疑心这字典恐怕是采民风而成，只可惜农业人口很多是文化上地道的无产阶级。唉！我要笑众人之糊涂与字典之肤浅了。

但是，为何“金子”般的文人，我要谓之以“病”文人呢？

也许有人会望文生义，因为文人多“病”嘛。那么大家愿意被称为文人，是否在诅咒自己多灾多难呢？事实上，如司马相如、如李白、如李煜、如柳永、如汤显祖、如王夫之、如纳兰性德，又如现代的林语堂、徐志摩，还有那所谓的中国最后一个士大夫汪曾祺……都是身体康健、仪态华贵之人，像鲁迅那样身形羸弱的文人毕竟不多。把文人一概视为病夫子模样，实在过于无知，是“一叶障目，不见泰山”。

可是，文人“病”在何处呢？就在于是文人而不是一般的人，他们有着灵动深邃的目光，有着超越常人的敏感，感性和理性往往在不期然间已经演绎到极致。譬若一朵美丽的花，明朝的王阳明说：“你未看此花时，此花与汝同归于寂；你来看此花时，则此花颜色一时明白起来……”说得多好！你让凡夫俗子听这样的论调，他一定会讥为呓语，而白日做梦的人似乎是有神经病的。换言之，用世俗的目光来看文人时，由于文化层次的高下有别，文人易被诟为“病”，爱因斯坦相对论提出时还左右碰壁呢。再从文人一些遭遇来看，“木秀于林，风必摧之”，只被笑笑还算幸运的了，我忽然想起杨修之死，一个自作聪明的找死的“傻子”！我们还可以更轻松诙谐一点来谈，文人常扮演着“众人皆醉我独醒”的角色，那么，黑夜里、黑屋子里，大家都优哉乐哉、呼呼大睡，你一个文人长吁短叹干嘛呢？你是失眠吧。呵呵，失眠也是一种“病”呀。

文人的“病”最基本的表现形式是文人习气。文人习气是什么呢？说到底，就是对真、善、美的“苛求”。在文人的价值坐标上，真、善、美应当是至高点，他们为此一生孜孜以求之，由此派生出来的鲜明的荣辱观、对高尚与卑贱的理解、对痛苦与理想的感悟，直接影响着文人的生活方式甚至生命历程。但是在复杂的社会环境里，真、善、美往往并不是其要义，世俗的物质与情感更易于给人带来莫大的喜悦，文人苛求世事的公平、苛求人们的善念、苛求友人的真挚，但现实给他们回报的往往更多是失落与茫然，因此，性格孤傲、社会适应性差就成了文人习气的副产品了。

走笔至此，大家很可能会想起“竹林七贤”中那个“青白眼”阮籍和写下名篇《声无哀乐论》的嵇康，因为他们把这种文人习气发挥到了极致。当是时也，“天下多故”，面对司马氏的肮脏政治，那批文人心中的天平就彻底失衡了，他们用不合时宜的举措来反抗这种污秽，其间心酸旧事太多太熟，不再援引。后来阮籍佯狂而生、嵇康受害而死，几乎都是在用一生的代价来捍卫灵魂的最后一块净土，可惜可叹！而今，我却用“病”文人冠之于斯，吾不忍为之矣……

当然，也有社会适应性强的，但表现为霄壤之别的两类人。一类披着文人的外衣，早已视“真、善、美”为无物，只为名计、只为利谋，以“文”为敲门砖，游走于达官贵人、富商巨贾间而左右逢源，本质上他们已不是真正的文人，而成了古希腊哲学中即已定性的“犬儒”。另一类则是十分豁达的文人，他们是最高文化层次的代表，这里提一下宋代的苏东坡，他可算是“前无古人，后无来者”的顶级文人。从某种意义上讲，他已经超脱了文人习气，他说，“吾上可陪玉皇大帝，下可陪田院乞儿，眼前见天下无一个不是好人”，且毕生言行相应。他在追求真、善、美和摒弃文人习气方面找到了最佳结合点，内心坚守了真、善、美的菁华，而于外在则表现出令人着迷的旷达和潇洒。但是像他这样造物主偏爱的天才实是罕见，或许，只有被三教九流都称为“我的朋友”的胡适之先生似得其洒脱之真昧也。因此，许多文人还得戴着“病”文人的帽子，倘若他们还算是文人的话。

如果我们能把真、善、美的追求形诸复杂的现实社会，如果我们提高人们的道德和文化素养，将社会与人群全都变成余秋雨笔下“中国文化宁谧的后院”式的，文人就会有其应有的鲜花和桂冠，也会消除世俗目光对文人所持的斜睨与误解，文人将成为正常的文人。

那是多么美好的梦想呀！我为之渴盼，我为之祈祷，我为之呐喊……我也努力实践着，为人，为公民，为知识分子！

书　　缘

耿仁东

年届不惑，追溯往事。如果说有一样东西让我爱不释手，那就是书；如果说有一件事让我寤寐思服，那也是读书。四十年来，书与读书充盈了我的生活，愉悦了我的身心。

一本小人书

父亲是地质队的测量工，母亲在农村种地。父母聚少离多。每当父亲从遥远的野外踏进家门时，他肩挎的鼓鼓囊囊的地质包中装着我最大的惊喜。花花绿绿的小人书是我儿时最幸福的回忆。多则三五本，少则一两本。在那个“放下书包打猪草，煤油灯下写作业”的年代，小人书成了我的最爱。从中我了解到在我的村庄方圆几里地之外还有更广阔的天地；我们国家的历史博大精深，纵横几千年，如浩荡江水；这个世界上的英雄豪杰风起云涌，却如过眼烟云，数风流人物，还看今朝。书读得越多，越觉得自己所学如井底青蛙，小天小地；所知如沧海一粟，不能汲浩瀚汪洋文化之一勺；所能如雕虫小技，不能望人之项背。

在那个物质匮乏的农村，母亲给了我吃喝拉撒，赐予我物质上的满足；父亲使我在昏黄的煤油灯光外沐浴到更炫目的光亮，充实我精神上的空虚。

如今，我的孩子已满十岁。父子二人所处的时代天壤之别。那小子用电脑，玩游戏，手机上网，QQ 聊天，样样精通，唯独不喜读书。每每读书，往往一目十行，草草了事，不知所以。身为父子，为何读书的差距就这么大呢？当我将从书店买回的小人书摆在他面前时，这小子竟然也躲到屋子里大半天悄无声息，看得津津有味。一本小人书，让我们爷俩殊路同归，情归一处。小人书对儿子而言或许就是一枚焰火的引信，很快便会点燃他读书的乐趣，从而使他的读书世界绚烂缤纷。看来，读书就应该这样循序渐进，不能漫锅台上炕，奢望孩子刚刚识字就捧着一部《红楼梦》。

儿时，感觉是吃母亲的玉米饼子长大的，看着父亲的小人书长高的。

两口木箱子

十年后，我长大成人，父亲告老还乡。印象最深的是两口木箱子，满满的尽是书。那时候尚不知道图书馆和书店是何物，长这么大第一次见到这么多的书。心里那种兴奋无法言语，毕竟那小人书已经“不能满足人民群众日益增长的精神文化需要”了，我的胃口也在不断提升。为不影响我的学习，书箱上铁将军把门。父亲对书箱实行“戒严”，没有他的允许，任何人不得擅越。坐拥书箱，却要忍受不能一睹为快的痛苦。为了能读到书，我和父母玩起了“潜伏”。提前拿到钥匙，晚上熄灯，父母入睡，我从被窝中一跃而出，轻车熟路，打开书箱，挑灯夜读，这一切都是在被窝中打着手电悄然进行的。首战告捷后，我如法炮制，屡试不爽。有谁能想到，在这个乡村的深夜的一个被窝里，一个如饥似渴的少年，在无数个漫漫长夜，“扫荡”了满满两个书箱数百册书籍。

彻夜读书让我的视线变得模糊，视野却变得开阔。虽然戴上了眼镜，但却丝毫没有削弱读书的激情。如今想来，那段“潜伏”的日子依然令人回味。不仅因为小小计俩瞒过了父母，而且因为书读得多，被小朋友们众星拱月，奉为故事大王。

野外读书乐

十九岁，作为工人子女，我上了三年地质技校，毕业后来到地质队。常年在山沟野外打钻，远离繁华，习惯了寂寞。何以解忧，唯有读书。肉体上的劳累睡一个好觉就会缓解，而心理上的孤独只能依靠阅读来排遣。上班时带一本书，待钻机正常钻进后，找一避风处，埋头而读。下班后，骑车进城，奔波数十里，进书店，逛书摊，看书买书，乐此不疲。野外几年，阅书无数。从中见识了金庸、古龙的笑傲江湖、快意恩仇；领略了琼瑶、三毛的男女爱恨、浪迹天涯；为鲁迅、柏杨的针砭时弊、入木三分而拍案叫绝；被钱钟书、王朔的睿智幽默、隽思妙语而捧腹开怀……常常是感动时鞠一捧热泪，愤怒时展一把豪情，与文中的主人公同苦同悲同喜同恨。

九十年代初，地勘费锐减，国家推动地勘单位全面走向市场，地质队陷入十年低谷，下岗分流，人心涣散。为了生计，我四处漂泊，书却一直没有扔下。我随身携带也有“三宝”——眼镜、书籍、笔记本。不管是火车上，还是旅馆中，有书相伴，漫漫旅途，乐在其中。每当看到好文章、警言妙句，或者灵感突袭，妙语如珠，立马抄录。日积月累，这样的笔记本已经有八九本。那时，囊中虽然羞涩，腹中也许饥肠辘辘，腰杆却是挺直的。行千里路读万卷书，尽情享受着阅读给我带来的莫大激情和快乐。

读书“黄金时代”

新世纪初，地质行业复苏，百舸争流，千帆竞秀。我回到机关从事政工工作。案头多了些“马列毛邓”，少了些“风花雪月”。久读伟人书，落笔下文，少了些浪漫，多了份理性；少了些随意，多了份严谨。由于工作关系，近水楼台，除政治理论书以外，还阅读大量报纸月刊，看书读报的积极性很高。虽说网络横行，但纸质媒体的地位依然不可取代。那种字里行间飘出的墨香和翻动书报摩擦发出的声响，如天籁般悦耳婉转。

“创建学习型组织，争做知识型员工”，地质队读书学习蔚然成风。做笔记，写心得，读书工作两不误。野外机台上配备了流动书箱，好书充斥，职工争阅，再也不用像当年我一样奔波数十里进城看书了。

文化建设如火如荼，党政一把手亲自撰文，讲正气，倡读书，谈文化，潜移默化，润物无声；地矿局专门创办了行业文学刊物《金鲁地》，邀请了大批作家实地采风，歌先进，扬风采，聚人心，黄钟大吕，提振士气。

天时地利人和，风正气顺心齐。我个人读书进入“黄金时代”。政论、历史、文学、哲学、经营、管理、励志等书籍，广泛涉猎。随着阅历、素质的不断提高，我所敬仰的偶像也在不断地变化，由影视歌星到体育大腕再到政界、企业明星，几经变换，从中可窥见我从被明星靓丽帅气的外在光环所吸引到追逐精英丰富内心世界的心路历程，一个懵懂少年慢慢摆脱稚嫩，走向成熟。最近，我又好上了养生类书籍，开始关注健康。健康才是硬道理。如果没有一个“可持续健康发展”的强健体魄，那么事业、财富、幸福都无从谈起。当下，随着人们物质生活水平的不断提高，人们在追求精神文化需要的同时，对健康的关注度也在与时俱进，这是大势所趋。我想，今后再也不会出现像我当年那样忽视健康打着手电读书的囧事了。

读书“A计划”

过去，或年少，或无知，或颠沛，读书无计划，无头绪，无主次，读了一些无用书，走了一截弯路，荒废了一段时光。人生四十始，读书正当时。“亡羊补牢，犹未晚也”。若要挽回损失，当结合实际，制定一个切实可行的读书“A计划”——读精品，读经典，多思善想，海纳百川。读书也要有所为有所不为，贵在持之以恒，切勿一曝十寒。少一点应酬，多一些读书；少一些觥筹交错声，多一点琅琅读书音。知识只有在长期读书中慢慢积累，素质也会在长期读书中逐步提高，一个人的“胸怀、底蕴、文化”自然也就水到渠成。同时，积淀日久，厚积薄发。将自己的所思所想、所经所历，诉诸笔端，凝聚成文字。从被别人的文字感染，醍醐灌顶，到用自己的文字感染他人，有所得悟，这种先投入后产出的过程，应该是读书的最高境界。

四十年前，我与书结缘，为书所迷；四十年后，我与书缘分未了，依然为书而狂。

这片土地，仍然太饥渴

——我的读书人生

张西礼

老家传来噩耗，说堂伯父去世。我的心蓦然一沉，眼泪几乎涌出眼眶，急忙请了假，与妻子一起乘车回到老家。老家在离县城 60 里外的乡下沙河边，一片黄沙地。夏天，若 10 天不下雨，河水也干了，土地更是呈现出老树皮般的干渴。还好，刚回到家，天便下起小雨。雨中，堂伯父的灵堂显得海水般气派，灵堂两侧的柱子上挂着一幅挽联，白绫黑字，很显眼：

学问博深名扬乡里论读书先生第一个；

德行高远声播村野讲贤能仰者唯此人。

看到这挽联，我的泪水再也控制不住，堂伯父又好像站在我的面前，他一手拿着书，一手抚着我的头，教我读“一群大雁往南飞”。

堂伯父不仅是长辈，还是我的恩师。他可以把《四书》《五经》背得滚瓜烂熟，只可惜没有赶上科举。我上小学时，他教语文。当时，我们村都很穷，全村没一家够上地主的格，成分最高的当是堂伯父。他因为读过私塾，但土地不多，被划了个富裕中农。正因为如此，全村除了堂伯父，没有识字的，别说读书，连书是什么样也不清楚。过春节贴对联，许多人家都贴颠倒了却不知道。解放后，村里的孩子上学了，那唯一的老师只能是堂伯父。堂伯父虽然读了不少书，但教新学却并不在行，闹出不少笑话，孩子们也不大听话，他拿着尺子要打学生，学生哭着回家找父母，心痛孩子的父母便又领着孩子跑到学校找我堂伯父，责问他为什么打孩子，并说这是新学堂，不是旧学堂。堂伯父只得赔笑脸，承认自己不对，然后又把孩子接过来。

我上四年级的时候，村里有一个爱读书的二娃，不知什么时候从堂伯父家里偷了一本线装书，封面的字我们还认不全，里边的内容更是半懂不懂，看的遍数多了，便知道了大概意思，有什么雷震子申公豹之类的神话故事，于是村中的孩子就争着看。争来争去就发生了矛盾，结果我就和二娃打了起来，另一个孩子趁机把书撕碎了。我堂伯父知道了这事，把一摞《封神演义》全拿了出来，让我们一人一本轮着看。我们几个孩子像饥渴的婴儿吮吸着奶头，白天黑夜地读，读了之后就给大人们讲。堂伯父看到孩子们这么爱读书，别提有多高兴了，把自己家的书全拿了出来。可惜那时我们还不知道这些书有多么珍贵，并且也看不太懂，翻翻也就过去了。“文化大革命”的时候，造反派要破四旧，想了好半天也想不出村里有什么四旧可破，于是就想起了堂伯父家的书。一伙人冲进堂伯父的家，将他的书全搜了出来，然后燃起一把火，将书一本又一本扔进火堆里。我当时正上初中，因学校停课待在家里，见这么多书被烧掉，有些舍不得，就悄悄走过去，趁烧书的人不注意，偷偷抽出一本，揣在衣襟下。晚上，人们都睡下了，我才敢掏出来，偷偷地一看，呀！是一本《论语》。我又激动又害怕，《论语》中的有关语句我已经学过，比如“学而时习之”“温故而知新”“敏而好学，不耻下问”等。我怕偷书的事被人察觉，就将《论语》藏在土坯墙洞里，没人的时候，便拿出来快速读几句，然后又放回去。

堂伯父自此便不停地挨斗，学校停课了，他的老师职务也被开除了。在繁重的劳动之余，我还不时问他《论语》上的问题。堂伯父一点也不为被人批斗的事懊恼，每问必答。我问他：人不知而不愠是什么意思，堂伯父说，别人不了解自己，甚至误解了自己，不抱怨，不气恼，仍能以平和的心态对待，如果能做到这样，就是一个不平常的人了。我说，就像您一样，对吗？堂伯父笑了笑，摸摸我的头，欣慰地说，孩子，你能这样喜欢读书学习，将来定会有出息，可惜咱村喜欢读书的年轻人太少了，你可要争气啊。

听了堂伯父的话，我心里一股求知的欲望愈来愈强烈了。“文革”结束后，恢复高考，我考上了专科，毕业后有幸当了一名国土干部，但爱书读书的志向未改，哪怕生活再拮据，即使忍饥挨饿，碰到喜欢的书，也要买回来，然后认真地读。当别人喝酒行乐打麻将时，我在书桌前读书；当有人议论是非短长传播绯闻时，我却被海明威的《老人与海》深深打动着。我总认为，自己是被“文化大革命”耽误的一代，在学校没有读到多少书，知识是贫乏的，心灵的土地是干涸的，只有不断地读书学习才能医治心灵的愚昧。记得堂伯父曾对我说，假如你能读懂《论语》中的10句话，那么你这一辈子做人，做事，交友，做官，做学问都会合格。时日愈久，年纪愈长，愈觉得伯父这些话的真切与含义深长。可直到如今，我仍没有真正读懂《论语》中的10句话，比如：己所不欲，勿施于人；比如：敬事而信；比如：贫而乐，富而好礼；比如：诲汝知之乎，知之为知之，不知为不知，是知也，等等。有些语句只是读懂了字面意思，可真正融于自己的灵魂之中，并去践行它，则未能达到。然而，先哲圣人之书潜移默化的功能，却让我终生受益。当我在逆境中困顿不能自拔时，便想起“一箪食，一瓢饮，在陋巷，人不堪其忧，不改其乐”的话语，于是，便有了走出困境的信念；当取得一点成绩，有些洋洋得意时，便想起“三人行必有吾师，见贤思齐”；当遇事不知该怎么办时，便想起中庸之道。堂伯父曾说，宋朝赵普半部《论语》可以治天下，对平常人来说，记住有用的几句，可以德行乡里。

在乡下，堂伯父可称得上饱学之士，他一生谦和为人，不卑不亢，虽无显赫地位，也无多少财产金钱，但他德高泽后，受人敬仰，远非达官贵人能比。

葬出堂伯父后，我问堂兄伯父有无遗言，堂兄说，有，只一句话：但愿村里多出些读书人。听了这话，我的心一片凄凉。记得守丧之余，听到人们除了议论打工挣钱之外，便是夜间打牌赢了多少钱，年轻人便是说上网与网友聊得有多开心。回到县城，在街旁树荫下，随处可以看到打麻将斗地主的景观。

干涸而又贫瘠的土地啊！

尽管人们住着洋楼，穿着时髦艳丽的裙裳，吃着大鱼大肉，但腹中却是无比的憔悴与饥渴。许多人出口便是粗俗，行为随意失当，吐一口痰在地上，拉一摊屎尿在公园，横一轿车在街心，燃一筒烟花在脚下，遇到困厄，不问书籍却去求神巫。一句话，不少人的心灵深处，还缺少文明的滋润与教养。

其实，我亦如此。

如今，书类繁多，大街上，书论斤卖；许多人的书房内，架满琳琅，另有电子书，网上书，手机书，若要读书，随时都可以，但真正读书者，能有几人？

此时，我又想起老家。自改革开放以来，村人们挣了不少钱，小洋楼盖了一座又一座，吃喝穿戴发生了翻天覆地的变化，可是文化层次却变化不大，早些年还有几个年轻人通过读书走出村子，干了一番事业，改变了自己的命运。而现在真正的读书人却少了，有些少年初中还没有毕业，就出门打工挣钱去了。一些年轻父母将孩子扔给老人，不管他们读书如何，村中那座坍塌多年的神庙却又盖了起来，并且还有许多人自动捐款。

最近，村里要建社区，我想给家乡人说，倒不如在新农村社区建一座书庙，制一本书的雕像，上刻：书，犹药也，可以医愚；一日无书，百事荒芜；读一本好书，就是和许许多多高尚的人谈话……或者在显著位置，盖几间图书馆，放上万卷书。庆幸的是，有些地方已经这样做了。

相信，在不久的将来，家乡社区的楼房里，定会传出阵阵悦耳的书声。

到那时，家乡的土地肯定丰若膏腴，家乡人的心灵也会明若镜湖。书，将成为人们不可或缺的食粮。

《一个村庄里的中国》读后感

杨连山

这是一本每一个漂泊在异乡的人都应该读的书，也许书里的小堡村只是熊先生的故乡，但是发生在那里的事无不同样发生在我们的故乡，那些难以抗拒的变化，那些令人难过的变化，那些带来希望的变化，当我们通过这本书联想起故乡的这些年，你会看得更明白那些发生过的和正在发生的变化究竟意味着什么。当然，作者的用意并不只是简单地唤起读者的乡愁而已，他旨在通过文字撩起人们对农村里发生的一切的关注。

一个村庄里的中国，从描述一个村庄的百年变化，探讨世纪中国的风云变幻，剖析在变幻中付出最大代价的中国农民和中国农村，感叹活在当代的我们似乎已回不到故乡，生活在城市里的我们早已因为走得太快而丢掉灵魂，走得太远而忘记因何出发。我们生活的城市就像是一个无根的漂浮物，卡尔维诺笔下的“一个装载欲望与恐惧的容器，一段只有去路没有归途的旅程”。

在阅读这本书的过程中，我不断地回想起自己的故乡，我的老家在农村，在我居住的村庄里，也有一棵如书中所写的老树，约莫两三个人才能抱得住，那棵树曾经给我带来过很多欢乐，虽然我至今不知道它的科属，我只记得它很高大，有茂盛的枝叶，在炎热的夏夜，睡不着的大人们会待在树下乘凉聊天，而如我一般大小的孩子们则会围着树打闹嬉戏，到了秋天，树下洒满了落叶，我们便把它扫拢，然后点起篝火，我和小伙伴们围着篝火，莫名其妙地开心着，笑着往火堆里投各种东西，直到火堆熄灭，这是我最喜爱的游戏之一。而这棵树在一次商品房的建设中被砍伐了，连根刨起，大人们虽然一边砍着一边叹息着可惜了，但是这一切抵不过新房带来的喜悦，后来，随着商品房市场的兴起，村庄里的树也越来越少，取而代之的是一座座新楼的矗立，在我的印象里，村庄永远是郁郁葱葱的，是干净的，然而今年过年回去时，走在路上，只有深一脚浅一脚的泥水。我是1997年离开家求学的，似乎，从此以后，我每次回来，家乡都会得意洋洋地向我展示它的新变化，拆掉了我走了将近十几年的有着近百年历史的青石板小街，变成了索然无味的商业步行街，公共体育馆也没有了，田径场变成游乐园，老房子一片片地拆掉，建起了奢华的政府广场，山顶上的那个古塔也装模作样地锁住了塔门，禁止人们进入，要知道我年少时，每天早起晨练都会爬到塔顶，然后吹着风，俯视着整个城镇在渐起的喧嚣中慢慢地苏醒，那是多么惬意的事啊。然后有了环路，一圈一圈的环城公路，劈开山，趟过农田，有了新的地标，地名，而这一切都不再是我所熟悉的，每次和家人聊天时，当他们说起某个地方时，我总是听着那些新地名一脸的茫然。就这样，我的故乡在这些变化中渐渐消失殆尽，今天的我也只能在梦中在记忆中再见熟悉的家乡了。

其实，这些变化确实给人们带来了很多好处，它们也只是紧紧跟上国家的发展而已，同时，从它的变化也能看出一个国家的变化，城镇如此，农村亦如此。我想这也是作者的书名的由来吧。

在书里，作者回顾了小堡村的历史，也描述了其现状，介绍了宗族制度在过往农村里的重要性，也谈到了如今农村的执政组织的局限性，从曾经的只会种田，到现在的外出打工，介绍过农村在战争时期的动作，也说起现今农村的娱乐活动，在这些描述里，不难看出，农村在不断地适应着国家的发展，而这一过程充满了痛苦和心酸。

农民工是如今人们提起农村不得不提起的一个族群，在工地上，在工厂里，在路边，在街头，在如劫难般的春运里，到处都可以看到他们的身影，他们或者抛家弃子，或者拖家带口，从事着最底层的工作，希望可以赚到更多的钱，寄回老家盖新房，抑或在城里买下房子定居，每年都有不少的无良商人卷走他们的血汗钱，每年也有不少的民工因为工作落下伤残甚至丢掉性命，但是，他们依然顽强地生存着，努力地适应着社会的发展，没有保障，小心翼翼地奔波在城市里。而我上面所说的这些也是我在阅读这本书时不断想起的，我很后悔我没有在那里多待一段时间，虽然我刚去时极端不愿意。不过我想还会有机会的，而熊先生这本书也将会帮助我更好地去了解和关注他们，是的，这片土地和之上的人们需要我们每一个人的关注，也许帮助。

没有故乡？一个人真的可以没有故乡吗？熊培云老师感叹的只是回不去的故乡，而我，似乎在心中并无故乡可回。

只是每到节假日，我都会回家。但家能等同于故乡吗？认真考量一下，或许于我可以。故乡的意义在于承载每个人内心深处的记忆，或惆怅或甜蜜，回到故乡，我们能找到的都是属于自己的归属感，那是真正的港湾，真正让灵魂停歇的地方。而我，回家的意义已经完全涵盖甚至超出了以上。

或许于我的意义，回家或者回故乡等同于回去看父母，回家住一段日子等同于回家陪父母住一段日子。父母在的地方，就是我的故乡。如果哪天父母搬到我居住的城市或者其他什么地方，现在的所谓故乡，或许我就真的很少会再回去了。

故乡的涵义，于我，如斯简单！

就像和勘探队员家属促膝交谈一样

——牧子散文集《月满乡心》读后

张柯平

数年前，我们去陕北吴堡县搞煤田勘查。在一个叫做慕家塬的小村子，我们扎下了项目部。施工钻孔的时候，在各个村子里都有占地，有的在村子中间，有的在村口，有的在半坡上，有的在黄河滩。小杨机长的钻孔设在下三畔，孔位恰好在村子正中间，打完孔，搬家撤离的时候，出问题了。小山村的老乡把我们拦下了，要五万块钱，磨了快一天时间，给了五千块钱补偿款，放行了。因为当天我也在场，我回忆了下一些细节，把这点事儿写成了文字，权当野外工作的记录，发到了国土资源作家网上。第二天，国土作家群里一个陌生的qq号问我，下三畔的事儿具体是怎么回事，告诉我，我可以帮助解决。我一愣，你知道陕北有下三畔？这是几年前的事了，我们早已撤出陕北。对方说，我老家是吴堡的。老乡们太不像话了，矿产勘查造福一方呢，怎么能纠缠勘探队，真给我们丢人。我被对方的古道热肠和侠骨义气打动，忙回应说，不能全怪老百姓，跟当地补偿款的分配机制也有关，业主补得充足，可到村民手里不见多少。这个网友是国土资源作家网的编辑牧子，本名秦锦丽，在甘肃地矿系统工作，我的近邻。

再次相识牧子是读她的《月满乡心》。在她的文字里倾听黄河涛声，游览山川大地，感受故土亲情，算是神交。这篇读后感不评文字的优美和真情，评论家的活儿，说点儿别的。拿到牧子的散文集《月满乡心》后，我从最后一页往前翻，这是我读书的习惯。恰好，后半部分有写国土资源系统的文字，篇目不算多，写的并不是正面的地质勘查场面的事儿，这可能和牧子从事的岗位有关系，毕竟不是一线勘查作业人员。这些文字有写勘探队家属生活的，也有写勘探队员的业余爱好的。我脑子里灵光一闪，牧子老师的文字给了我启示，勘探队也可以这样写的呀。

我在业余写点儿文字，自诩为“勘探队写匠”。常常写勘探队员，都和自己的工作经历有关。写和他们一起出野外工作的经历，历险的，遇阻的，跋涉的，思乡的，坚守的，文字写得很“野外”。然而，我忽略了一个重要问题，勘探队员虽被叫做“野人”，但他们也是有血有肉的正常人，除了工作，还有生活，生活里的勘探队员才是最最真实的，虽然他们都有些出世。我觉得牧子是理解勘探队员的，理解他们的缺失，理解他们的别离，理解他们的思念，理解他们的苦闷，因为她自己就是一位勘探队员家属。在河西走廊，小两口蜗居陋室，暂住筒子楼，粉刷厨房，春离冬聚，过着和勘探队家属一样候鸟般的生活。进城后，住勘探队基地大院，然后搬新家，住高层。这和我的经历何其相似，和所有勘探队员的经历何其相似。在勘探队家属院的文化氛围里，团结互助、友爱相帮是主题。勘探队员在大山大水中跋涉险境，兄弟们也是这样互相携手，慢慢地互相鼓励，不断前行的。我常说勘探队员都是闷葫芦，只管干，不爱说，这个行业老是显得神秘兮兮的，人也有些神经质，很敏感。在野外拼，不被人理解，尤其是不被家人理解，这最痛苦不过。我的兄弟们中间，因各种原因，离异的，分手的，见得多了。阿武和我同钻机，唠嗑的时候，也提起一些苦恼，爱人老是说你看你们同学谁谁谁咋样咋样的，很烦恼。我知道无非是别人有钱有闲，能陪家人，自己又苦又累还不能在家陪着，能怎么回答呢？阿武最终还是选择分手，虽说几年后又复合，但毕竟是一次带伤痕的复合。年轻勘探队员越来越多，队里考虑到队伍的稳定，在条件允许的项目区，以变通的形式允许家属随队一阵子。在青海湖，阿其在打钻，离家三百里，“五一”假期，媳妇来看他。知道打钻生活的，应该熟悉勘探队员的野外装扮，下班后，一般都是光着膀子，外面套着件绿面的棉袄，趿拉着拖鞋，穿着衬裤瞎转悠。青海湖紫外线强，湖上的反光漫射，谁也挡不住，整天照着，满脸黧黑的阿其，像极了藏族同胞。媳妇一看这打扮，当下就哭得稀里哗啦。她不知道，在城里陪自己在品牌店里精挑细选时装的老公，在野外竟会是这个模样，意外也罢，寒酸也罢，这就是真实的勘探队员。小薇，牧子的受访者之一，作为勘探队员家属，将这夫妻野外相见的情节演绎得更极致。牧子用第一人称讲了小薇和勇的故事。小薇鼓起勇气执意西去，翻越5200多米的唐古拉山口，去西藏探视做野外调查的勇。这举动，在勘探队家属里堪称“壮举”。我虽为勘探队一员，却只当过半年钻工，所去工区，海拔最高的不过刚过五千米，那也是整天头晕脑涨，满嘴溃疡，一脸疔疔。我不得不佩服，这是一位唯勘探队中才有的女汉子！“高反”是一种折磨人的生理反应，经历过的人终生难忘。翻越唐古拉，小薇几度昏迷，同路乘客几次施救，时间耽搁久了，车最终没能按时到达拉萨。按照约定，勇早早来到车站，久等不见人，从天亮盼到天黑，种种担忧，种种牵挂，纠结绕心，便不管不顾，在小薇可能经过的路上，一路走，一路喊小薇的名字，孤独地穿行在拉萨的夜风里……读到这里，我心里狠狠地痛了一下。我想牧子写作前，一定早已为此痛过。痛过，才懂得。

甘肃地质系统流传着一对老地质夫妻的故事。当年条件艰苦，两人在地窝子里成婚，不想妻子感染湿毒，最终导致不育，一生孤苦相依。牧子听了，“那么想走近”他们，多年一直关注他们。终于得了一次采访他们的机会，她的心却沉重得有点窒息，可又分明感觉到，血在燃烧，“他们的地质，我的地质，我们共同爱着的地质，在这一刻重叠。”（《那么想走近她》）因为懂得，所以敬仰。地质兄弟们为找矿事业，奉献了躯体和尊严，她采访他们，始终心怀慈爱，包裹着他们，“许多次，在他们出征的号角中，在他们攀爬的野外，在他们奋战的矿山，在他们屈居的帐篷，我的心，默默举起，向他们深深敬礼。”（《向地质兄弟敬礼》）读到这里，我欣慰了，牧子的满怀乡心里，也包括“地质心”。怪不得她看到《下三畔》文中勘探队员受气，就想帮一把。

文字都是从作者的心里流出来的语言。读一本书，就是和一位作者交流的过程。这些天，西宁天高风清月亦明，我夜夜捧读牧子，仿佛和牧子同沐月色，促膝交谈，没有隔阂。“月满乡心”，读舒坦了。

享受自然之美

——读美国作家亨利·戴维·梭罗的《瓦尔登湖》

梁守德

一本好书往往叫人一气读完，梭罗的《瓦尔登湖》却不是，拿起来撂下，撂下再拿起来，简直读不下去。真是一本孤独的书，一本一个人的书，尽管描写的是简单、安静的湖边生活，却艰深难读，不知所云。但是，作为美国历史上最伟大的作品之一，这本书必定有过人之处。所以撂下以后，总还惦记着，于是又捧起来，硬着头皮往下读，这一读，才读出了它的奇特，美妙，智慧，令人惊诧不已。

1945年，生于康科德城的梭罗远离闹市，拿一柄斧头，跑进了无人居住的瓦尔登湖，亲自动手建起了一座没有围栏的简易木屋，让小树林一直长到窗楣，让黑莓的藤蔓一直伸延到地窖，让大自然一直与他心心相印。每天，他与湖为邻，靠打猎、钓鱼、种植维持生活，亲手播种、锄地、打场，吃自己生产的黑麦与甘薯，过着简单而快乐的生活。此后两年，一直如此。这本书就记录了他两年间在与大自然相处中各种的细节以及他的深度思考。

梭罗笔下，瓦尔登湖不是湖，而是大地的眼睛，她深邃、清澈、富于表情；湖边的树木是镶边的睫毛。从湖中，他能够测出自己天性的深浅。湖上的晨雾，幽灵一般从一个方向聚集，又像一夜间的秘密教会散会了一样离去。即使在湖中洗澡，也带有一种“洗涤灵魂”的宗教意味。

夏天，他坐在山核桃树和黄栌树中间，在没人打扰的宁静中沉思，奶油的搅拌声、纺车的吱呀声、土拨鼠和湖中野鹅的偷笑声，甚至飞鸟在僻静的池塘脱毛的声音，都清晰可闻。面对这些自然之声，他会用桨敲打船舷，给生灵们一些回声。

晚上，在木屋里做窝的老鼠，跑到他的脚边来吃面包，奔过他的皮鞋，从他的衣服袖子里爬上来，坐在他的手掌中，摩擦嘴脸……

梭罗对景致的描写，语语惊人，字字闪光，那是他心灵的感受，他的心境。在他的描写中，跟大自然做伴是如此甜蜜，如此受惠，他的木屋周围每一个声音和景象都有着无穷无尽的友爱，每一支小松针都富于同情心地胀大起来，成了我们的朋友，瓦尔登湖边存在着我们的同类，并且接近于我们的血统，富于人性。

读罢《瓦尔登湖》，我们恨不得卖掉房屋搬到山里去住，在那里购置一方田地，盖上一间小屋，吃着梭罗一样的简单食物，在一盏青灯、一卷好书的陪伴下，度过一个个静谧雅致的夜晚，尽情享受自然之美。

但是，梭罗的意义更深。当他写到菲茨堡铁路的时候，心境大变。在他心目中，冲进瓦尔登湖的火车头像一只恶魔，鼻孔喷着黑烟，吼声如雷，使土地震动。火车所到之处，处处闻到了一些商品味道。一些焦躁不安的城市商人，抡起大斧砍伐瓦尔登湖边的森林，放掉湖水，灌溉土地。如果湖底的污泥可以卖钱的话，他们会毫不犹豫地掏干湖水，标明价格，与上帝一起拿到市场上去卖掉。由于人类贪婪与掠夺，像恒河之水一样圣洁的瓦尔登湖不再清澈，湖边的田野不再生长五谷，牧场不再开花。

梭罗说："还没有一个人在无思无虑地过完他的童年之后，还会随便杀死任何生物，因为生物跟他一样有生存的权利。"这是人与自然关系中的一个永恒主题和最高境界。这是梭罗对人与自然关系更深层次的提醒。

梭罗被尊称为世界上第一个环保主义者，又是一位生态主义哲学家。在他心中，大自然是上帝创造的，能够很好地诠释上帝的精神，人类与上帝沟通，就要与大自然融为一体，真正体会到这个世界的存在，用心倾听上帝的声音。

保护环境是关系到人类生存的千秋大业。从根本上说，靠法律、道德来强制性的保护，十分可悲。大自然是人类身体的一滴血，一根肋骨，不可分割，我们与大自然两两相对，会感到震撼，感到心疼，感到敬畏，感到一种宗教般的启示。只有这样，我们才能生发一种天性的爱，才能用心呵护。只有这样，人类才能永久地享受自然之美。

这也是人类本身的幸运。

是的，梭罗在《瓦尔登湖》中有这样一句话值得我们深思——“没有兔子和鹧鸪，一个田野还成什么田野呢?”

书香人生自逍遥

欧阳华

春风夏雨，秋花冬雪，年年岁岁花相似，岁岁年年人不同。读书，让你短暂的人生就拥有了宽阔的视野和无尽的能量。抑或是春风拂面，蓝蓝的天空，青青的碧草；抑或是夏荷翩翩，悠悠的白云；抑或是秋风渐凉，清澈的小河；抑或是冬雪弥漫，晶莹的雪花飞满天，你悄悄地打开一本书，知识从书本里汩汩涌流，干渴的心田变得滋润富饶；精神的荒野瞬间华章灿烂，人生的美好与惬意尽收眼底。儒家、道家、佛家构成中国文化的相互依存相互补充的基本内涵，这些光辉经典的著作光照千秋。用儒家的经典来处世，用道家来养生，用佛家来养性，你就会有一个完美逍遥的人生。

《论语》里品读为人处世的大成智慧。《论语》是一本需要用一辈子无数次品读咂摸的经典书籍，这里面的营养会随着岁月的积淀而愈加增多。同样一句很简单明了的话语，但当你经过了人生阅历再去读它的时候，你的体悟就会大有不同。《论语》确实是一本集中了先贤大师孔子智慧的话语，这些话语熠熠闪烁，穿透历史的时空历久弥新。有一次宋太宗和赵普闲聊，宋太宗随便问道："有人说你只读一部《论语》，这是真的吗？"赵普老老实实地回答说："臣所知道的，确实不超出《论语》这部分。过去臣以半部《论语》辅助太祖平定天下，现在臣用半部《论语》辅助陛下，便天下太平。"后来赵普因为年老体衰病逝，家人打开他的书箧，里面果真只有一部《论语》。论语是孔子思想的集中体现，而论语的核心离不开一个仁字。有弟子问孔子，如何做到"仁"，孔子说："恭则不侮，宽则得众，信则人任焉，敏则有功，惠则足以使人。”

恭则不侮，恭敬就不会受欺侮。在一个单位里，愤怒的永远是老板，因为实习生一愤怒，立刻被炒掉。同样的，在家里愤怒的，只能是户主而不是保姆。日久天长，人就被愤怒绑架了。好好善待别人，是自己有尊严的前提。宽则得众，宽厚就会得到众人的拥护。自己要把内心养宽了，遇到什么事情，才能够放得下。总有一些人，看什么都不顺眼，到处挑刺，这种人肯定没有朋友。信则人任焉，诚信就会得到别人的信任。现在大学生就业难，很大程度是因为诚信度不够。学生毕业后 10 多年，在社会上取得成就最大的，不一定是学习尖子。敏则有功，勤敏就容易获得成功。经常有人说，结果很糟糕。想想看，无论你是欣喜还是悲伤，还有明天，哪怕是沙尘暴的天气，那也有明天，悲喜都会有所改变，只要一息尚存，生命就没有结果。惠则足以使人，施惠就能很好地使用人。你有恩惠之心吗？做领导，要能看到他人的价值，只有发现了部下的价值，才能让部下更好为你工作。恭则不侮，宽则得众，是教人的修养；信则人任焉，敏则有功，是教人做事的方式；惠则足以使人，是教人做领导的智慧。

常读《论语》，你就学会了如何做人，如何做事，甚至如何交友，如何学习，如何做官等。论语的句子言简意赅，要言不烦，通俗易懂，意义深长。读一遍一遍收获，读一遍一遍通透。“半部《论语》治天下”，此言不虚。

从《道德经》、《庄子》里体悟如何修身养性。读了《论语》，我们学会了为人处世，知道了如何建功立业，而另两部经典却映入我们的眼帘，老子的《道德经》、庄子的《庄子》，老庄都是哲学大师，他们的思辨都奇异瑰丽，包含着穿透人生暗障的思想光芒。“道之道非常道，名知名非常名。”老子的《道德经》虽然只有五千言，却被世界各国奉为圭臬，读着读着，你就会回归到真实的自己，内心的真实到灵魂的真实，你就会抛开禁锢人生的功名利禄等身外之物，而过多地回顾人生本来的原始面目。

"无为而无不为"，"无为"就是顺应各类事物的本来面目，我们不要强行加上人为的干扰；"无不为"就是只要我们顺应了自然法则，顺应了大道，一切都将欣欣向荣。

现代人越来越忙碌了，压力和竞争越来越大，在拥有金钱、地位后，却彻底地失去了快乐，找不到了方向，迷失了航向，人生的终极目标在哪里？读读老庄会有收获。人类已经把自己的吃穿住行打点得越来越精致，把外在的条件整治得越来越舒适了，但是，心灵呢？却在越来越辉煌的物质文明中萎缩，湮没在闪烁的霓虹灯下，迷失在情感的沙漠里。我们不快乐的原因就是我们失去了对自我的认识，失去了对人性的反思，我们害怕孤独，就只是随波逐流，于是喜欢豪饮聚会，喜欢唯我独尊，那么我们就用道家的大智慧来关照一下自己，我们如何能得到快乐和幸福呢？我们说行为决定习惯，习惯决定性格，性格决定命运。

《庄子》的思辨哲学意味比《道德经》略逊一筹，而浪漫色彩却开创道家先河。《庄子》的语言华丽，想象丰富，行文恣意纵横。而庄子的说理绝不牵强附会，绝不空洞说教，他的论述总是从故事开始，他的比喻总是生动恰切，给人深深的震撼。尘世太喧嚣，读读老庄就会让你回归真我，让烦躁的灵魂宁静下来，读书也是宁静才能致远。

用佛家经典禅修不断洗涤心灵的污垢，升华灵魂。佛讲因果报应。所谓恶有恶报，善有善报，不是不报，时候不到。这句话有最深刻的哲理，所谓善就是好的东西，好的东西积累多了，就必然走向光明，通向天堂；恶的东西就是坏的，坏的东西积累多了，就必然走向黑暗，通向地狱。那么你又问了，现实生活中的人可不是这样，很多我看起来很恶的人都富裕了，宝马香车，哪里有什么恶报？倒是老实人才真正地吃亏。大家再想想，恶人只能得势一时，却不能猖狂一世。我们的人生犹如一间房子，要时刻把好的东西填进来，把灰尘经常扫扫，这样就能变得非常的洁净。

无限的欲望不能使心情满足，欲望越多痛苦越多，欲望与痛苦相生相伴，如影随形。这种永处煎熬的生存状态让人类承受不了。承受不了就想办法超越，于是智者开始反省：既然痛苦是由欲望造成的，那么，压抑或者干脆消灭了欲望不就可以跳出苦海获得快乐了吗？读书吧，读读儒家、道家、佛家经典书籍，你就会懂得很多道理：儒家的“乐天知命”“安贫乐道”，道家的“顺其自然”“知足常乐”，佛家的“四大皆空”“六要有清净”。这些高深的人生理论说法虽然不同，但共同点只有一个，即“知足常乐”。在读书的不知足中找到人生的知足，你的人生就会跨上新台阶，你的灵魂就会洞开新境界，逍遥自在地度过一生。

从《百年孤独》中推开的土地意味

程　珂

《百年孤独》中丽贝卡“吃土”的怪癖留给我很深的印象，这也成为丽贝卡孤独的标志。丽贝卡刚进入布恩迪亚大家庭时，不说话，不吃饭，只是偷偷地吃泥土。即便后来慢慢融入正常家庭生活，却仍旧会趁人不注意时偷食。

基于这种对基本矿物质的爱好，用原始食物填饱肚子的满足感，书中描写到丽贝卡吃土的时候“心里怀着一种享乐和恼怒的模糊感觉”。无疑，丽贝卡爱着泥土的味道，当她爱恋着钢琴师（皮埃特罗·克雷斯庇）时，偷食泥土使她更直接更实在地感觉到他的存在。

美国作家赛珍珠《母亲》中有一段是这样写的：当文中的丈夫出走后，那母亲只好带着仍在吃奶的孩子下田干活，“他手里抓满土，放进小嘴里，尝尝不喜欢，然后吐出来，直到满身都是吐出的泥土。”

澳大利亚作家考林·麦卡洛所著《荆棘鸟》中的第三代主人公戴恩，小时候喜欢黑泥土的味道：“妈！你觉得土壤的味好吗？真好呀，妈，真的！”

土地成为负载人类世代具有普遍的心理经验的集体无意识，土地成了一种归宿的象征。世界创世神话中，多个民族始祖都和泥土有关。希伯来民族中的人类始祖亚当，是上帝耶和华用泥土捏制而成；希腊神话认为最早出现的卡俄斯，其次便是地母——该亚；巴比伦神话认为人类是主神马尔都克用地上的黏土和神血创造的；中国神话则认为人类是女娲用泥土捏成。

在众多的创世神话后面，我们可以看出人与土地的联系：土地是人的生存之本，人离不开土地。土地上的人们作为“地之子”，对土地有着为人子的深情，恋土情结中包含了浓重的文化内涵。

首先，土地作为恋土情结的依托，最直接的表现为人们对土地价值的追求，通过对土地占有来实现人生价值。例如《白鹿原》写西北农村的故事，讲的是土地 。开篇不久就讲述了鹿泰恒父子买下白嘉轩天字号水地，而白嘉轩则占去了鹿家风水宝地、迁坟。土地是生存环境，是衣食之源。对土地的追求与依赖是恋土情结的物质依托。

其次，土地作为一种文字符号，还表现为一种精神归属。大地那宽阔的胸膛欢迎每个困惑、忧郁的子孙，是失落者的心灵慰藉。《飘》中多次描写郝思嘉对故乡那片红土地的思恋，每当她痛苦失意之后，总是亲吻那片土地。《静静地顿河》中，葛利高里经过坎坷与磨难后，终于返回了故乡。当他趴在朝思暮想的泥土地上时，那种害怕失去它的心情紧紧地缠绕着他。

从这里我们就不难理解丽贝卡的怪癖。土地作为一种意象，渗入了人们的深层意识和心理结构之中，牢牢地扎下了根。

有一种爱，叫简·爱！

——读《简·爱》有感

伊　豆

蘸一窗阳光，盘膝坐在软软的地毯上，那些心仪的文字从指尖一页页滑过，感觉所有生命的时光都被打上了美丽的记号。

邂逅一本好书，如同与作者谈一场旷世的恋爱，仿佛每一天都走在铺满鲜花的路上，驿动的心也好似长出了翅膀，那种久违的甜蜜，从心里汩汩流淌，犹如赶赴一个千年的约定。

读《简·爱》的感觉就是这样！

或许是江南烟雨洇染了我的一颗柔软而简单的心，一直钟情于温婉轻盈的诗歌和散文，很少对浩如烟海的小说倾注我过多的目光。而能认认真真把一本小说读完，而且一读二十年不罢手的，也只有这本《简·爱》。

喜欢这本书，是因为它告诉我们唯其欣赏和懂得，爱情之花才会弥久留香，常开不败。多年来，简·爱的人格魅力以及故事中那段旷古的爱情，在我的生命里时时闪耀着圣洁的光芒！

简·爱集一切悲苦于一身。从小父母双亡，过着寄人篱下的生活，饱受舅妈和表兄妹的歧视与欺凌。这个卑微而渺小的生命甚至连一个女仆都不如。而且她不止一无所有，连稍为可以改善处境的甜美外貌、温驯性情都缺乏。仿佛世间的一切困苦都倾倒在她的身上，让十岁女童承受超龄的磨难。接着，舅母干脆送她到专收孤苦女孩的慈善学院，任其自生自灭。

苦难是不幸也是财富。简·爱在所谓的“慈善”学校遭受八年炼狱般的磨难之后，离开慈善学校去寻找属于自己的梦想。在桑菲尔德担任家庭教师，邂逅了庄园主人罗切斯特，并与之产生了一场情动天地的爱情神话。历经悬念、破坏、分离和绝望，最后有情人终成眷属。

相较于其他爱情小说，大多局限于哀婉的故事和凄美的结局。如宝黛的爱情，梁祝的爱情，莫不如此。读《简·爱》不需要同情与怜悯。没有忧伤和叹息。只要你带上一颗赞叹的心和一对欣赏的眼睛，就能时时获得一种精神的满足和鼓舞。读着它，让你勇敢，让你振奋，让你只想为生命的强大与尊严喝彩！简·爱的反抗精神以及内心向往独立、平等、自由的人格，令人肃然起敬。在遭遇一次次歧视、虐待，挫败之后，我们看到的是孤女擦干眼泪后的坚强和爆发。在一次次抗争与反击以后，最终获得了命运的青睐和补偿。

能让我痴迷的好书不多。而能读到几近散架的书也就那么几本。一本是《小窗幽记》，一本是《古文观止》，再有就是这部堪称经典的《简·爱》。仿佛有一种神奇的魔力，牵挽着我的目光，让我一次次走进那些令人心动的情节。这些精美绝伦的文字伴着我走过疼痛与眼泪，走进更加广阔的生命旅程，走进一个圣洁唯美的爱情神话里。这是一部爱情的圣洁宝典；这是一串灰烬里的真爱密码；这是一首爱的赞美诗。即使今天重读，依然让我爱不释手又欲罢不能！

一个多世纪以来，这部爱情的圣典不知道温暖过多少颗柔软的心。捧读这些被岁月浸染过的文字，使每一个诗意的日子都滴满了馨香！

小说中，没有太多缠绵悱恻的文字，也没有缱绻曲折的故事情节。那样痴迷于这本书，是被一个弱女的顽强斗志所震撼！面对超龄的磨难，十岁的简·爱没有屈服，她与既胖又笨的表哥发生冲突是她为自己命运抗争的开始，接着她与刁钻古怪又铁石心肠的舅妈展开了针锋相对的斗争。尽管每一次抗争的结果，总是以简·爱的失败而告终——迎接简·爱的是变本加厉的虐待与恐吓。就是这样一次次的磨炼，奠定了简·爱勇敢挑战命运和坚韧不拔的个性。就在慈善学校，遭遇披着宗教外衣的伪基督教徒的人格侮辱，简·爱又一次举起了反抗的大旗，用她善良正直的品行，赢得了信任和友谊的目光。

简·爱说："使灵魂不坠的是爱，使爱发出烈焰的是冰雪的人格。"平等，是贯穿简·爱内心的一条人生准则，更似一朵圣洁的雪花净化了每个人的灵魂。在罗切斯特面前，简·爱同样如此。"我的灵魂跟你一样，我的心也跟你的完全一样，要是上帝赐予我一点美和一点财富，我就要让你感到难以离开我。就像我现在难以离开你一样。我现在跟你说话，并不是通过习俗、惯例，甚至不是通过凡人的肉体——而是我的精神在同你的精神说话，就像两个都经过坟墓，我们站在上帝的脚跟前，是平等的——因为我们是平等的。"这是一个勇敢的女子正义声讨的心声，这是一个纯洁女子追求真爱的宣言！

在简·爱与罗切斯特的婚礼上。当她得知罗切斯特发疯的妻子还活着，简·爱拒绝了心上人的一切挽留，再次擦干眼泪毅然选择了离开。有时候，正是为了爱才悄悄地离开。放手爱情就意味着放弃幸福，简·爱的举动让作为读者的我一次次油然而生敬意。或许，这也是这本书能成为经久不衰的爱情经典的一个灵魂所在。简·爱的人格魅力同样体现在对舅妈的宽容上。"时间平息了复仇的渴望，压下了愤怒和厌恶的冲动，是件快乐的事。"

那样痴迷于这本书，还是因为简·爱与罗切斯特的那一场刻骨铭心的爱恋！

两朵云在同一个高度才能成雨。爱，是一场灵魂的相遇。"我觉得我跟他很相似——我懂得他的面部表情和一举一动的意思。虽然社会地位和财富把我们远远地分开，但是在我的脑子里和心灵里，在我的血液和神经中，却有一种东西使我在精神上和他相似。"罗切斯特是一位外表严肃而内心柔软的男子，他多情、善良、博学、风趣，在对待疯妻和收养并无血缘关系的女童身上，我们看到了罗切斯特作为一个男人的担当与责任。

简·爱纯洁的秉性，脱俗的举止，似一缕清新的风，一扫笼罩在罗切斯特灰暗而又混乱的情感世界的阴霾。

简·爱集所有美德于一身。虽然她矮小，长得并不漂亮，简·爱的温顺、勤奋、无私、坚贞、忠实、勇敢，非常文雅，又非常英勇。"一个聪明、忠实、深情的女人只是一个梦。"这是大多数男人心底的一声无奈的叹息。然而，简·爱的出现，完全颠覆了罗切斯特，圣约翰以及世上所有男人的这种偏见。"一个没有污迹或污点的记忆，一定是美妙的宝贝——是个令人神清气爽饮之不尽的清泉。"

正如一首歌里唱的那样，为了找到你，我已把世界都走遍。爱情是一次寻找和等待的过程。他们彼此寻找，彼此欣赏，彼此吸引。"我要你一辈子都在我的身边——做我的第二个自己和最好的伴侣。"一个是遭受情感磨难寻找真爱的男子，一个是饱受生活磨难寻求梦想的女子，他们的爱情注定演绎的是一场旷世奇恋。两个人戏剧性的相遇与其说是巧合，不如说是命运的安排。

有位哲人说过，没有爱的生命是一座活着的坟墓。爱是一颗最美的种子，一切生命都在爱里开出花来。"我变得高兴又满意，不再去渴望什么亲人了，我的纤弱的新月般的命运扩大了，生活的空白填满了。因为和平等的人，相似的人在这儿。"爱情的天空充满了阳光，"他是真正的感情的阳光——他现在正在照耀着我。一颗徐徐升起的星，它不久就要以月亮自豪"，爱是人世间最美丽的情感，它是滋养我们幸福生活的源泉！"我在左肋骨下的那个地方，似乎有一根弦，和你小身体同样的地方的一根类似的弦打成了结。"爱情在这两个不同经历不同地位的人身上擦出了绚烂的火花。外国有句名言：love you not because of who you are，but because I love who I am with you！（我喜欢你，不是因为你是谁，而是我喜欢与你在一起的那个我）。他们彼此找到了的另一个自己。

在与圣约翰的情感纠葛中，更加体现了简·爱冰雪聪明的爱情观。圣约翰是位高大俊朗，学识优博的虔诚的基督徒，而他的骨子里却有着冷酷与自私。“如果你拒绝，那你拒绝的不是我，而是上帝。”简·爱要的不是这样的爱情。她清醒地认识到：“他珍爱我，就像一个士兵珍爱一样好武器。”

理性生存，感性生活。简·爱为我们诠释了一个真爱密码：真爱是执著的追寻，是一种精神上的救赎和补偿；真爱是平等的，与一切外貌、地位和财富无关；真爱是两颗心的契合，那种低到尘埃里的爱情必定是一生的痛！

真爱的两个人不管相隔多远，他们都会是心有灵犀的。在故事的结尾，命运的落差再次降临到简·爱的身上，简·爱因为意外获赠叔父的巨额遗产而成了富人。命运也同样跟罗切斯特开了个玩笑，他遭遇了庄园被毁，为了救出疯妻又被毁容致残，成了一无所有的穷人。得知真相的简·爱义无反顾选择了回归，正如她当初的离开，这是简·爱做人的准则。一对饱受磨难、一双忠贞不渝的恋人终于有了完满的归宿。而他们高贵而浪漫的爱情，在世人情感的天空里，永远是一朵绚烂夺目的人性之花，永不凋零！

合卷倚窗，我陷入了深深的沉思。爱，是今生唯一的艺术收藏，是用来享受，用来欣赏，不是用来思考，用来权衡的；爱，是带给他快乐，幸福以及对未来的美好期盼和梦想；爱，是暖，是相互成全，是最懂得欣赏的那个人。在爱着的每一天，我们都要心怀感恩。忽然想起先知的一句话；“清晨醒来，以喜悦的心来致谢这爱的又一日。日中静息，默念爱的浓欢；晚潮退时，感谢地回家。然而在睡时祈祷，因为有被爱者在你心中，有赞美之歌在你唇上。”

在相聚的日子里拥吻你，在离别的日子里，选你做梦的主题。简·爱教会了我们如何去爱！

童心来复梦中身

——我读《红楼梦》的心路历程

任圣杰

看到书香国土读书活动推荐的书目，才发现真的是很久不读书了，也很久不动笔了，连从前买书晒书单的习惯也没有了。好在读书活动所列书目多半还曾读过，其中也不乏喜欢的作品，本来从中信手选了一本，待要下笔时，却又踌躇了，因为要选一本最喜欢的来写，便只能是《红楼梦》。

初见这本书，是在大约八九岁的年纪，其时在暑假里去看读大学的表哥，因为从小便有些阅读的爱好，未曾叙话便去到他的书房，在他久不使用的书桌上，简易书架的一角无意间发现了这本书。由于长时间不曾翻动，已蒙上些许灰尘，当时我的认知程度，还停留在王扶林先生制片的87版的电视剧上，即便是电视剧的内容，也记不起许多，只是模糊记得贾瑞翻开风月宝鉴看到的可怕的骷髅。若说当时对这本书就有多大的兴趣，实则不然。于是，在表哥的善意劝说下，只另选了几本省内作家的诗与小说的集子。如今想来，这算是与此书的一次擦肩而过吧。

随着年岁的增加，学业的进步，到了“为赋新词强说愁”的年纪，渐渐地对一些现当代的、中短篇的作品提不起太多兴趣，转而喜欢竹林七贤的清谈、陶渊明的淡泊，苏东坡的旷达。而当是时，莎翁、迅哥儿、勃朗特三姐妹都已熟知，古典四大名著也已读了三本，于是，就如缘分、宿命般，在那个炎炎的暑期，终于与这本书重逢了。因了“开谈不说红楼梦，读尽诗书也枉然”的影响，也受了毛主席此书要读十遍的鼓励，当时短短二三年内，这本书我当真就读了十遍，几近痴迷。真个如满人永忠诗中所道：传神文笔足千秋，不是情人不泪流。可恨同时不相识，几回掩卷哭曹侯。其时的语文老师，也是现在的忘年之交，在课堂上，要我给大家诵读课本上节选的“葫芦僧判断葫芦案”一章，我很自然地就把“娇杏”读作了“侥幸”，“湖州”读成了“胡诌”，引得老师会心一笑。

俟后的二三年间，几以读此书为主业，甚至一度萌生过中断学业，专门研究红学的想法，现在想来，殊为可笑，但在当时，对此书的沉醉确已到了手不释卷、无以复加的程度。同时，读了俞平伯、胡适、周汝昌等许多方家与此有关的作品，渐渐了解了红学研究的诸多流派，也开始搜集当时所能买到的所有版本。可惜的是，限于当时的条件，小县城的新华书店乃至席殊书屋里只能买到程高本，也即是高鹗续的百廿回本子，看似补足完璧，实则多有谬误，也失去了许多想象的空间。当时唯一能做的就是略过后四十回不读，然后如张爱玲一般大发一通恨红楼梦未完、高鹗妄改的感慨。若非当时及时看到了张爱玲的《红楼梦魇》，自叹弗如，以当年的劲头，自己动笔写个什么续书、解读之类的也未可知。

再后来，随着上世纪九十年代末期国内互联网的兴起，出于对新生事物的好奇，我也算是赶上第一波触网大潮，每天以上网浏览为乐事，读书反而慢慢少了，如果说方今互联网正在迅速改变着人们的生活方式，那么早在56K调制解调器拨号上网的时代，网络就已经颠覆了我“一窗明月半床书”的生活，但唯一没有改变的是对《红楼梦》的钟爱。那一时期，闲暇时常在一些网络论坛、社区走动，浏览和参与最多的内容，间或写的一些东西也多半与《红楼梦》有关。特别是在网易北京社区的“红楼逸梦”论坛，倾注了最多的热情，也结识了大批同好，有些至今还保持着联系。究其原因，大家虽然来自天南地北，从事各行各业，却有一个共同的特点，就是对红楼梦的纯粹的喜欢，也唯有如此，写出的文字才算得上至真至性，才会有那么多的默契。这段日子一直持续到网易社区的关闭，方不了了之。在社区关闭前夕，预感到即将“好一似食尽鸟投林，落了片白茫茫大地真干净"，虚拟的网络社区里弥漫着忧伤离别的情绪，其时"百家讲坛"正播出刘心武的红学讲座，我有感而发，为论坛中一位造诣颇深的红友茶茶写下了："坛上岂止一百家，今番你我明到他。红学唱晚曹学起，周公卖老刘郎夸。评点题咏才归去，索隐揭秘又萌芽。着甚奔忙翻故纸，莫如偷闲品新茶。"个中滋味，只有会心者方知了。

期间，陆续买到了16回的甲戌本和78回的庚辰本，也即是两个脂批的本子，看了脂本，知道了脂砚斋，才发觉从前对《红楼梦》的了解只是皮毛，于是言必称"脂砚斋"，甚至认为不知道"脂砚斋"，就等于不知道《红楼梦》。也于是越读越慢，越读越私淑，后来便再不曾动笔写过有关《红楼梦》的文字，便是朋友间探讨，也少到几乎没有了，以致很多后来的朋友都不知道我那么喜欢《红楼梦》，甚至都不知道我曾读过这本书。《红楼梦》俨然已经成为我精神的后花园。而对此书的挚爱，也到了病态的地步，甚至连书都不允许别人染指，只要是与《红楼梦》有关的书，但凡别人翻过，就直接送人，另去买来保存。以至于后来补充的一些从前读过的版本连包装都不曾拆开，被朋友取笑买书不读、装点门面，也不愿解释，一笑置之。

近年来，公务冗繁，琐事缠身，读书、买书也愈发少了，所买的最后一个版本是周汝昌先生博采众长、自成一家的周汇本（周汝昌汇校本），其实买了也不曾认真读过，无非是习惯使然，顺便了解一下凡例而已。平心而论，周汇本集各本所长而融汇一体，倾注了周老先生很多的心血，匡正了自清乾隆至今百廿回"曹雪芹、高鹗合著"通行本中的谬误，是接近曹雪芹原笔原貌的真本、善本，实在是初读红楼的不二选择，只恨当年初识《红楼梦》时没有这么好的版本。

在偶然读到有关甲戌本的文章提及胡适先生当年离开北平，打包的102箱藏书仓促间未能带上飞机，无奈最后只是带了甲戌本时，惋惜之余却一点也不觉惊讶，以为这就是情理之中的事。也还记得五年前，因工作调动离家到百里之外的市局报到时，随身的包里也只带了两本书，一本是《世说新语》，再有一本便是甲戌本。手捧甲戌本，时常会让我想到，人生就如这本书，充满未知，充满争议，也充满缺憾之美。

纵观红学研究，历来不乏派别、版本、真伪之纷争，诸如新旧学派之分，抑或索隐、考证之别，即便欣赏方式也有点评、题咏以至美学批评之法，更有探轶、版本之学，乃至衍生出内家红学，外家曹学的分支，不一而足。眼下，脂本的真伪之辩又起波澜。如鲁迅先生所说，谁是作者和续者姑且勿论，单是命意，就因读者的眼光而有种种：经学家看见《易》，道学家看见淫，才子看见缠绵，革命家看见排满，流言家看见宫闱秘事。正所谓，一千个读者就有一千个哈姆雷特，更或者，这就是旁人眼中《红楼梦》的魅力所在。而我只是读这本书，出发点也只是单纯的喜欢，喜欢书中描写的悲喜之情、聚散之迹，也喜欢书中人物的或情或痴、小才微善，更喜欢曹雪芹的傲岸不羁、才气纵横，而从不问脂砚何人，不管芹系谁子，更无论续书作者，他们争论他们的，我只是默然赏读，寂静欢喜。

精神的光辉

——读长篇报告文学《生命在大地上闪光》

释　然

每每读到一部好书，我都感到犹如一条清澈的小溪，抑或一条奔腾的江河在我的心田流动，滋润着我的心灵。这不仅仅是知识的滋养，更有精神的润泽。文化的精神不仅丰富了我的心灵，更使我的精神世界感到越来越丰盈、挺拔，抵制着各种污浊的侵蚀和庸俗的诱惑。

近两年，由于主持成立商丘市国土文学作家联谊会、编辑出版《自然文学》的缘故，我虽然在一家新闻单位退居二线，却成了一个真正的国土人。我的视野里又是一个崭新的世界。我和身边的国土人交流，他们的知识和心灵让我有了新的感触，我阅读的国土题材书籍仍然似一条河流融入我心灵的海洋，丰富了我的精神世界。先是读到一部关于韦寿增、孙会忠等六位感动中国的国土人报告文学集《寻找感动中国的国土人》，我在六位先进人物身上寻找到了新的感动。感动还在心间澎湃的时候，又读到陈国栋、马亮、陈国章三位作家创作的一部关于韦寿增的二十万字的长篇报告文学《生命在大地上闪光》。这部作品犹如一根绷紧的绳子牵扯着我的神经，有时让我泪眼模糊，有时让我阵阵心酸，不仅让我感动，又让我陷入深深的思索。我从内心深处感到，已经很久没有读到这样感人的报告文学作品了。

主人公韦寿增生前是广西靖西县安宁乡国土资源所所长，一个平平常常的国土人。他和很多年轻人一样，上学，毕业，参加工作。而他和很多年轻人不一样的是扎根边疆山区十一年，在大山深处默默无闻地工作着，无怨无悔，甚至于连去世都是那样的安然。

对于这样一位平常的主人公，怎样才能写出一个感动人心的不平常的国土人的形象呢？

韦寿增短短的一生没有惊涛骇浪般的事迹，也没有激情燃烧的豪言壮语，甚至对自己的成绩没有过什么表白，而作家们善于写主人公一个个具体的细节，从平凡的事迹深入到心灵世界，真实的细节所产生的力量让我们喘不过气来，让我们由衷地感动。三位作家循着韦寿增工作生活的一个个脚印，真实地再现，真诚地开掘，在一个个平凡的脚印中挖掘出不平凡的人生。韦寿增在边远山区工作的十一年里，很长时间是一个人支撑一个国土所，虽然事无巨细都要自己干，但各项工作有条不紊，各种资料细致规范。十一年里，他每天都是骑着自己的那辆私家摩托车，走四十多公里山路，风里来雨里去，坚守脚下的那片土地。乡里要他当驻村干部，他又是把自己的心掏出来，指导一个村的经济发展。县里修筑高速公路把他抽调到征地拆迁组，他又骑着那辆破摩托出发了，白天把外业做完之后，晚上把内业拿回家里，在父亲的病床前完成。每天下班回到家里的时候，央视的《新闻联播》早已经结束。他贷款盖的房子，由于工作太忙，也由于经济拮据，去世时室内的一些门窗还没有安装。当有的人打起国家矿产资源的主意时，他宁可守着清贫，绝不让国家财产受丁点的损失。连续超负荷地工作着，他真的很累了，中午休息的时候，他头枕着资料袋在工地上走完了他三十一岁的人生。作为党的好儿女，他觉得自己无愧于这个光荣的称号，所以他没有痛苦，而是平静地告别了这个世界。我读着这部作品，心被一个个细节揪着，灵魂在为主人公哭泣。同时，我又分明在作家的笔触里感到，作家们不仅仅对主人公倾注了全部的情感，更加珍贵的是作家们的心灵点燃了主人公的精神光芒。在这部作品里，韦寿增这根普普通通的林木，燃烧着精神的熊熊大火，烈焰不息。

韦寿增闪光的精神就是埋头苦干的精神。这种精神既是支撑中国历史的脊梁精神，更是现代社会前行的时代精神。作家采取事迹叙述加采访手记深度开掘的创作方法，透过一件件真实的事迹，提炼主人公精神的纯度，铸炼主人公精神的光辉。我认为这是《生命在大地上闪光》最为内在的蕴涵，最为珍贵的价值。韦寿增心里有一个信念，就是每天都要坚守自己的责任，坚守自己的信仰。自己家里的事情可以少做一些，自己的生活可以清贫一些，但自己的工作和任务不能有任何的缺失，国家的财产不能有任何的损失。十一年来，他就是靠着这种心劲，在脚踏实地、一丝不苟地铸炼着自己的精神境界，丰富着自己的精神世界。鲁迅先生在上世纪初叶就秉笔直呼，赞颂埋头苦干的人为中国的脊梁。一个国家一个民族一个社会最需要的就是埋头苦干的精神。然而，这种精神一些时候被一些人漠视了，甚至被一些人看反了。他们认为聪明的人不会去埋头苦干，不会去拼命硬干，而是投机取巧、弄虚作假为自己骗取荣誉，甚或敲诈勒索、坑蒙拐骗去赚大钱，只要自己能够捞到好处哪怕它寸草不生。在道德缺失的世俗社会里，越发显示出埋头苦干精神的珍贵，甚至于我们可以把它看做改善社会风气的希望之所在。最近，微信上流传着这样一段话，“当你修炼到／专注于自身的责任／而不是利益时／你就站在了精神的最高处。”韦寿增的精神境界正是当前人民大众所倾心呼唤的。所以，这种精神感动了共和国的部长，感动了全国国土人，感动了千千万万的人们。

精神是一个人的高尚品德的基石，是一个民族进步的力量源泉，也是推动人类文明发展的强大动力。人类社会需要每个人一生用自己正义的行动，真诚的实践，提升自己的精神境界。而韦寿增在短短的三十一年的人生中，用自己的心灵凝聚了丰富的、感人的精神力量，不仅显示了他人格的崇高，也表现出了他对社会的贡献。《生命在大地上闪光》闪耀着精神的光辉，这说明作家站在社会、历史的高度创作，也说明作品具有了社会的时代的思想价值。精神的光辉可以照亮历史前进的道路，可以照彻人们心灵的历程，可以驱散历史天空的阴霾，可以在干涸的土地挥洒甘霖。在改革开放的初期，我们读到了著名作家徐迟的两篇报告文学作品——《哥德巴赫猜想》和《祁连山下》，一篇写科学家陈景润，几十年坚守自己的研究课题，一篇写艺术家常书鸿，几十年坚守敦煌艺术的整理和研究。他们两个是科学界和艺术界的精英，由于是埋头苦干，并不为一般人所熟知。正是作家铸炼出了他们坚守事业的埋头苦干精神，使他们的事迹风靡神州大地，成为当时人们心中的偶像和学习榜样。他们的精神化做了巨大的力量，成为当时人们为四化奋斗的强大动力。

可以说，《哥德巴赫猜想》和《祁连山下》为报告文学写作提供了一种范本，而《生命在大地上闪光》应该说是写平凡人物的一个报告文学样本，它的意义已经超越了国土资源系统，因为我们现在的社会非常需要埋头苦干的精神。所以我庆幸，在自己读了几十年书而今成为一名国土人的时候，能够读到这样的好书。为此，我精神为之一振。因为这部书使我看到，我们的社会不仅有贪腐、伪劣、欺诈，不仅存在道德缺失，还有中国的脊梁，沉稳而挺立的山一般的脊梁。

蒋勋和我的读书

焦　真

我想，经年的岁月总会留给我们一些东西，如潮汐的退去：几个人，几件事，几个画面，几句话，以及，几本书……

“读书”，是我们听了厌烦的字眼，当然，这并不是指最初。“最初”是指还没有人在你耳边常念叨这个词，我们也还不大懂得奋斗、励志这类东西的时候，欣然邂逅了这个朋友，忽然发现了喜悦、悲伤和天马行空的另一种体验，原比现实更有趣，然后我们一次次沉浸其中，浑然忘我。在一个个假日的午后，心无旁骛，静寂无声，一抬头却已日头偏西，恍如隔世，其实是我们的灵魂独自走了一程。这是最美好的读书时代。而年长了，心如荒草，灵魂也被什么羁绊了，又或者不知道到了哪里去，书的牵引已不能够承受这负累和找寻之苦，所以最终，我不知道是我厌倦了书，还是书抛弃了我。

但犹如鱼类的洄游，在哪个未知的部分总会有些我们未知的记忆，会在时光的某个时刻，让你重回故土。我们会因为一些人的存在，感受到一种幸福，就如蒋勋。其实最初听到他的名字是因为林青霞，林青霞说蒋勋是她唯一的偶像，说他的书是她的半颗安眠药，并放言要在60岁成为艺术家，俨然遇到了精神导师，也带点八卦色彩。而相遇，有时是一种注定。我是在闲逛图书馆之余，无意捧起了他的一本书《美看不见的竞争力》，书名并不让我感冒，又是一种功利的宣讲？本想很随意地翻翻，可是却被一种力量吸引，一直读下去，不是因为文字有多优美，而是他的见地和阐述，真的把我们领引到另一个境界，一个美学的世界。

“美学”只因为沾了一个“学”字，便疏远了距离，不免和学究之气相联系，但虽贵为“学”，仍需要体现“美”，应该是带领我们领略美、发掘美和展示美的一项学问。我想这种感觉只有在遇到蒋勋时才能深刻地体会到，他把“美学”拉下了神坛，他用平和、浅显却又独到的语言告诉我们文学之美、语言之美、意境之美。读他的《蒋勋说红楼》，让我怀疑他是不是曹雪芹的转世，他们是隔时空的知音，曹雪芹应该在天国为有人如此地懂他而欣慰，而我们应该为有这样一位指引者而幸运。可是再读他的《讲唐诗》、《讲宋词》，我觉得他是有了一个天眼了，好像有了能和美对话的超能力。美学者的能力应该是一种体察的能力，如一个悟道者，并肩负着布道的使命，最终的最终是能够激发每个人潜在的感知力，让他们身体力行地去发现、创造身边的美。

我如一个不忍速餐美食的人，读蒋勋，总是读一段，歇一段，心中满是读书的喜悦感、满足感。我有些理解林青霞的艺术家之心了，艺术，跟才能技巧不是必然的联系。艺术是一种体验，如果你体验到了，当你的感知力量被激发了，你就会有自己的姿态和声音，有自己的专属和独一，你会发现一个全新的不一样的自己，你就是艺术家。当然这是一条很长的路，一条修行之路，蒋勋已经走了很久。但起码在我这里，我又有了好好地去读书的冲动和信心。“说理、明白、无碍”是对蒋勋行文的一个评价，而“清楚而明白地说出我想说的话”也是我的曾经的一个梦想，很难，但我会努力，用充满喜悦力量的心！

我已经想到在我生命的最后阶段陪伴我的两位朋友，可能就是疾病与书籍，他们的共同特点都是：无法摆脱和深入骨髓。

“活着”，生命中的一片绿洲

——读余华作品《活着》有感

李艾凌

文学作品的慑人之处在于，明明是虚构的故事，却可以体现最真实、最深邃的人生。它来源于生活，却又高于生活。我们需要文学的原因在于，它可以让我们看到感到我们看不见感不到的东西，无形中，提升我们对自我的认知和对世界的感知。

《活着》就是这样一部读起来让人感到沉重的小说。作品中，作者余华就像庖丁解牛一样，从容不迫地将生活的残酷本质从仁义道德中剥离出来，无视撕心裂肺的痛楚，自始至终用近乎冰冷的语言描述着最悲戚的人生。薄薄的十二万字，笼罩着欲哭无泪的压抑。然而，令人感到惊异的是，沉重之后，这部作品带给我们的却是豁然开朗的人生体验。

作品讲述了一位老人——福贵的一生，从富家子弟到倾家荡产，气死了自己的父亲，好不容易浪子回头想跟家人勤俭过日却被拉去当壮丁，几经周折回到家，母亲已不在人间，女儿也因病变得又聋又哑，儿子刚懂事却因为救人被医生抽干了血而无辜死去，女儿因产后大出血而猝死，女婿又因意外而不幸身亡，妻子操劳成疾而去世，最后相依为命的外孙居然因吃多豆子撑死。故事中间也出现过些许温情，让人燃起很多生活的希望。然而又总是不经意间，毫无征兆地出现逆转，近乎残忍地让一个个鲜活的生命弃世而去。世上最痛苦的莫过于亲眼看着亲人一个个离开自己。“家里的人全是我送的，全是我亲手埋的。”福贵就这样淡淡地诉说死亡。作品唯一让人感到慰藉的是，在所有亲人离开之后，福贵从牛贩子手中买来即将惨遭屠杀的老牛，从此相伴。

《活着》让我们知道，所有的人生苦难都不是孤立存在的。任何人都是宇宙苍穹的一尘埃、国家社会的一分子，福贵的一生历尽艰难困苦，与国家社会的命运息息相关。因为特定的社会环境，福贵失去了父母、妻子、儿子、女儿、女婿、外孙，最后福贵只剩下自己，和一头也叫做福贵的老牛。福贵一生的悲剧好像是因家道败落引起的，但其命运又是自身无法抗拒的，有很多社会和自然的因素。面对无法抗拒的人生苦难，当我们感到无力掌控命运时，我们应该拿出怎样的心态？是迷茫？是质疑？还是绝望？福贵虽然经历了一生的苦难，但他依然很友好地对待这个世界，拯救了陷入绝境的老牛。很多人都以为福贵的一生是苦熬的一生。然而作者却说，“我相信他更多感受到了幸福”，“生活是属于每个人自己的感受，不属于任何别人的看法”。如果不是对生命的坚忍，福贵怎能劫后余生；如果不是对生命的敬仰，福贵不会买来刀下老牛。福贵对生命的坚忍和敬仰，是人生把握命运的精神力量。

《活着》让我们感悟，所有的人生磨砺都是一种历练。福贵年轻时家境殷实，因赌博输光了家产从此败落，历经磨难。如果福贵一生荣华，不会对生命有如此深刻的体验。福贵的命运昭示，“人是为活着本身而活着，而不是为活着之外的任何事物而活。”活着就是不屈，无论遇到什么艰难困苦，只要心中存有活着的信念，所有的绝境和困苦都能挺住。正如蚌的一生因为沙的存在而痛苦纠葛，但是却因为成就了珍珠而在死后价值倍增。如果蚌贪图安逸拒绝磨砺而舍弃了沙粒，怎么能孕育出高贵圆润的珍珠呢？巴尔扎克说过：“苦难是人生的一块垫脚石，对于强者是笔财富，对于弱者却是万丈深渊。”逆境和磨难是人生最宝贵的营养，因为只有经历磨难的洗礼，人才会成长，才会懂得珍爱生命，感受生活。而我们每个人认真审阅自己，总会欣然发现，点燃自己灵魂之光的，往往正是一些当时被看做是磨难和困苦的境遇或事件。因此，从某种意义上说，我们要感谢生活磨砺，它让我们走向成熟，成就人生。

《活着》让我们超脱，所有的人生周遭都会随时间流逝。《活着》是一个关于一个人一生的故事，因此它也表达了时间的漫长和时间的短暂，表达了时间的动荡和时间的宁静。小说以时间为主线，讲述了福贵如何从游混于社会的阔少爷变成一无所有的佃农，如何从刚开始无所事事的“败家子”到最后持家生活的“顶梁柱”，如何从刚开始的淡漠亲情到后来饱尝白发人送黑发人的苦痛。人生到底是怎样人生，不能用一件事或一个阶段来表达。福贵曾经十分的荒唐无稽，历经生死波折，最后回归善良质朴的本性。从福贵一生，我们看到，人生之路是一条曲折之路，忽明忽暗、忽高忽低，没有永远的幸福，也没有永远的不幸。因此，我们不必把一时的幸福或不幸太当回事，而要坦然面对得失成败、成败得失。时间如河流会冲刷一切，留存下来的，积淀成厚厚的河床，滋养着万物生灵。

从文学角度说，《活着》可以称之为一部不朽的著作，因为它深刻剖析了生存的苦难与坚强。从人生角度看，《活着》又是一部生动的生命教科书。这部作品让我们深刻领悟到，活着，就是要忍受生命赋予我们的责任，去忍受现实给予我们的幸福和苦难、辉煌和平庸。活着，纵使要担当诸多难以承纳的苦痛，我们依然要坚忍，要顽强，这便是生命的力量。因为，活着，就是生命中的一片绿洲。

签名藏书背后的故事

刘 蔚

钱钟书先生曾经婉拒一位想来拜访他的女读者时说：假如你吃了个鸡蛋觉得不错，何必认识那只下蛋的母鸡呢？我喜欢看书，对于喜欢的作家也会特别关注，但不算一个狂热的“追星族”，只是当有机会亲眼见到生下我中意的“鸡蛋”的“母鸡”，并有幸得到一个签名时，我这个“凡妇俗女”仍然不能免俗。各种因缘际会，家中的签名藏书也就与日俱增了。

我的第一本签名书籍是赵忠祥的《岁月随想》。1996 年 4 月的一个周末，我在湖南省图书馆泡了半天后晃到袁家岭新华书店，看到大门口打出宣传海报：赵忠祥签名售书。要知道，赵先生当时可是不折不扣的“全民男神”，主持界的传奇人物，能够亲眼见到他本人那是多么难得。于是，我马上买了一本书然后乐不可支地去找赵老师签名，拐弯一看：偶滴个神啦！等待签名的队伍排出去足有几百米长。我乖乖排在长蛇般的队伍后面，觉得时间过得太慢；担心轮到自己时签名活动已经结束，又觉得时间过得太快，在时间与心理煎熬中，终于轮到我了，第一次近距离亲眼见到电视上才看到的明星，16 岁的我激动得说不出话来了。

《中国青年报》曾经有一个连载专栏叫做“八卦红楼”，作者周珣，我非常喜欢她的文章风格，她写的每一篇作品我都会剪下来收藏，直到她写完整个专栏并结集出版。因为工作机会，与中青报的一位记者有了接触，在聊天中谈到周珣和她的文章。这位好心又热心的记者将我这个远在湖南的忠实读者的崇拜之情转达给了他的同事。有一天，快递公司通知我有快递，我有些纳闷：最近没有网购呀？拆开包裹一看：天啦，是周珣从北京给我寄来了她亲笔签名的《会得美人无限意》和她早期的一部作品《貌似弱女子》，她在扉页上写着：刘蔚女士，幸得知音，共读红楼；后一本则写着：少时旧作，聊以共赏。我当时的心情只能用"欣喜若狂"来形容。

后来，我参加的两次大型活动则让我有幸见到了多位作家。

第一次是在2012年参加中国青年报"金牌读者"评选活动，我作为"银牌读者"代表参加了在北京举行的活动，并见到了作家张扬、乔叶，语文出版社社长王旭明。

张扬是"文革"时期著名手抄小说《第二次握手》的作者，他本人也因为这部作品在1975年被"四人帮"逮捕并内定死刑，1979年1月张扬被平反。张扬老先生生活的时代和作品距离我都很遥远，但是，我的父母辈们在青春年少时都偷偷传阅过他的小说，是他的粉丝。我在书店买到两本《第二次握手》，请张扬老师签名送给我的长辈，他欣然允诺。可是他的另外一部作品《我与〈第二次握手〉》在北京已经断货，张老很遗憾地说他自己也没有了，我说我去网上找找看，于是，他把自己在北京和湖南的电话、地址留给了我，让我买到后再寄给他，他为我签名。后来，我果然买到了并寄到浏阳，几天后就收到他老人家亲自签名后寄回的书。

中青报安排我与乔叶住一个房间，我问工作人员"乔叶是谁"，被告知是"河南省作家协会副主席"。房间的网络一时没有弄好，因此没能查到乔叶的资料，这时乔叶却已来到房间，我颇有些尴尬。为了掩饰冷场，我翻开自己随身带到北京的剪报，才惊讶地发现早在7年前就收集了乔叶的许多文章，只是粗心的我只关心文章却忽略了作者。乔叶也饶有兴趣地翻看自己的旧作。在王府井书店，我才知道这位长着"娃娃脸"的"70后"女作家已经出版了许多作品：《失语症》《玫瑰态度》《被月光听见》《最慢的是活着》……我抱了一堆书回去请她签名，她立即答应了，还连声说"真是不好意思，让你破费了"。她的第一部非虚构小说——《拆楼记》就是根据在国土部门工作的朋友讲述的素材所创作，内容与我们平时在工作中遇到的情况如出一辙，读来很有亲切感。回家后，受朋友所托，我又寄去几本书请乔叶签名，在回程的包裹里，除了寄出去的书，还多出了一本《我承认我最怕天黑》，上面写着：第一本小说集，刘蔚存念，乔叶。

说起王旭明这个名字，也许很多人没有印象，但是在汶川地震时，时任教育部新闻发言人的王旭明对一个丢下学生、自己逃命的范姓老师评价为：我们可以不崇高，但不能允许无耻。这一句精彩发言让许多观众与网友记住了王旭明——这位个性鲜明、言辞犀利的新闻发言人。早就知道他会来参加中青报的活动，我特地把他的作品《名正言顺——王旭明谈官员的说话之道》带到会场，他欣然签下：刘蔚姑娘惠存。

2014 年的香港书展则让我见到了严歌苓、阎连科、刘兆玄、金宇澄、马家辉、蒋方舟等一大票作家。

严歌苓是我非常喜欢的一个女作家，她的作品塑造了许多不同类型的女性形象，也许她当前最火的作品是被张艺谋改编拍摄成电影《归来》的原著《陆犯焉识》和《金陵十三钗》，但是，我个人更喜欢她的《小姨多鹤》《第九个寡妇》和《一个女人的史诗》，而带来香港签名的则是《霜降》。在严歌苓的签名会上，排在我前面的一位六十多岁的老先生捧着厚厚的一叠书等待签名，估计有十来本，我暗想他恐怕是把严歌苓的所有作品都带来了，工作人员上前阻拦说："不能签这么多，最多只能签三本。"正在埋头签名的严歌苓听到后，抬头看到老先生的满头白发，她温柔而坚定地对工作人员说："没关系，我帮这位老先生签完。"

在听阎连科先生讲座前，我临时抱佛脚读了他的作品《斗鸡》，见到他本人后，直觉告诉我，这部作品应该不能代表阎连科的主要风格。因为，站在读者面前的阎老就是一个虽然已经离开乡村来到城市几十年，但仍然操着浓浓河南乡音的质朴老农形象。从香港回来后，读到他的《黑白阎连科》系列，例如《耙耧天歌》《大校》《乡村死亡报告》……我才恍然大悟：这才是阎连科！正如他讲座的主题：一个村庄里的文学与中国，如果阎老对他生活过的那片土地没有深沉的感情和深切的眷念，他是写不出这么多、这样好的农村题材作品来的。

除此以外，我还收藏有余华、周国平、易中天、王安忆、梁晓声、唐浩明的签名书籍，每一个亲笔签名的背后都有一个故事，但这不重要，重要的是，他们的作品展现给读者们一段段不曾经历过的传奇、一个个未曾领略过的精彩，或者说，正是因为他们的描述，才使我们得以认识了自己久居其中而并未真正了解的生活，因为他们的才华与妙笔，才构成了多样化的世界和当下的中国。更重要的是，因为他们的心中有读者，重视读者，才能写出如此多有社会良心、广接地气的好作品来。

读书：推开生命的另一扇门

胡俊芳

我生于六十年代中期。少年时的我很少让老人责骂，也很少和老人拌过嘴。记得的事情只有一次。那一天下雨，急着做饭的母亲大概是找不到引火柴，就随手撕了我作业本上的一张纸。我见了，疯了似地和母亲大吵大闹，觉得有些理亏的母亲呆呆地站在雨地里，手脚都不知道往哪儿放。近四十年过去，想想当时自己的不懂事，心里就后愧得要死。

少年时家境贫寒，但这丝毫没有影响我学习的欲望。书本上的知识有限，看电影、听说书、看唱戏的机会又很少，所以更多的时候，是去别人家找一本保存下来的旧书或者连环画。邻家的大爷是一个国民党的军官，属于打倒的地富反坏右一类，家中的书却不少，在他那儿，我偷偷摸摸地阅读了四大名著等文学作品，也从那个时候知道，村庄的外面原来还有另外一个世界。

升上初中已是七十年代后期。一天班里的同学们起哄，指定谁和谁搞对象，因为我是班长，所以派对给我的那一位应该算是班上比较漂亮的女生。我是什么条件？人家是什么条件？我黑矮丑陋内八字脚，人家是班里有数的可以穿得起裙子的女孩，想来就觉得形惭。但就是从那时起，懵懂初开的我开始心仪上了那个女孩，开始做起了自己的相思梦——夏夜里，躺在房顶上，愣愣地看着天上的银河出神，幻想着牛郎织女的故事发生在自己身上。拨乱反正后恢复高考，那是一个人人都盼望鱼跃龙门的年代，我也开始懂得，只有读书才能走出农村，才能有和人比肩的资本，少年的心充满幻想又充满激情。我暗暗压下了那些不切实际的想法，一门心思开始学习。有了改版的全日制课本，市里冶金厂的大爷给我买了人人都想得到的数理化自学丛书，学校的老师给我们订阅了《中国青年》，一下子拥有了那么多的学习资料，感觉自己简直成了一个富翁……学习真是一件奇妙的事，好比走进了有自控灯的长长的隧道，脚步到了哪儿哪儿的灯就会一盏盏地亮起来，未知的世界一片光明和精彩。为了鼓励自己，我在一本剪贴集上郑重写下了容国团的名言：“我爱荣誉，胜过生命”，又郑重其事地写上：“为考上一中而奋斗”。

我后来经常自嘲，因为用劲过了点，跳过一中考上了市里的卫生学校。我的老师到家里做工作不让我去，说不读大学太可惜；父亲料到自己孩子能有如此成绩，所以执意让我上卫校还特地宴请了我的老师。最初的欢喜过后，不久就陷入了深深的苦闷之中，因为即便是恢复高考的第三年，我们也早已不再是什么天之骄子。毕业之后，我分在了县城，多数同学分到了乡下的卫生院，一部分还分到了外县，交通不便信息不通倒还罢了，重要的是连基本的工资都挣不到。苦闷，孤独，彷徨，不少人甚至起了辞职的念头。我们这些人，仿佛是应该在天空中飞翔的鹰，却只能在动物园的笼子里任人指点，折翼的失落笼罩在每个人的心头。毕竟，我们都是十八九岁的孩子，是曾经的中考尖子啊！那时我们痛恨教育局，为什么不在当时直接把我们的分数降下来让我们上高中?！后来想想也是一笑，人家谁又愿意因为一个决定耽误了我们的一生！在这种尴尬的处境里，我圆了自己的一个梦，和村里的那位姑娘走在了一起——再一次回归乡下，几乎所有的人都不赞成，所有的人都说我是电影《人生》中高家林的真人版。有些不甘心的我再一次暗暗下定决心，再读几本书，拿起手中的笔，尝试一次作家梦：报考了自修大学，订阅了《人民文学》《星星》，参加了《春风》文学讲习所……作品没发表，文笔倒是有了些许进步。

机遇总是垂青努力着的人。一个雪夜，我们栖身的那间僻静的宿舍里，来了一位陌生人。见到我在写东西，他有些好奇地问：“你爱好写作?”我笑笑，“瞎写呗。”“在哪儿发表过?”“自己的本子上。”他的俊朗的脸一下子红了。我想，这个人好怪，害臊的应该是我啊，文人让人看不起，自古就有。就是这一面之交，我的命运再次发生了转折。他去市里学习，在政府办公室的工作需要人代替，就特意向领导说了我的情况。一次偶然的相识，一句看似无意的问候，一个郑重其事的举荐，一个人的命运就此改变。读书，真的为自己推开了人生的另一扇门。

眨眼三十年过去，我不知道自己是不是辜负了他对我的期望——幼稚与单纯、偏激与固执、坚持与忍耐、朴实和勤奋，工作一路坎坎坷坷，城里、乡下、再城里、再乡下，最后在国土局一个副科的位子上落定。政声人去后，自己谈不上，但走过的地方的许多人包括那些村民如今仍在保持联系，这让自己很欣慰；值得高兴的是，无论是在政府办公室，还是在现在供职的国土局，分管的工作在市里省里没下来过前三名；撰写的多篇消息、通讯，先后在《邢台日报》《河北日报》发表，一篇消息还在中央人民广播电台新闻联播节目中播出；我戏称自己是“六秘”：县里、乡里、局里、村里，还有单位的同事和自己的孩子，我都给他们当过秘书，日子清贫、忙碌而充实；闲暇之时，拾起了中断近二十年的写作，先后在《邢台日报》《散文百家》《中国国土资源报》发表文学作品三十多篇，一篇散文获得省国土资源厅征文一等奖，一篇散文被《读者》乡土人文版转发，自己被吸收为国土资源作家协会会员，圆了多年的作家梦，这，也让自己感到些许骄傲。

一位哲人说过，读书有两种读法，一种是家境富裕的人，读书多为陶冶情操，修身养性；一种是家境贫寒或者命运坎坷的人，读书多是为了学习知识，增长才干，以图发展。其实，芸芸众生，大千世界，浮浮沉沉，后一种人是绝对主流。人，只有站在一个高起点，才能有更多的机会和见识；人，只有发展自己，才能更好地为家庭为社会做出贡献；人，只有热爱自己的职业，才能把职业做成事业。这个道理简单而深刻。柳青说过，人生的道路虽然漫长，但要紧处也就那么几步，特别是当人年轻的时候。决定人生命运的真的就只有那么几扇门，每一扇门，都只会为时刻做着准备的人敞开。我想告诉现在的年轻人：人人都有梦想，梦想是一只在蓝天上翱翔的苍鹰，人品是它的头颅，知识和才能是它那一双坚实的翅膀。为了你的梦，忠诚地做人、勤勉地读书吧！

为官之道德在首

——读王跃文《大清相国》

李治钢

拜读王跃文先生的长篇历史小说《大清相国》，主要是缘于中纪委书记王岐山的推荐。小说很好读，语言疏朗、明快、干脆、利落，不拖泥带水，也没有作势装成历史腔，依然保持着过去一贯的自然与朴实。

王跃文是位近年来一直活跃于文坛，且与时俱进的实力派作家，他的文学创作技巧及综合归纳故事的能力，恐怕难有几人能与之比肩，有中国官场文学第一人之美称。《大清相国》是他以小说的方式，辅之大量史料，浓墨重彩地讲述了清代名相陈敬廷在一个看似正处于繁华盛世的封建王朝治国理政的一生以及在那个虚张声势的“黄金时代”的权利和官场、人与人之间的势利和猥琐，特别是为官为人为事的纷杂故事，精彩地塑造了以陈廷敬为主要代表的大臣群相，反映了一个特定历史境遇中官场人物的人格、道德和行为的艰难选择，再现出三百多年前的官场风云。

“一切历史都是当代史。”读王跃文的小说，能给人一种时而沉重、时而畅快、时而警醒的感觉。因为小说的情节总容易让人回到现实生活中，例如，康熙初年金融秩序混乱，康熙任命陈廷敬“督理钱法”，用今天的话就是整顿金融秩序、理顺货币关系；再比如，史学界所称的“康乾盛世”，尤其是在康熙朝中叶后，国家逐渐富裕起来了，社会的奢靡之风便开始盛行，陈廷敬就提出整顿礼仪制度的建议，得到皇帝赞誉；还有在一派太平盛世的表象之下，暗流涌动，潜藏着不尽的民生苦难、欺下瞒上、贪腐不公、争权夺利以及科考腐败窝案、官匪勾结霸占民宅案、云南库银亏空案等，各种弊端包括吏治的腐败、各种潜规则盛行。诸如等等，仿佛不是在读小说，而是在经历现实生活或是从中找到了当下的影子。因此，使小说具有了很强的现实意义，相信这既是《大清相国》吸引我们读者的独特魅力，也是王岐山多次推荐阅读的一个重要原因吧。

通读全书，不难发现《大清相国》还具有浓郁的理想主义色彩，充满着“正能量”。主人公陈廷敬作为清朝康熙年间有名的清官、好官，入仕五十三年，从一个拥有正义感的青年举子（或曰愤青），逐步成长为胸有城府、老练沉稳的能臣。历任康熙帝师，工、吏、户、刑四部尚书，官至文渊阁大学士、《康熙字典》总修官等职，被康熙赞为“宽大老成，几近完人”，最后全身而退，老死相位。

陈廷敬能得到“完人”的评价，用现在通俗的话讲，一是坚持理想，二是清正为官，三是能力超群。这也像陈廷敬自己所说的：“国朝的好官，既要效忠朝廷，又要爱护百姓。如果只顾向朝廷邀功，不管百姓疾苦，也算不上好官。”更正如习近平同志说过的那样：“领导干部要有功成不必在我的境界”以及“要拎着乌纱帽为民干事，不要捂着乌纱帽为己做官，熊掌和鱼不可兼得，从政就不要想发财，你既要从政，又要发财，就只能去当让人指脊梁骨的贪官、赃官，既名声不好、又胆战心惊，总怕被人捉住，最后落个不好的下场”。

在书中，纵观陈廷敬的一生，他揭时弊、倡清廉、恤百姓，善始善终，从晋身官场之日起，就同后来权倾天下的明珠、索额图恩怨难断，又遭遇徐乾学、高士奇等人的明争暗斗，在屡次涉险、多次犯上的情况下仍能坚持正义，耐得住寂寞，半生如履薄冰，一步步做到了“等（沉得住气），忍（经得起磨炼），稳（谨慎且低调），狠（坚决彻底），隐（急流勇退）”，不参与派系与集团斗争，固守自己的道德操守，讲究政治谋略又不去害人，能够更新观念、迅速转变角色，从错误的思想中走出来，识时务、处处小心谨慎、避免锋芒毕露，用自己的方式报效朝廷、济世救民，终于建功立业，名垂青史。

在陈廷敬身上，除了秉承中国正统儒家文化，为官讲究忠义、仁爱、清廉，且有卓越才能之外，还具备了十分可贵的四种“德”：清官多酷，他是清官，却宅心仁厚；好官多庸，他是好官，却精明强干；能官多专，他是能官，却从善如流；德官多儒，他是德官，却不乏铁腕。而这“四德”正好契合了习近平同志提出的“信念坚定、为民服务、勤政务实、敢于担当、清正廉洁”二十字好干部标准。

我国向来都注重德，讲求德政、德治、德礼、德行，对为官之要求，无不以德为本，正所谓“立业先立德，做事先做人”。《大学》里讲：“自天子以至庶人，壹是皆以修身为本”；儒家以“修身、齐家、治国、平天下”为培养人才的最基本规范；司马光则在《资治通鉴》写到“才者，德之资也；德者，才之帅也”。而为人之德，必先宽阔胸怀，做到宅心仁厚、包容如“水”。古往今来，拥有高尚官德的官员不胜其数，古有岳飞“精忠报国”，近有孙中山“天下为公”，现有郑培民“万事民为先”。历史证明，德乃官之魂，有德之人才会心怀天下、为民谋利；无德之人只会骄奢淫逸、罔顾民生。

黄炎培先生曾说过，中国历代封建王朝“其兴也勃，其亡也忽”，为什么“其亡也忽”，不外乎是贪污腐败和为官失德等因素。官德的高低直接影响着社会风气和道德风尚，甚至在某种程度上直接关系着国运兴衰、百姓祸福。其实，为官是一种对人性的考验，更是一种对德行的优胜劣汰，最成功的，不是智商情商有多高的人，而是对德行的渗悟、践行最为透彻的那些人。就像陈廷敬那样刚正清廉，德才兼修，以德为先，他是为官的理想形象，他的成功之路更是老百姓心中好官唯一应该走，也是唯一能走的最佳路线。“为官之道，德在其首”，这也恰好正是《大清相国》所要表达的精髓和主旨所在。

优秀的文艺作品是要宣扬真、善、美，鞭笞假、丑、恶。从这个意义上来说，王跃文的《大清相国》起到了非常正面的效果，使今人从历史这面镜子中得到了启迪和警鉴，无论在人治的封建时代，还是在讲法制的现今社会，应始终不忘以德为先则是长久为官、平安为官、为官有为的关键和根本。

此情可待成追忆

——读《情人》

王　峻

我已经老了。有一天，在一处公共场所的大厅里，有一个男人向我走来。他主动介绍自己，他对我说："我认识你，永远记得你。那时候，你还很年轻，人人都说你美，现在，我是特意来告诉你，对我来说，我觉得现在你比年轻的时候更美，那时你是年轻女人，与你那时的面貌相比，我更爱你现在备受摧残的面容。"

这就是玛格丽特·杜拉斯的《情人》。

《情人》是一部以法国殖民者在越南的生活为背景的，带有自传色彩的作品。湄公河畔，情窦初开的十六岁法国少女和中国富商的独生子邂逅，一开始是金钱和情欲促使他们走到一起，然而在一年多秘密的热恋生活中，两个人缠绵缱绻，渐渐不能自拔。这段注定没有结果的爱情最终以两人含泪诀别、少女乘着客轮凄然离开而告终。作者用第一人称的回忆，述说一对身在异国的男女之间浓烈而绝望的爱情，笔触深达人性中最隐秘最根本的部分，引发读者的共鸣和回味。小说曾获得法国文学的最高奖项——龚古尔文学奖，出版以来受到全世界无数读者的追捧，被选为西方百部经典著作之一。

"我已经老了"，这个被王小波称为"无限沧桑尽在其中"的开头，包含了多少忧伤、凄苦、绝望和感叹，多少千帆阅尽的爱恨悲喜。一个曾经美丽的女人，在岁月的风尘染白鬓发之际，款款追忆那段尘封已久的异国恋情，述说那场烈焰般刻骨铭心的情感往事。字句之间，少女红颜青丝，如初绽的花朵；可目光所及，却已是华发苍颜，满面沧桑——这情景，让我想起《琵琶行》里枫叶荻花秋瑟瑟的浔阳江头，曾经名冠京华的女子，将老去的容颜隐藏在琵琶之后，用铮铮的音符伴着清冷的月光，向诗人诉说自己的少年情事。又像是《泰坦尼克号》中年过百岁的罗丝，面对着茫茫大海，向观众追忆那个带给自己轰轰烈烈爱情的金发少年，怎样将生的机会留给她，自己却伴着那艘船永远沉没在冰冷的海底。

杜拉斯的解说近于梦呓般的喃喃自语，以致进入她的意象是如此之难；她的语言又是那样深邃、沉痛、富有张力，文章中贯穿始终的悲绝意味，读后让人唏嘘不已，却又回味无穷。在作者虚实重叠、时空交错的絮絮叙述中，那个过早成熟的少女内心种种爱慕、欲望、忧虑、憎恨和无望，一一坦然陈列，真切可触。在那个三十年代动荡混乱的异国土地，少女感伤身世，渴望温暖，追求爱情，在与情人的狂欢中寻求暂时的平静和快乐。人远情疏的家庭、随处可见的贫苦的底层人民，还有殖民主义的掠夺和上层阶级的腐化败落，这一切都像是一片荒芜沉闷的沙漠，生长出来的只能是注定绝望的爱情。

我觉得，少女和男人之间，与其说是情欲，不如说是相互寄托。这种寄托是因为害怕，害怕自己找不到存在的意义；也是因为迷茫，在那个乱世中看不到人生的出口。于是只能在另一个和自己痛苦纠缠的肉体上，另一个和自己一样害怕而迷茫的灵魂中，记录自己，发现自己，在混乱动荡的生活中寻找一丝慰藉和希望。

《情人》的文字有一种深入灵魂的力量。绝望无助的爱情，无言悲怆的离别，爱到尽头的孤独，使人流泪，令人痴迷。这就是文字的魔力。或许，只有杜拉斯才能用文字把爱情的本质阐述得如此淋漓尽致。

读《情人》时我常无端地想起卡门。可惜玛格丽特不属于那个星空当面纱、新月做耳环的飘逸的波希米亚民族，软弱的男主人公也不是白马银枪的少尉，否则故事就不会那么伤感而绝望。

所以少女只能离开。船舶的乌烟将港口的天空染成灰白，少女的客轮渐行渐远。她知道他在看着她，她也在看着他。当她再也看不见他的时候，她仍然望着那辆黑色的轿车。最后，连车子也看不见了。港口消失了，接着，大地也消失了。

战后多少个岁月过去了，从前那个白人姑娘几经结婚、生育、离婚、写书。一天，那位昔日的中国情人带着妻子来到巴黎。他给她挂了个电话。他说：我只想听听你的声音。然后他对她说出心里话，他说他像从前一样，仍然爱着她，他说他永远无法扯断对她的爱。他爱着她，一如既往，至死不渝。

此情可待成追忆，只是当时已惘然。世间情爱，无非如此。

红色记忆与生死情怀

石绍河

炎炎夏日，龚爱民的中篇小说《我的前世的亲人》（载《民族文学》2014 年第 7 期头条），续写其钟情的红色题材和寻亲主题，挟清新之风，给我们带来阅读的震撼和快意。在作者的娓娓讲述中，我们穿行在半个多世纪的时光隧道里，跟随主人公跌宕起伏的命运脚步，唤醒了逐渐淡忘的红色记忆，读懂了烽火岁月的生死情怀，体悟了善良宽容的人性光辉。

故事发生在红二方面军长征出发地桑植县，小说的主人公是红军遗孤谷满穗、梁三和留守红军战士颜清（老颜）。红军长征后，他们在这块红色土地上，半个多世纪里相濡以沫，共同写就了一部寻找和坚守的传奇。谷满穗是“我”的女儿、将军的干女儿，梁三是老颜在追赶满穗母女途中遇到的奄奄一息的小乞丐，实际上是将军未见面的小儿子。老颜是团里的文书兼参谋，长征出发前受伤而留下来养伤。临别时，将军嘱托老颜，伤好后到“我”家去看看，有啥困难，要想办法关照。就这句嘱托，老颜付出了自己。他历经艰辛找到了满穗母女，后来又收留了梁三。从此，三个没有血缘关系的人，却因红色基因情同父子，相扶相携，不惧风雨，一起走过半个多世纪。他们经历了反动派的疯狂报复，贫病交加的折磨，亲人生离死别的痛苦，“文革”的群魔乱舞、颠倒是非，身心受到巨大煎熬摧折。这些都没有动摇他们寻找亲人的执著，没有动摇他们坚守信仰的念头。

小说中的人物有血有肉，过目不忘。老颜是个重情重义，敢恨敢爱的人。为了将军的嘱托和死去的战友，他背弃了在母亲坟前立下的娶妻生子的誓言，毅然决然承担起抚养呵护满穗、梁三的责任。他带着两个孩子为“我”迁坟；刻苦钻研中医药典，悬壶济世，为乡人除病祛痛；痛骂梁三，开导满穗，使他们重归于好。当他经受批斗折磨想一死了之，看到眼瞎的满穗跌跌撞撞走来，心一下子软了：“我还不能死啊。我死了，我娃满穗嘞么办？这一家人嘞么办？”他心中时刻盼望将军归来，将军真的归来，他又那么毫不留情地责怪将军：“你嘞么今天才回来？”

满穗是个外表柔弱而内心刚强的女子。她因是红军遗孤，命运里便有了几多动荡和凶险，几多曲折和磨难。她送梁三上朝鲜战场。梁三背叛她的感情，在打入右派、病魔缠身、走投无路而回到包谷界时，她在老颜的开导下，最终原谅了梁三。当老颜、梁三在县城被关押批斗时，她不顾眼睛看不见和山高路险，只身一人紧走慢赶，磕磕碰碰来到县城，抢回了干爹送给她的银手圈，舍命护住梁三。将军问满穗什么是信仰，她回答得平静朴实，却又充满人生哲理：“一个人，找个理由活下去，就是信仰。”这让我想起当年桑植人跟着贺龙闹革命时，他们并没有明白很多大道理，只知道跟着贺龙有饱饭吃，就提着脑壳参加红军了。红军团长贺桂如牺牲时最后一句话是：“同志们，为了让子孙后代吃上大米饭，冲啊！”“找理由活下去”“吃饱饭”“吃上大米饭”，这就是当年那些普通群体的信仰，谁能说不崇高。

将军和梁三是一对未见面的父子，他们一直在互相寻找。将军戎马一生，满门忠烈。他从桑植长征后，那些跟随他的将士，绝大多数战死沙场，他背上了巨大的感情债，几十年不敢直面这块红色土地。后来终于回来了，看到这块土地依然贫穷，将军心里沉甸甸的。虽然“我们”这些已死去的部下在冥界需要他继续统领，他也满意“我们”在冥界的日子，但他更挂念活下去的人们，想多为他们办点实事好事，借以减轻感情压力。梁三机灵聪明，有正义感，但又有弱点。他痛爱关心满穗。会吹笛子。抗美援朝前夜，他在满穗身体里播了种。一路苦苦寻找父亲。他在养伤时被一位女护士始爱终弃。无家可归后又投奔满穗。当满穗遭受毒打，梁三如一只恶豹扑上去与凶手格斗。

小说中还有一个了不起的女人，她是“我”的媳妇、满穗的母亲杨玉莲。尤其当“我”死后，她不想让“我”成为孤魂野鬼，等日子太平后把“我”迁回老家去，便要老颜带她去认坟。夜里，她一个人扒开“我”的坟，一块块骨头摸，最后确信是“我”后才放心。当清乡团发现了她，她镇静机智；为了保护老颜、梁三和满穗，她跳崖诱敌，惨烈悲壮。

著名作家阎连科曾说：“寻找一个故事的讲述方式比寻找一个故事要难得多。”龚爱民一直在故事讲述方式上苦苦探索和寻求突破。我们惊喜地看到，他在《我的前世的亲人》里，大胆娴熟地运用魔幻现实主义手法，收到意想不到的效果。小说中的“我”，其实是长征前三个月牺牲的红军战士谷茂林的魂灵，作者以死魂灵作为叙事视角，虚构和现实交错，幻觉和真实相混，既有离奇幻想的意境，又有真实可信的情节。小说在叙述中，人鬼不分，生死难辨，显得夸张、非理性、荒诞诡异，又真真切切反映着现实，对读者的阅读不会构成挑战。毕加索说：“死是一种美德。”“我”虽然死了，和“我”的亲人战友阴阳两隔，但“我”的生命不会因死亡而中断，与前世的亲人相互牵念，与将军常常梦中相见。“原来所谓的死，却是另一番生的景象。”“我”的生命仍在延续，占据着时间和空间。“那边”的宁静美丽、公平公正，“这边”的嘈杂喧闹，尔虞我诈，现实的无奈与极乐的太平融为一体，既让我们感到沉重，又使我们获得解脱。

作品中象征手法运用得得心应手。随着时势变化，祸福相随，满穗的眼睛时而失明时而复明。在人妖颠倒，鬼影幢幢的岁月，映山红开白花；在天下太平，亲人回归的时候，映山红开红花。这些超自然的现象，看似荒诞，却寓意生活中说红就红说白就白的现实。还有那将军送给满穗的银手圈，是一种活下去的信物；通人性的老狗，代表了坚贞，也暗批有的人猪狗不如；月光像梨花雪花，像云团棉絮；将军与牺牲的部下在“那边”相会，等等。这些象征手法无不带有魔幻的色彩，凸显作品亦幻亦真，迷离朦胧的特色。《民族文学》资深编辑杨玉梅说这部小说“深厚的思想内容、真挚的情感、灵动的语言与巧妙的构思融为一体”。是为点睛之语。

面对这些普通人的生存与死亡，鲜血和泪水，分离和聚合，欢乐和苦难，读罢《我的前世的亲人》，掩卷太息，令人思索。

孤独者的精神花园

——读《百年孤独》有感

武玉强

我没有想到与这样一位世界级文学大师的巨作《百年孤独》相遇，竟然是在一家很不起眼的街头小书店。

记得那时应该是一个空气中飞着杨絮的暖洋洋的春日，我们从医院里出来，心里头想着那个老干部病后的样子，为人生的生老病死而叹息。想当年，在朝鲜战场上纵横驰骋的一个英雄战士，何等英俊潇洒，何等青春风华，如今被岁月的刻刀雕凿得只剩下一个桃核般的形象了。那是什么样的目光啊，尽管医生护士尽心地为他治疗，尽管子女儿孙轮流看护不离左右，但他眼里仍然流露出说不清是茫然、失落、痛苦还是彷徨的情绪，让人心发痛。

我们这样想着，就不期然地来到了这个街头小书店面前。每次来城里，都是急匆匆的，这次也许是风和日丽的缘故，也许是受老干部人生无常的影响，但不管怎么说，我们来到逼仄的书架前，很快我的目光就从挤得密不透风的书脊中发现了它。《百年孤独》，作者马尔克斯，书是正常的32开大小，墨绿色的封面，翻开一看，字体比较大，但排版让人感到很舒服，当然来不及细看，我就毫不犹豫地买下了它。

现在想来，很可能脑子里留有这本书的一些模糊而又零星的记忆，或是曾经看过介绍，或是见过某些作家推荐，反正有点林黛玉见贾宝玉的样子，初次相遇，就觉得有点熟，哪儿见过一样。再不然就是书名吸引了我，《百年孤独》，“孤独”而且“百年”，一看名字，就觉得这书特文学，特有范儿，文学意味十足。但当时，我无从知晓，就是这部书，引领我走到了势如千山万壑般的世界文学面前。

然而，就像任何真正认识一个事物需要过程一样，《百年孤独》对我的捕获，也是一步步的，当我终于被它的巨大魅力所折服，是在数年之后终于读完这部书时。那个空前绝后，开悟人灵感的开头，那个震撼力巨大，直击人心的结尾，让我此刻忍不住默诵：

“多年以后，面对行刑队，奥雷良诺·布恩地亚上校将会回想起，他父亲带他去见识冰块的那个遥远的下午。”

“这手稿上所写的事情过去不曾、将来也不会重复，因为命中注定要一百年处于孤独的世家，绝不会有出现在世上的第二次机会。”

但接近大师如同登攀一座高山，老实说，最初的震撼之后，我从网上，从老师们的介绍中才知道，我确实是遇到了一位一点也不输鲁迅先生的大师，虽然相见恨晚，却仍然让我兴奋不已。但读起来却十分吃力，大概读到前两章之后，就有些读不下去了。那奇特的如天女散花般的想象，那错综镶嵌如宝石墙般的语言，那前后重叠时空交错的人物关系，还有那似真如幻的大屠杀，充满传奇色彩的偶像般的奥雷里亚诺上校，如嫦娥飞天似的美人……既让我大开眼界，又让我迷失其中，顿生“云深不知处”之感。就这样，有了初次认识之后，这本书就暂时放下了，一放就是几年，直到有一次我整理书橱偶然发现了它，便重新勾起了我对这本书的好奇与不服，正如重新又遇到了那座登不上去的山。此时，我正苦恼于小说创作的迟滞，困惑于语言、素材与表达的迷乱之中。这次就不一样了，开卷展读，读完第一段话，我就读不下去了，这次不是畏难止步，而是被这部书开头的语撬开了我创作的“火山口”，埋藏心底数十年的一个故事，一下子被它唤醒了。我像饥饿者对待一块难得的面色，舍不得一口吃完一样，把《百年孤独》轻轻地合上，展开了我写作的稿纸，文思泉涌，不可遏止，这就是后来被《解放军文艺》发表的短篇小说《秋日押运》，记得这篇小说的开头，带有明显的《百年孤独》开头的痕迹：

"每当想起发生在上世纪八十年代的那次秋日押运，我就会想起个大眼睛的护士姑娘。在外人看来，这是风马牛不相及的事，然而在我看来，这是自然而然的事……"此时的《百年孤独》恰如一粒火种，被命运投放进我思想之草原，顿时引发燎原之火焰。

为了了解我的读后感是否正常，别人是如何看待这部作品的，怀着这种好奇心，我多方搜集有关资料，渐渐地，有关马尔克斯一切便很快浮上水面。这才发现，自己是晚知晚觉，其实这部作品，以其魔幻现实主义特色，早已成为影响几代中国作家的巨匠力作，自己一向敬佩的国内作家，都或多或少受到了它的影响。1982 年，加西亚·马尔克斯凭借该书等一系列作品一举摘得当年诺贝尔文学奖桂冠，并被世界文坛誉为"作家们的作家"，《百年孤独》也被奉为"小说中的小说"。莫言回忆 1984 年自己首次接触这本书的感觉是"震撼——原来小说可以这样写"。从此后，我才知道了"魔幻现实主义"，知道了"意识流"，知道了后现代主义等世界文学流派与发展趋势。知道了这部作品中有三个重大的主题：孤独，命运与荒谬。我们得承认，人很难不依靠其他人过活。传统上的家族，道德，社会的身份保障了我们可以在别人之中活着，让我们不孤单。知道自己和谁有什么关系，知道自己可以将许多一个人承担不来的东西推给谁来帮忙承担。当然相对的，你也得帮别人承担他们不能承担或是不想承担的东西。

然而，透过一个资料，我发现这部大作却与它的主人一起，曾经受了人生的种种磨难，也与作家妻子有着紧密的关系。想起书中描述的情形，常令我等唏嘘不已。

有关《百年孤独》的创作缘起，据说是某天马尔克斯携妻儿驱车外出度假，正开着车，突然一句话灵光乍现在他脑中，这句话后来就成了《百年孤独》那个如雷贯耳的开头。当时，马尔克斯像着魔一般疯狂写作，在拉丁美洲甚至传说这部书不是马尔克斯写的，而是有人在旁口述，他只负责用打字机记录。18个月里，马尔克斯未踏出家门一步，而他的妻子奋力维持着捉襟见肘的生活，

准备了很久，各种文学写作的条件都到位了，加西亚·马尔克斯将自己关起来，闭关了十四个月，其间没有分文收入，用尽了仅有的一点存款。小说写完了，为了将稿子寄到布宜诺斯艾利斯去，还将家里仅剩的三样值钱东西：吹风机、果汁机和电暖炉送进了当铺，一共换了五十个比索，才将稿子寄出。不过这本书出版后，随即成为畅销书，造成全球轰动。

妻子的玻璃首饰送进当铺。“那段日子，我一分钱都不挣……一开始，我们还不想走借贷这条路，后来心一横，终于头一回去了当铺。”但妻子的首饰由于是玻璃的而被当铺老板退回，他们拖欠了6个月的房租。“终于，一九六六年八月初，梅塞德斯（马尔克斯妻子）和我去墨西哥城邮局，将《百年孤独》的定稿寄往布宜诺斯艾利斯。”但由于身上的钱不够邮费，于是马尔克斯拆开包裹，分成两半，先把一半寄去布宜诺斯艾利斯……后来发现，寄走的是后半部，不是前半部。

终稿被大雨淋得难以辨认。“埃斯佩兰莎·阿拉伊萨，令人难忘的佩拉，她给众多诗人和电影人当过打字员，也誊过不少墨西哥名家名作……我请她誊最终稿时，稿子涂改严重，为了避免混淆，我先用黑笔改，之后又用红笔改。多年后，她告诉我，那天瓢泼大雨，她带着我修改完毕的终稿回家，下公交车时滑了一跤，稿子飞了一地，又是泥又是水。在其他乘客的帮助下，她把被雨淋湿、几乎无法辨认的书稿一张张从地上捡起来，带回家用熨斗一张张熨平。”

这部巨作，就像一个频遭苦难的儿童，从孕育，到分娩，到出生长大，跌跌撞撞地向我们一步步走来……我真后怕，如果哪一个环节出问题，我们都没机会品尝到这道文学大餐，那该是怎么的遗憾！

但后来我才知道，当时这本与我形影不离，出发时放包里，睡觉时压枕底的《百年孤独》其实是一个盗版。上世纪 80 年代，马尔克斯访问中国时发现他的多本未授权图书已出中文版，被盗版震惊的马尔克斯发誓死后 150 年都不授权中国出版其作品，尤其是《百年孤独》。20 年间曾有 100 多家中国出版机构向马尔克斯本人、哥伦比亚驻华使馆甚至墨西哥驻华使馆（因为马尔克斯旅居墨西哥多年）提出版权申请，但都未得到任何回复。而早在 2002 年，新经典图书就开始向马尔克斯的代理人卡门·巴尔塞伊丝女士发邮件，诚挚地表达了引进马尔克斯作品中文版权的意愿。卡门历时多年，亲自来中国考察国内出版环境，并寻求最佳出版商。2010 年春节前夕，参与申请的新经典版权部惊喜地收到了卡门正式授权新经典文化有限公司出版《百年孤独》中文版的通知。2011 年 6 月，正式授权版《百年孤独》出版，再次引起读者对拉美文学的关注。2012 年春天，得知消息后，我第一时间向当地新华书店咨询，他们告诉我，书来了，共进了四十本，我说，给我留一本。当天，散着浓郁书香的正版《百年孤独》来到了我的手里。

如今，我手里不仅有了三个版本的《百年孤独》，而且马尔克斯的其他系列作品也陆续来到了我的案头。《迷宫中的将军》《一场事先张扬的谋杀案》《霍乱时期的爱情故事》《枯枝败叶》等，直到去年大师最新出版的《没有人给他写信的上校》，渐渐我成了一个不折不扣的马尔克斯迷。

现在，当我不由自由信手翻开第一个来到我手里的《百年孤独》，在扉页上，我曾写下了当时的读书心得：有些理解是逐步加深的，当尝试第二次接触这部伟大作品时，第三次、第四次，甚至第五次的吸引仍然发生着……思想者的孤独才有了人类精神的花园。

感谢这个给人们无限喜悦的时代，感谢遥远而亲近的马尔克斯。

一部经得住历史检验的好书

——读《另一半中国史》有感

王　玮　侯兆明

写下这个题目，我没感到任何的不安。因为这个结论不是我作出的，而是《另一半中国史》的“编辑寄语”中提出的，我只是将末尾的“著作”二字换成了“好书”而已。我读书不多，尤其是历史著作，完整读完的迄今只有两部，一部是司马迁的《史记》，一部就是高洪雷先生的《另一半中国史》。其他的如《汉书》《三国志》《资治通鉴》等虽然有所涉猎，但皆因读不进去而被我束之高阁。

关于《史记》无须多言，鲁迅先生早有评价：“史家之绝唱，无韵之离骚。”而《另一半中国史》是否能跟《史记》相比美我不敢说。我只能说，这两部相隔了两千多年的大书给了我同样的阅读感受：好看且令人震撼。司马迁的《史记》写了十余年，高先生的《另一半中国史》也写了十余年，两部书都达五十万字。不能不让人感到惊奇。“十年辛苦不寻常”。凭作者下的这番工夫就足以让人不敢轻视。

9月22日，得知《另一半中国史》获得了第五届“宝石文学奖”，虽在意料之中，仍感到非常高兴。因为我与高先生不仅相识，而且我手头的这部《另一半中国史》还是他亲笔签名赠送的。那是4月下旬的一天，中国国土资源报社在高密召开文化共建基地联席会议，山东煤田地质局的高洪雷书记和刘广奇处长作为特邀代表出席。由于我早就了解该书的一些情况，在与会人员报到前便给刘处长打电话，央其求书。让我没想到的是，刘处长一下子给我带了两部，除了《另一半中国史》，还有高先生的新著

《另一种文明》。而且高先生还当面签名赠送给我，委实让我大喜过望。当晚陪客人吃完饭回到家中，我迫不及待地打开《另一半中国史》来读，书里的故事深深地吸引了我，一气读到凌晨两点多，读了四章一百多页。这是一部以故事的形式书写中国少数民族历史的书，对我而言是一次全新的阅读。阅读过程中，我的心情随着故事的发展而跌宕起伏，并不时被气势恢宏、波澜壮阔的历史场景所震撼，真可以说是达到了忘我的境界。由于那段时间工作繁忙，白天没时间看，便将书置于枕边，每晚临睡前看，历时三个多月才将这部巨著读完。

之所以说《另一半中国史》是经得住历史的检验的好书，我认为主要体现在三个方面。

一是历史价值。它清晰地勾勒出中国五十五个少数民族的来龙去脉。正如《北京晨报》介绍的那样："本书修补了大多数读者缺失的集体记忆，这将有利于我们更完整地认识历史，从而获取更全面的文化人格。"作者带着穷究真谛的目光，凭着顽强的毅力，走遍了千山万水，细细查访，深入挖掘；翻阅了大量中外历史典籍，反复求证，对各少数民族的源流进行了认真的追溯和反思。从"匈奴——第一个胡人的故事"开始，到"楼兰——沉睡千年的绿洲神话"结束，共写了二十三章二百八十九个故事，还附了"中国少数民族历史脉络图"。使我清楚地看到了各民族起源、兴盛、融合、衰落到形成今天的格局的历史过程。"人，要知道自己从哪里来，不知道从哪里来怎么知道往哪里去。"通过阅读此书，不仅使我丰富了历史文化知识，也使我认识到了以往的浅薄，改变了我对中国历史的看法。

二是文学价值。作者不仅具有政治家的敏锐眼光、历史学家的严谨态度、地质工作者的无私奉献精神，更具有作家的良知和智慧，书中处处体现着他的悲悯情怀、博爱精神和大家风范，其精彩的文笔和独到的见解深深地折服了我，让我感到十分钦佩。他在《苏武牧羊》中写道：

"我无法用语言描述壶衍鞮单于的震惊。他的确见识过苏武的忠义，也听说过'感天动地'这句汉话，但从来没听说过大雁也会被感动，并且穿越了风沙弥漫的万里长空。于是他诚惶诚恐地把苏武从北海接回来还给了汉朝。'鸿雁传书'的典故从此诞生。"在《胡笳十八拍》中写道："直到今天，我仿佛还能听到那悲怆的吹奏乐曲和凄婉的歌声，仿佛看到一位身心疲惫的女子正行走在屈辱与痛苦铺成的长路上。"在《孝文帝改革》中写道："事实上，文明从来不会在同一地点停留太久，通常它会在地图上蜿蜒曲折地移动。在晋朝长满蒿草的高墙内驻足一段时间后，文明似乎在嘟囔：'哎，我和这些已经变得懒惰和猜疑的人待在一起太久了。'于是收拾起书籍、乐器、科学，开始了新一轮的漫游。"在《走为上计》中写道："有人一再宣扬这次大迁徙的意义，如同当今许多人对山东人'闯关东'，山西人'走西口'，福建人'下南洋'的溢美之词。其实这些本是无奈之举，充其量也就是一次过程艰辛但后果稍可的'谋生'。说穿了，历史本是进程，似乎并无我们所找的'意义'，是'意义'这个词打扰了人间的安宁。怪不得马科斯·韦伯说：'人是悬挂在由他自己编制的意义之网中的动物。'"这样的叙述在书中比比皆是，在这些饱含着深情、闪耀着智慧的叙述中，我看到了作者所具有的人类眼光，看到了其对人类生存状况和历史文化遗产的悲悯与尊重。该书语言精美，活泼大气，视角独特，寓意深刻，继承了"文以载道"之余意。使我在阅读中体验到了诗性的意味和纯正的美感。因此在我看来，它绝不亚于当代任何一部散文著作。

三是开创性。据我所知，截至目前，《另一半中国史》是以故事的形式、散文的手法，系统书写中国少数民族史的首部且是唯一一部著作。一出版即受到社会各界的好评，并荣登 2011 年"一月光明书榜"榜首。编辑寄语中提到："《另一半中国史》是一个智慧而大胆的论断，当我们不能从史学家的著述里找到这个概念时，就有理由说它是独一无二的。"著名作家张炜认为：“这是一次别具视角的历史书写，是一部社会人生的深刻启示录。”国家民委经济发展司司长王铁志评价说：“《另一半中国史》以一个个生动有趣的故事，反映了中国各民族自古一家，共创中华文明的历史事实，是一部优秀的历史知识读物，也是民族团结的生动教材。”基于此，我们应该向高洪雷先生致以深深的敬意。

“景芝杯”
第四届国土资源系统读书大赛
优秀作品

“景芝杯”第四届国土资源系统读书大赛获奖作品名单

一等奖（3名）

赵　欣　　心在高原

周　刁　　山野的光辉

高丽君　　路遥故居念路遥

二等奖（5名）

石绍河　　土地的构陷——我读《黄泥地》

田　福　　读书，让我的人生多了亮色

吴传玖　　书品与人品——读艾思奇与他的《大众哲学》

朱莉萍　　掌握命运之线——再读《牧羊少年的奇幻之旅》

项树江　　我的读书生活

三等奖（15名）

杨　立　　读书，为灵魂添香

雪　樱　　常读经典，精神明亮

孙大顺　　大地的朗读者（诗二首）——读《生命在大地上闪光》

宫志强　　读书的乐趣

穆学仁　　大地疾驰伴书香

詹冬华　邹亚群　　生命意念与文化人格的延续——读徐观潮《失落的文明》

杜启龙　　蹉跎莫遣韶光老

张士奇　　孙少平，我们那个时代的骄傲与遗憾——再读路遥《平凡的世界》

孙士红　　马行，孤单行走在地平线上

余显斌　　大淖深处有人家

曹　瑞　　繁华与忧伤的双重变奏——读萧红的《后花园》

徐春林　　从生活中来，到灵魂中去——读闫文盛《你往哪里去》

梁丽丽　　法国大革命与中国梦的实现

章　华　　把日子过成诗

曹宝辰　　《生命册》梁五方的命运解读

优秀奖（20名）

李忠东　　岁岁萧红，今又萧红——漫谈许鞍华《黄金时代》

陈显明　　品读秋雨 感悟文脉——读《山居笔记》

周伟俊　　读中国选举制度改革的若干思考

刘　蔚　　观念的水位：水涨，必定船高

王　峻　　和父亲一起读书

刘光富　　再读余秋雨

陈　武　　书是不会过期的粮食（诗歌）

鲁　楠　　坚守成就梦想

李宁宁　　红袖添书香

贾　煜　　铺路石子

王伟伟　　一曲凡人之歌

于泽建　　春天的回忆与畅想

陵　少　　从张承志到鲁迅

杨广虎　　“熊猫先生”的秦岭情怀—近读白忠德散文

李维康　　心安是归处

任　成　　人生就是一本书

付廷红　　读书的乐趣

朱朝生　　读书与修身

陈顶云　　读书的力量

于永海　　读书当若烹小鲜

现场花絮

第四届读书大赛颁奖会现场

获奖作者上台领奖

常江先生赠送对联：花放春山人醉景，鹤寻瑶草鹿衔芝

山东省国土资源厅副厅长王桂鹏致辞

《另一半中国史》的作者高洪雷带来《阅读与写作》的专题讲座

常江先生在“书香国土·安丘行”活动中带来
《对联与传统文化》的专题讲座

心在高原

——《你在高原》之《家族》读后感

赵 欣

如果说张爱玲的《倾城之恋》是燃一片沉香，在氤氲中将情感的故事碾碎了讲给你听；那么张炜的《你在高原》就是发掘一座陈年宝藏，在摇曳烛光中将埋在深处的记忆一点点揭开给你看。

《家族》是开启这部大剧的第一幕，将尘封的岁月搬至现代社会的聚光灯下。读罢，深明高原虽不能至，日夜心向往之。

高原上的伊利亚特

与所有史诗一样，《家族》的故事也构建于时间与空间的交错中，将宁家与曲家的命运紧紧缠绕。在那个战火纷飞的岁月里，有许多身不由己，追根溯源也因此变得有意义。张炜通过主人公宁伽来追寻父辈甚至祖辈的秘密，拨开历史的迷雾；通过上帝视角揭示真实的苍凉，道出现实的苦难；同时还创造了闵葵、飞脚、殷弓等一个个鲜活的人物形象，展示了人物丰富的内心世界，让人能感觉到这些人物、这段传奇仿佛在世界上真真正正地存在过。与其说这本书记录了宏大的家族史，倒不如说《家族》是一部活生生的心史。

不禁联想到荷马的史诗《伊利亚特》。那个故事中同样有战争，有使命，有钩心斗角，有颠沛流离，在后人的代代相传中留下了不可磨灭的神话。但那终究只是传奇，是凡人与神的抗争，就算取得了胜利也不是真英雄。相比之下，《家族》是这样朴素而真实，它的起因不是争夺财宝与美女，它的背景不是奢华的王室仙廷，它的使命是大国的何去何从，它的参与者平凡而伟大。二者最相似之处恐怕只有过程的苦难与悲惨的结局：个人与国家的命运锁成一线，被历史的洪流拥簇着向前，历经千难万险却到达不了心中的目的地，厮杀后只剩下满目疮痍，无人是胜者，英雄难眠。

也许之所以被称为史诗，就是在忠于历史和真相的前提下，将生命的苦与悲、善与恶留给后人看。

燎原之火

宁伽在03地质所的日子最让人动容。那里有他的青春、热血和梦想，他遇见了生命中重要的牵绊，找到了为之奋斗的革命理想，度过了一段艰苦却无悔的岁月。

他是生长在地质前线的一株高原草，从青葱的迷茫渐渐适应了世事的无常，却始终激情昂扬，充满斗志。年轻的他心高思远，集体生活给了他厚重的营养，脚踏实地的工作让他飞速成长，父辈遗承的信念使他萌生出坚定的革命理想，并奠定了人生的路途。也许注定辛苦，但风雨无阻。

有赤子之心的地方就会有星星之火在燃烧，03地质所也是革命开始的地方。在那个年代，身体上的苦累都能在革命信仰的感召下消散，推动国家进步的一腔热血似乎总也用不完。因为在国家的危难面前，个人的辛酸苦痛早已微不足道，集体的理想比个人的安乐要更让人振奋不已，也是彼时无数个真诚的年轻人最大的梦想。同时，前线的工作磨炼了他们的身躯和意志，让他们在之后的革命道路上无比勇猛，在苏联的大雪中修铁路的那些布尔什维克兵，不也早已证明过钢铁就是这样炼成的了吗？

当下的地质前线虽然依然艰难，但没有了战火硝烟和阶级斗争，地质勘探设备日益发达，工作条件逐步完善，不知还有多少人仍怀初心？那依旧是祖国最需要的地方，而在那里日夜守护的人们依旧朴素和虔诚。我们不必为平凡的自我感到渺小，因为燎原之火足以点亮生命，越谦卑也越伟大。

灵魂的拷问

所有的文学作品归根到底都是关乎人，正如生活的大部分也都决定于人本身。《家族》中展示了形形色色的人，从传统守旧的闵葵、知识分子陶明到土匪气的“飞脚”、阴暗复杂的殷弓，每个呼之欲出的形象，错综复杂的关系和相互交叉的命运形成了宁、曲二府的荣辱兴衰，也成为那个年代阶级斗争、社会变迁乃至时代更替、国家起伏的缩影。其中最值得深思的仍是极端背景下的人性百态。

《家族》中对人性的最大拷问即是革命胜利了，而革命者失败了。也许命运是不公平，当宁珂一生献身革命，最终等待他的只有冰冷的牢狱时，所有人的心都在煎熬。战友殷弓的落井下石让人寒心，这是人性的自私和冷漠；曾救一方人民于水火的宁珂面对悲凉的境遇，虽然心有不甘，却依然坦坦荡荡，风骨不减。相比之下，并非当时的社会阴暗面扭曲了人性，而是当代的我们如此不堪一击。工作或生活中的一点点挫折都会成为逃避和埋怨的借口，我们有什么资格直面历史呢？只管付出无悔的努力，公道自在人心。

没有退路时，所有人都能很轻易地选择同仇敌忾，拼死一搏；而在分享胜利成果时，才能更清楚地分辨人心。有时安逸比患难更能考验灵魂，生活中亦是如此。面对巨大的利益蛋糕，有人脚踏实地公正无私，有人斤斤计较鸡毛蒜皮，即使表面上活得光鲜，也终究是一副华丽的皮囊，不会被人们记住；相反，充实的奉献也许会让你饱经风霜，但灵魂早已远远比平庸之辈更高尚。

高原有多远?

“你在高原”的呼唤，发自一个生于五十年代的作家之肺腑。他的童年理想便是做一名地质工作者，因为有好多珍贵的时光都是在地质队员的帐篷中度过，所以他的文字带着天生的自然与质朴。张炜将自己未达成的梦想让书中的主人公来实现，这本书也可以看做简单的地质工作手记，不为取悦别人，不为迎合大众，只忠于本心。在浅层快餐式阅读的当下，他依然坚持创作了二十余载，他说：“我听到的只有自己的心灵在回响。”这样的文字，怎能让人不想褪尽铅华，返璞归真?

然而，即使我们能逃离城市，却逃不出生活。将工作看做苦役，生活就是牢笼；将付出看做创造，生活才是天堂。地质工地上的每一方净土，都曾埋下汗水，记录成长。生活也许从来都不易，但只要是搭建在踏实的努力之上，总会充实而心安。脚踏实地的旅途才不会迷路，内心真正宁静的人才能写出感人的文字，做出纯粹的决定，过好人生的酸甜苦辣。心灵的安宁不是逃离喧嚣，而是容得下喜悲，经得了起伏，守得住繁华。

宁伽一直想去的高原，身边的人一个个前往，而他却终究没有到达。也许有梦想的人注定孤独，虽然集体总能给予无限斗志和温暖。有很多目光交汇于一点，通向目的地的漫长旅途却要自己走完，哪怕最终无法身在高原，心也早已在高原上驰骋。只求回忆往事时，“不会因虚度年华而悔恨，不会因碌碌无为而羞愧”，信仰不灭，初心依在。

其实世上本没有救世主，更没有什么可以永垂不朽。生活当如张炜笔下的宁伽，无论脚步是否到达，永远心在高原。

山野的光辉

——读《光辉山野》有感

周　习

"光辉山野"本来是国家副主席王震为全国地矿系统"老同志话传统"征文的题词，地质出版社就拿它做了这部文集的书名，并有时任中国书法家协会副主席沈鹏题写书名，于1992年7月地质矿产部建部四十周年时出版。国土资源作协主席陈国栋从网上购买了仅有的2本书作为资料。现在《光辉山野》就成了我手中一部不可多得的书籍。

今天，《光辉山野》在我看来它越发像一坛陈年老酒，芬芳迷人；像山野里的兰花，质朴而珍贵，清香而独特。

这本书的独特之处在于，它是新中国第一代找矿人的发轫之作，囊括了新中国找矿史上不平凡的找矿经历，从东北长白山到南海的珠江口盆地，从白云鄂博到广西，涉猎了原煤、石油、金、银、铜、铁等多种矿种。记录了毛主席、周总理、朱德、王震等国家领导人对地矿事业的高瞻远瞩和殷切期望。汇集了中国老一辈地质部长们——李四光、刘杰、朱训、何长工、宋应等的毕生贡献和关心支持，它告诉了我们许多地质大家族的秘密。书里除了刊载王震的"山野光辉"题词外，还有孙大光的：继承和发扬老一辈地质工作者的光荣传统；刘杰的：地质勘查功绩为祖国富强人民幸福光耀千秋万代；朱训的：老骥伏枥志在千里等题词，还有珍贵的温家宝同志写的序言。

这部书实际上记录了新中国矿业史的发展。我从中看到了第一批新中国地矿人艰苦卓绝的野外工作和生活以及找矿的艰难。每篇文章带着山野的露珠，带着一线的地质工作者的体温而来，没有矫饰和虚构。这种用血肉铸就的文字，给我以震撼和力量。这种力量来自真实。

在刘克均《我在安徽找矿的开端》一文，典型地反映了地方找矿的步履维艰和奇特。安徽工业厅本着要搞工业没有矿产不行的指示，组成了一个30多人的勘测队。没有一个内行，不是刚从工厂里抽调的工人就是从部队转业的军人。他们认为奇怪的石头就每样拿回来3至5块陈列起来。工业厅的领导到陈列室，拿起一块磁铁，一个矿样一个矿样地吸，有的矿样被吸住了，就高兴地眉开眼笑，连声说道：看！吸住了，吸住了，铁矿，铁矿……最后省委请来地质专家到矿样室认矿，确定了两个矿，一个是舒城县晓天的赤铁矿；一个是庐江县砖桥的铜矿。

地质野外找矿相当艰苦，他们经历了严寒、炎热、山险、河冻、过敏、缺水等艰难险阻，经受的苦难无人能出其右。

例如，找扶绥煤田，为了获得野外第一手资料闯麻风病高发区，周围荆棘丛生、沟壑纵横，竹叶青蛇在树枝上缠绕，虎视眈眈，成群的小咬，眼睛耳朵红肿，脸被咬起水泡。

当年的找铀工作由地质部三局就是今天的核工业部地质局来完成的，野外队在荒无人烟的山沟里或戈壁滩上，住在帐篷里或挖个地窝子，晚上睡觉要当心耗子咬，白天防着苍蝇在眼中下蛆，因气候潮湿，无法睡地铺，三个人轮班睡一张床，一个起来一个再躺下。遇到高达40度的温泉，数天不出巷道，闷热难当，也硬着头皮顶着热水掘进。

安徽找盐的时候，钻机在风雪中孤零零地竖着，钻机上养的鸡都冻死了。晚上住的地方，北风像刀子般往里灌。衣服一年四季泡在盐水中，都湿漉漉的，碰伤了被盐水一浸，钻心地疼。共产党员汪邦年，皮带接头处断裂，打在他头上，牺牲时不到三十岁。

在缺水区，队员们洗脸时只用一杯水，澄清了下次再用，整天口干舌燥，渴得人嗓子冒烟，头昏眼花，就这样有水大家互相谦让，默默忍受着干渴的煎熬，没有一个队员洗过澡理过发。忍受着寄生虫的干扰。

藏北羌塘、可可西里及阿里有几十平方公里的无人区，有高山反应头痛恶心吃不下饭，感冒后还会转为肺水肿、肺气肿。

陕西秦岭的深山老林中的雷鼓山，海拔 4 150 米，有风变成雪，一次就吞噬过 2 名陕西区调队的地质队员。

在 4 800 米到 5 000 米之间，初来乍到的地质队员，高山反应强烈，晚上睡觉，一躺下就憋气，要立即坐起来深深呼吸几口空气才能缓解。夏季骤雨，山洪暴发，一个多月与外界隔绝，吃不上蔬菜，勉强维持生活。在高原，柴达木盆地，昼夜温差大，夜里寒风卷着沙土吹吸着，地质队员们蜷缩在睡袋里也是冷遍全身，夜不能寐。很多队员第一次到高原，剧烈的头痛伴着恶心、流鼻血。

在地面上也是如此，有的被土匪劫走，有的被野兽伤害。一名地质队在山上遇到了一只大狗熊，后面跟着一只小狗熊，他知道带崽的野兽是凶猛的，便赶紧吹哨子，通知邻近的操作员做好准备，防止受伤害，大狗熊扑过来，一掌把他打昏。人和仪器饭盒水壶一起滚下山来，他醒过来又吹哨子提醒大家，大狗熊回来一屁股坐在他的身上，把他脸上舔去了一块皮。

在沙漠里搞勘探是最难的，每天下午狂风大作，刮得黄沙滚滚，天昏地暗，三四月间风雪交加，寒风刺骨，冻得人浑身发抖。在沙漠里走路太困难，走一步退半步，累得腰酸背疼。大风一起，帐篷也搭不住。四个人抱在一起也被刮得满地乱滚。

在罗布泊，吉普车出了故障，烈日当空，戈壁滩上燥热难忍，随身带的水喝光了，不得不喝尿解渴。体力实在支持不住了，便找一棵骆驼刺或芨芨草边躺下，有人爬着往前走。有的被狩猎的器具误伤。在数十里无人区，没有蔬菜吃，难得回家，儿子都不认识自己了。就是这些人找到了原子弹用的铀，找到了煤，找到了铁……找到了我们国民经济和人民生活需要的各种矿产资源。

1965 年 8 月 24 日，山东 809 队 201 普查组发现中国第一个蕴藏量丰富的金刚石原生矿。

1971 年 12 月 12 日，安徽结束了无盐的历史。探明了云南兰坪金顶矿区 1 500 万吨的铅锌银镉锶特大型矿床，数全国第一……无数个第一被发现了。

无数个以矿发展起来的城市，如金沙江畔的攀枝花、白云鄂博、包头、马鞍山等诞生了。

在高级干部学习地质业务班上，李四光部长亲自讲授地球的结构、地球的外壳以及岩石矿床、地层古生物化石等地球科学知识。许杰副部长是当年李四光部长培养出来的，他出版了我国第一部研究笔石的著作《长江下游之笔石》。我在山东省地科院工作时，读过这本书后才知道是许杰副部长倡导主持筹建了中国地质科学院，他还组建了全国地质图书馆和全国地质博物馆，后又相继组建了大区地质研究所及各省地质研究所，形成了全国性的配套的地质研究机构，为找矿事业做出了巨大贡献。

何长工是我党的老党员，是毛泽东、朱德会师时的联络人，是解放军文武双全的高级将领，是我们新中国地质事业的开创人之一，任地质部党组书记、副部长。他到地质队去，没有架子，很关心地质人的野外生活，他提出澡堂子要隔开，厕所里的便池也要隔开。找基地给大家盖房子，建幼儿园。宋应副部长科学严谨求实的思想，值得我们学习。

这些都是从沙石从泥土从河流中掏出来的文章，从山涧明月里淌出来的音乐，是大自然馈赠给人类的财富。它是一本大书，是一本地质史上的宝贵财富。

这是一部书的魅力所在，就是里面所揭示的精神力量，是老一辈地质人身上传递出来的过人的力量。

地质队员身上这种力量无法解释，只能归结于信仰，信仰即对万事万物存在的认识，信仰铸就不屈的灵魂。1919 年冬天，一个叫陈望道的年轻人，在浙江省义乌市分水塘村翻译了《共产党宣言》，只有 28 000 字，成为中国共产党人信仰的思想起点。在新中国找矿这一崭新的领域，同样是共产党人的信仰爆发出不可战胜的力量。他们知道地质事业是建设社会主义现代化的先行和基础，是老百姓新生活的最原始的材料来源。他们为了新中国的建设甘愿发扬“三光荣”精神：以现身地质事业为荣，以艰苦奋斗为荣，以找矿立功为荣。

我觉得是新中国地质人用血肉智慧毅力信仰铸就了《光辉山野》这部大书，山野的光辉照亮了祖国美好前程。

路遥故居念路遥

高丽君

阳光干裂焦躁，土腥味从车窗缝隙蔓延过来。我们走下车，不由眯眯眼，眉头皱了起来。

暮春在延川，几乎不见春天的影。山依旧光秃秃，岭照旧寸草不生，干旱在这里延续了几千年，早已生成了固有的贫瘠温厚。说实话，这片土地对我没多少吸引力，因为相距几百公里，就是家。当飞机落地，走出延安机场，当四处张望的人慨叹黄土地如此博大荒凉，当江南同学一再惊讶这样环境下人如何生存时，我背过身瞅瞅略显陌生的山川沃野，眼眶发热。不远处，我的西海固，有同样的地貌人情，有再也熟悉不过的干山土岭，但也忽然莫名怯怯，甚至有点家贫不能待来客的羞赧。

这一路颠簸五六个小时，跋涉千山，风尘仆仆，是为一个人而来。阳光在四处游走，人们在四下里张望。眼前的建筑高大肃穆，沉静硬朗，孤独沧桑，黄土颜色，寂如窑洞。有个雕塑，立在门前，是他留给世人常见的形象，抱臂，夹烟，远望，沉思，和“路遥纪念馆”几个大字融为一体，定格为特写。

环纪念馆一周，年轻的讲解员训练有素，不断介绍他创作成就——《人生》《平凡的世界》以及获得的各种奖项，用沉重语调缓缓一再强调他“短暂而辉煌”一生。声音空荡荡，在偌大厅子里衍射开来，人们悄然无声，簇拥成一团，走过一张张照片稿纸文件。画面似乎流动起来，少年的青年的中年的他由瘦到胖，由单薄到健硕，由青涩到老成，由意气风发到床榻病危，一个才华超众、略带羞涩、永不甘心的人伫立墙面，凝固于令人遗憾的时空，看着身边的人，远处的景。

岁月冉冉，斯人已去。《平凡的世界》给予我的影响，不仅仅是阅读体验，而是强烈吸引、深深震撼。我整个成长成熟的经历中，它的作用绝不可低估。可以说，我甚至把它当做个人奋斗的励志范例学习模仿，用来度过那些自认为非常艰难的日子。

记得从同学手中拿到那本书，书边已卷起来，封面也掉了颜色，脏乱不堪。他非常牛气地说，只借给你一个晚上。但我还是毫不犹豫地花费了一些时间，用牛皮纸认真地包了书皮，用砖头包了卫生纸压在上面。待书本平展干净体面尊贵后，在昏暗的灯下，才小心翼翼地翻开书页。

一夜无睡，也睡不着，那时候只会读故事看情节。春秋冬夏，季节流转，世事变迁，一个个人物命运起起伏伏，一个个故事自然亲切，特殊年代特殊环境下，作者娓娓讲述平凡世界里平凡人们平凡而又不平凡的人生经历。我随着他们——孙少平孙少安润叶金波们，时而悲伤，时而欢笑，时而激动喜悦，时而难过神伤。那片遥远又熟悉的黄土地和我的家乡多么相像，那些朴实勤劳的人们就是我身边亲人朋友同学的翻版。他们和我们一样，为了馒头为了学费为了生存为了尊严，在饥饿与贫穷中挣扎，在无奈和无助中奋起。

再后来读它，已是自己的藏本了。记得工作后工资 97 块钱，但母亲给我的零用钱只是零头。某个周日，拿着自己积攒的所有积蓄，我坐拖拉机到县城。先到新华书店，买了三本装的《平凡的世界》，后到商店买了一件花衬衣，最后没钱吃饭，一天只吃了碗凉皮。回家路上，看一眼包里崭新喜气红彤彤封面的书，再看一眼粉色黄色错杂相交的碎花新衣，真是心花怒放，喜形于色。

此时，这部关于人性、人生、生活、情感的鸿篇巨著，在我心中，已上升为一种苦难哲学。孙少平这个对苦难有着深切认识，对生活有着深邃理解，对精神世界有着深刻追求的形象，已转换为一种前进路上的动力，一种诉诸行动的理想，一种生命的意义。我在笔记本上摘抄下这些句子，“在最平常的事情中都可以显示出一个人人格的伟大来”；“人的痛苦只能在生活和劳动中慢慢消磨掉，但朋友，没有什么灵丹妙药比得上劳动更能医治人的精神创伤”，用来勉励自己。其时，还读了老鬼的《血色黄昏》，当看到他雪天在外伐木，夜半回到连队时，食堂里只有冻得硬硬的玉米窝窝时，眼泪簌簌而下。

这些理想主义的践行者，用近乎残酷的方式、非凡的毅力，身体力行了他们关于人生的宣言：“连伟人的一生都充满了那么大的艰辛，一个平凡的人吃点苦又算得了什么呢?”

而现在，这个陕西省清涧县石咀驿乡王家堡村名叫王卫国的人，以雕塑的方式，立在这里。

许多细节值得仔细咂摸：当年写《平凡的世界》，画上最后一个句号时，他看到自己满头白发，憔悴面容，哭了起来；他曾经向朋友张口，“我实在穷得可怕，你认识那么多企业家，能不能帮我找一个经理厂长，我给人家写篇报告文学，给我挣几个钱”；朋友问他写一篇报告文学要多少钱，“5 000吧！这是我第一次卖自己的名字给别人……”；唯一一次卖自己名字的文章刚发表后，他就病倒了，而且再也没有起来；耳边，继续回荡着那些伟大的词汇，“他用自己的生命和灵魂造就文学丰碑、精神丰碑，他用自己的执著弹拨了生命的绝响”，不知道为什么，只觉得心里疼得慌。

隔着一条马路，缓缓高坡上，有个院子。一排窑洞，很安静，门口几颗干瘪的辣椒，几串干透了的玉米穗，一把用红丝带捆扎着的扫帚，都在表明，曾是多么热闹和谐的家，如今却没了主人的踪影。在这小院，他不过是一个丢在黄土高坡上从不被人注意的放羊小伙；因为家境贫苦，过继他人，有生父母养父母；放过羊，挖过野菜，挑过窖水，睡在土炕上遥想外面世界，和千千万万黄土地上年轻后生一样，不甘心就此度过一生。他选择拿起笔来写字，一页一页，一章一章，一部一部，企盼以此来改变命运，过上另外一种生活。

窑洞里，大花的被褥枕头，色彩艳丽；墙面上，有个相框，摆放着各种照片，叫卫国的孩子眯着眼睛，在镜头前正襟危坐；土炕和锅灶连在一起，一个舀水的铁马勺孤零零躺在锅盖上……这些物件，像一棵树，长在记忆中，任凭人们去推想心中真实的路遥。

真实的路遥是什么样呢？对面纪念馆内的一个角落，有根据真人制作的蜡像，栩栩如生。披长风衣，依旧抱臂，夹烟，远望，沉思，遥望，忧郁，寂寞，孤独，不是讲解员口中夸张渲染的大人物，只是一个希望出人头地、功成名就，希冀通过自我奋斗掩盖内心悲愤无奈、驱逐浓烈自卑自艾的普通作家。

看过很多关于他的纪念性文章，贾平凹的最动人。他回忆了很多细节后有个准确评价：路遥是一个大抱负的人，文学或许还不是他人生的第一选择，但他干什么都会干成，他的文学就像火一样燃出炙人的灿烂的光焰。现在，我们很少能看到有这样的人了。

是的。现在我们几乎没有这样的人了，执著，激情，向下看，默默走。更多的人在担心，如果他生活到现在，会怎么样？会不会和很多人一样，成为名牌商品，身价百倍；会不会在彻底摆脱穷苦困境后，忘记了写作初衷；会不会在安享超级荣耀与尊崇的同时，成为功名的机器？因为以他的实力，完全可以成为大小漩涡的中心。

我相信他不会。他对真善美的书写，对写作的态度，对文学的痴迷，深切的感知能力和清醒的洞察力都不会使他迷失，但他会无语，会发现自己哑巴了，无法向别人诉说；自己瞎了，因为无法被看见；在所有的话语中，他会发现自己属于踽踽独行于特殊语境的那个人。也许，是上天眷恋才子，所以才没安排这种机会，让他带着种种遗憾与缺失离去，尽管这样的方式太过残忍。

有人走过来，对我说，羡慕吧，每个作家都应该有的纪念馆情结。我没有说话。有时候，无语便是态度。

又有一车旅行者到来，院子里顿时熙熙攘攘。路遥，已成为一个名词，被搁置在书本电视里，被口口相传多次演绎，被遗忘后翻新出别样色彩，被肤浅的时代娱乐消费，而那个人，肉身的人，精神的人，永久归于尘土大地。

除了缅怀，还有尊敬。

土地的构陷

——我读《黄泥地》

石绍河

作家刘庆邦，素有“短篇王”之称，他的短篇小说以不事声张的生活本色见长，上承鲁迅，下追汪曾祺，独到晓畅，精纯极致，情感真挚饱满，味道深厚绵长，语言富有个性，细节生动形象。一句话，他的短篇小说经得起看。

刘庆邦虽身居闹市，却因矿工出身，他的小说题材常在井下；又是农民出身，小说题材常在乡下。井下乡下构成他创作动机的主要来源，因此他的创作被称为“一半是煤矿，一半是乡土”。他关注当下的生活，关注弱势群体、底层人群的生存状态，关注他们心灵的波动、情感的流向，挖掘和聆听着他们的灵魂与声音。

刘庆邦不光短篇小说堪称经典，他的中篇、长篇小说同样好看耐读。最近，他直面中国农村基层现实的长篇力作《黄泥地》，激发了我极大的阅读兴趣。从这部小说中，我看到了曾经充满生机和活力的土地，变成了农村基层干部觊觎谋利的工具，成为乡村政治活剧上演的舞台，也堕落成农村改革社会进步的泥沼陷阱；我还看到了曾经古道热肠邻里互助的乡亲，不知什么时候一个个变得各怀鬼胎麻木不仁，见利忘义互相伤害，表演了一幕幕人格裂变心灵扭曲的悲喜剧。读罢掩卷，唯有一声叹息：中国改革何等艰难复杂，国民劣性何其根深冥顽，文化毁灭多么不及掩耳，正义善良多么软弱无助。这些，是我们当下不得不承认、不得不面对的乡村现实，也是我们在乡土社会现代转型中必须破解的难题。

《黄泥地》为我们讲述了一个发人深省的故事。房户营村老支书房守本将位子让给儿子房光民，村民们很不满这种父权子替的做法，更不满房光民上任后毁坏耕地卖土牟利等种种行径，以房守现、高子明等为代表的一部分村民，动心思，想点子，找理由，暗中哄抬、动员家仍安在村里的县一中高级教师房国春，出面上访告状扳倒房光民。自视甚高，虚荣心强，有为民请命情结的房国春，经不住大家的巧言令色，撺掇怂恿，他抓住房光民倒卖土地这一事实，挺身而出去告状，最后终于告倒了房光民。房守现的儿子通过贿赂驻村乡干部，突击入党而接任村支书，高子明也得到了梦寐以求的宅基地。虽然遂了一些村民的意，但房国春却陷入了一个精心编织的阴谋和陷阱中，他在房守本一家的疯狂打击报复下，迫不得已继续上访，直至家破人亡。小说把基层干部腐败，土地非法倒卖，权力挟私滥用，司法无所作为，人心冷漠无情写得波澜起伏，惊心动魄。刘庆邦说："《黄泥地》主要是写的人的感情，人的丰富性。"《黄泥地》的故事，涉及乡村政治、经济文化、家庭伦理、人际关系的抗衡争斗，涉及各色人物的性格特征和心理较量。

房国春是小说着力塑造的一个悲剧性人物，他既有乡村士绅的传统意识、抱负情怀，敢于担当，不肯低头，富有牺牲精神，又孤高自傲，自命不凡，爱受抬举，喜欢介入乡村日常事务，凭一己之力向村支书叫板，其结果是孤身奋战，四处碰壁。当高子明怀着同情，来家劝说他"不要老是拿鸡蛋往石磙上碰"时，他撂下几句硬邦邦的话："我的所作所为凭的是自己的良心，听从的是良心的指引，维护的是社会公平，伸张的是社会正义！"真是不撞南墙不回头。这既是房国春可敬佩之处，又是他性格弱点之所在，注定了他的悲惨结局。小说里其他人物也个性鲜明，房守现狡黠、无耻、阴损，高子明聪明、现实、老成，宋建英跋扈、刁钻、蛮横，皇甫金兰隐忍、懦弱、温顺。真的写出了人的丰富性。

《黄泥地》的实质是乡村权力斗争，而引发房国春介入乡村权力斗争的媒质是土地。当房国春听信房守现之流的鼓噪后，一大早来到村外，果真看到一块耕地上被挖成深坑，像人头上的一个疤痢。高子明提供的信息没有错，新任支书房光民的确在卖可耕地烧砖。土地是房户营村民的母亲和命根子，他们都像敬神一样敬着土地，这样挖土地卖钱，是败家子干的事，是大逆不道。房国春愤慨了。加上现任村支书房光民对他的轻蔑，房国春决定要在村子里“堂堂正正的活”。于是，他抓住房光民卖地牟利这一点，开始上访告状，上级最终把房光民撤职了。房光民撤被职了，房守现的儿子房光金接任了，房户营村的土地保住了嘛？没有。房光金吸取了房光民的教训，不再明目张胆卖地，也不把地卖给砖窑上烧砖，而是在给村民批宅基地上动脑子做文章，想要宅基地的村民只好给房光金送钱，房光金得了好处还卖乖，说“你这是让我犯错误啊”！答应“等政策松一点儿再说”。结果，房光金钱收足了，村民想要的宅基地得到了，耕地一天天减少了。而房国春当初告房光民的状，理由就不是要保护耕地么？耕地没保住，自己却深深陷进去了。深陷土地陷阱中的房国春，他的呼声多么脆弱，他的举止多么不合时宜，他的执著多么不可理喻，他的结局又是多么辛酸可怜。这是土地的错么？当然不是。是人操纵预设的陷阱，折射出乡村的凋敝，人格的裂变，人性的扭曲，人心的冷漠。

小说中多次描写房户营村的黄胶泥：“经过一夜雨水的浸泡，遍地的泥巴已经泛起”，“泥巴那么深，那么烂，那么黏”，“双脚一踏进去，觉得往下一陷，就陷落进去”，“走这样的泥巴路不能驻足，不可停留。你如果停留下来，就如同掉进布满淤泥的沼泽地一样，会越陷越深”。刘庆邦说：“小说命名为《黄泥地》，有一种借喻：我们国民文化有一种泥性，有一种构陷性，人一旦陷进去很难自拔。”房国春是这样，房守现、房守本、高子明也是这样，房光民、房光金更是这样。

刘庆邦还说：“土地是诚实的，你种瓜，它就结瓜；你种豆，它就长豆。你在土地上付出多少劳动，土地就给你多少收获。”《黄泥地》给我们讲述因土地而引发的故事，引领着我们思考中国乡村未来走向，探索摆脱转型阵痛和困境的路径。当然，小说不是万能的，它如能起到一些潜移默化的作用，作者的创作意图就实现了。

读书，让我的人生多了亮色

田　福

说出来可笑，30年前我娶媳妇还跟读书有关呢。那是1984年，农民已经种责任田了，我家分到的田少得可怜，一年下来几乎没有积攒的。可这时候我都快30岁了，还光棍一条，说实话我倒没怎么急，急坏了的是爹妈。这一天早上我撂下饭碗扛起锄头要下地，爹在后面喊我：“你把锄头放那儿，今天去相亲吧。”我一愣，咋事先没听说过呢？我回头瞅娘，娘笑着说：“闺女是永丰的，答应见见你。”也真是月老早就搭配好了，相亲顺利，临走的时候，姑娘往外送我，我心里甜丝丝的，老咂摸着姑娘刚才的一句话：“媒人说了，你挺喜好书的。”结婚后我才知道，那天媒人在姑娘家把我好通子吹，说我这个手离不了书的人，将来非成大器不可。我想，这不是骗人吗。

说起来媒人也不全是骗人，走出学校门的我手离不了书这倒是真的。这在农村属于另类。就是直到今天，农村的孩子还大多这样，只要走出学校门就再也懒得看书了。读书像一年中的一个季节，过去了就不会再回来了。而我正相反，读书像吃饭一样，天天吃也不厌。我这样大概跟我当时的处境有关：由于家庭的富农成分，没读完高中就被赶出校门；这反而激发了我对书的热情和渴望！至于读书的目的还真没想过。

可是媒人想过了，想必爹妈也想过了。对人家姑娘说了姑娘就动了真心。我才知道，做了我媳妇的那个人，等着我读书有个“出头之日”呢。我对媳妇苦笑笑，很想对她说：我读书只不过是个爱好而已！

好在，接下来，媳妇也没就此话题跟我没完没了。我每天吃罢早饭下地干活，责任田里只有媳妇我俩，边干活我边把书里的有趣的故事讲给肚子已高高地隆起了的媳妇听。媳妇往往眼睛惊得大大的，那意思是说：哦，竟还有这样的事！每到这时我的满足甚至骄傲就写在脸上了。媳妇就笑着说：嚯，看把你张狂的！

读书使我的小家庭多了别的农家没有的情趣。但我知道，媳妇期望我的可不仅仅是这些。

那时候，村里已经有了几个念完高中在家种地的，他们比我文化高；但村子里有“写”的事（信呀，入党入团申请书呀，宅基地申请呀，孩子转学，天灾病业贫困户申请救助呀，等等）人们还是来找我，他们说：那些高中生都是白费，文化水都就着饭吃了。天生他们就是下庄稼地的坯子。每到这时候我就想问：那么，我没在庄稼地吗？但看在一旁的媳妇听了这话好像很受用。我的心里就被戳了一下。

这跟媳妇没一点关系，后来我想到了写作。是读书之后激发的想法：看人家的故事写得多好啊。我身边也有许多好故事，何不把它们写出来。说写就写，那可是长篇大部头啊！至于我写得够不够发表水平，能不能发表，找哪里发表都没想过。好家伙，大干二年，写了好几部长篇小说。制造了一堆废纸。二年过后，我突然冷静了起来：我不能再这样蛮干了，如同下种，只能种高粱的沙土地能长出水稻来吗？你得颠颠自己的分量。我偷偷地看媳妇，她坐在那一声都不吭。于是我想起，这二年来媳妇为我所做的一切：多少个早晨她把饭做中一个人吃了悄悄下地去了，我由于熬夜醒来已日上三竿；她的背心已经有了好几个洞，却把好不容易攒够的钱给我买了台灯；每到年末媳妇就是认准不回娘家，也把仅有的钱为我订了书报——这其实无形中给了我很大压力，觉得自己非拼一把不可了。

但文学创作可不是只要努力就能成功的。

我调整了自己，从“豆腐块”开始，连文学的通讯报道也写。好在这些年积攒些文字功底，我所寄出的稿件很快变成了铅字。接着样报和三元、五元的稿费也接二连三寄来我家。说实话这收获也实在可怜，但我媳妇那欣慰就始终挂在脸上。为此我跟她“探讨”过，她说：你写稿挣来的钱和种地打工挣来的钱不一样，我说咋不一样。她说：别的钱花了没了——我再问她说：你心里明白。就乐了，乐得意味深长。

也许媳妇真的比我有前瞻，很快乡财政所的领导就找来我家：我是费了很大劲才找到你家的，我是在报上看到你的名字的。你们村的会计调到乡砖厂去了，村里缺会计——你的文字这么好数学也错不了。说实话我对数字真的不感兴趣，婉言拒绝。可没过多久副乡长又找我到乡敬老院做院长。后来我又被旗（县）报社聘用，二年之后又到乡政府做文化站长——现在已经六旬的我做着镇国土资源所的土地巡查员。这样看真的挺好，其实我无论在哪（直到今天）一直是个“临时工”。我跟村里的乡亲们一样，只不过是在外的打工者，只是所干的“活计”跟他们不同而已。我当然拥有自己的土地，我也和别人一样，视土地为命根子，虽然土地的产出并不多，人们对土地的依赖越来越小了。尽管收成很少，我都怀着敬畏的心认认真真耕种我的那几亩地；因为是土地使我家族的人一代一代传下来延续到今天。

无疑问，媳妇对我的期望是落空了。但在她那里一点也看不到后悔的样子。现在随着生活水准的日益提高，不会用买背心的钱去买书了。于是我家的书就更多，我读的书就更广，不但有国内的名著，更有国外的。由于我写的题材都离不开农村，所以对农村题材的好作品就多关注些，路遥的《平凡的世界》，梁晓声的《年轮》，余华的《活着》，很崇拜刘庆邦的小说和刘亮程的散文集《一个人的村庄》。他们写的东西都离我的生活很近，有的就像是写我们这里的事。这对我很有启发。向名家学习，用大家的作品做镜子检点自己的作品。也许是对路了，最近几年小有收获：出版了长篇小说《戴眼镜的村妇》，把过去这儿那儿发表的作品划拉到一起，出版了合集《柳湾的月亮》，去年赤峰市搞“第二届文学大奖赛”，我的小说《名狗》获得一等奖，另外2014年、2015年我的两篇小小说分别被《小说选刊》选载。今年初秋，我巡查员的工作和地里活计正忙，但看到中国国土资源报社、国土作协搞“像保护大熊猫一样保护耕地”征文，我想，再忙我也要参加，“耕地”是面对农民说的，是向着咱，咱不发言谁发言。也许是感情投入的原因吧，我的参赛散文《我亲爱的土地》获二等奖。

现在，我敢说，虽年纪大些了，但我的创作正在高峰期。我好像才悟透什么。根据我的生活阅历，注定了我今后创作的题材绝大多数是三农，是土地，因为我熟悉它们，了解它们，与它们同呼吸共命运。是家乡的沙土地养育了我，我跟它贴心贴肺！

书虽然出了，奖也获过，但距离媳妇（现在已经是老伴了）的期望差远了。我知道她想要我的不是这个。唉，这辈子——农闲，闷热的夏季的晚上，人没法早早入睡的，两个人干脆到门洞里透风，边用蒲扇扇打着蚊子，边仰脖看头顶上缀满蜘蛛窝的黑乎乎的檩条。

哦，人生真是一晃。那年盖这间门洞房的时候，咱儿子还在你肚子里。现在咱的孙女都三岁了。

老婆儿不吱声。过了一会才说：知道那年我咋想你吗？

知道。可是——

知道后来我又咋想你吗？

我知道。我瞅她的眼睛张得很大。

其实我早看出来你这辈子就这样了。

我的心不平静了起来。也是过了好久：那你，为啥还那么支持我读书？

她瞪大了吃惊的眼：读书有啥不好吗。至少，读书的人和不读书的人是不一样的，读书的人老婆会放心很多——

接下来轮到我吃惊了。想想，老婆说的还真是。读书确实能使一个人有修养、有品德，至少能知道什么是好什么是坏，什么是应该做的什么做不得，怎么做才使得自己的人生更有意义。比方，农村闲时十人有九人搓麻，而那里找不到我。农村红白事的酒桌是个打架斗殴、惹是生非、谣言惑众的地方，我从来不在那里留恋。农村的斤斤计较、小肚鸡肠、欺软怕硬、甚至窝狗子行事的现象很多的，但我的“憨厚、最中交”是公认的。而最最让我骄傲的，我的一个 84 岁、一个 83 岁的爹妈都健在，人们背后咋说我我知道：那个田秀才（人们都这样叫我），讲孝顺，营子里头一个。不愧是读书人！

书品与人品

——读艾思奇与他的《大众哲学》

吴传玖

前些时间，我有了一次去艾思奇先生家乡云南腾冲的机会。那天我在一位腾冲友人的陪同下来到了侨乡和顺——艾思奇的故居。故居里摆放着艾先生生前的遗物，而那本书名为《大众哲学》的书被摆放在很显眼的位置。我不由自主地久久地伫立在这本书摆放的桌前，心中油然升起深深的怀念之情。

其实我最早知道艾先生是在一处图书馆的书架上偶然看到一本名为《大众哲学》的书。作者就是一位叫艾思奇的人。这本书装帧得很普通，与现在那些装帧得华贵十足的书相比甚至还显得有些土气。那时我正读初中一年级，偶然看到这个书名感到很特别，那时我真的还不懂哲学为何物。但出于好奇我还是硬着头皮抱着书翻了几页，没想到书中那简单通俗的文字竟深深地吸引了我。我觉得这书中说的既有我感到陌生不解的东西，也有我感到似乎就发生在身边的熟悉的东西。我开始以一个小小初中学生的水平去读着这本书。后来到了高中，我遇到了一位也曾经在中央党校工作过，名叫胥思海的政治课教员，我捧着这本书向他请教，他饶有幸味地给我谈起了这本书，谈起了书的作者艾思奇。如此，便知道了艾思奇是云南人，同时亦是被毛泽东主席称之为老师的马克思主义理论家。他所撰著的《大众哲学》这本书一直是一本影响很大的权威性的马克思主义通俗理论读物，有着马克思主义理论教科书的重要地位。从那时起，在我还非常年轻的心灵里就有了对艾思奇先生十分尊敬和崇拜的情结。我也一直把我后来在新华书店购买的这本叫

《大众哲学》的书带在身边，百读不厌。《大众哲学》有五大章，二十二节，每节均有标题以及解释性的大标题。每章各节的大多数段落前有一方小框，框内简略归纳该段落的内容。对当时还没有受过任何抽象思维训练，尚不具备理论基础的我来说，真正是有了阅读的吸引，唤起了阅读热情。从最初仅仅是好奇，到培养起热爱并且能够进一步地去探究这门学问的奥秘，起到了很大的帮助和指导作用。亦使之能够在我其后几十年的生活，工作和学习中去认真理解和掌握马克思主义哲学这一理论武器，认识，思考和解决现实问题，而确立正确的马克思主义的世界观和方法论。

当然艾思奇先生早已因病离开了人世。但对艾先生的学识和人品却有着一份与日俱增，难以割舍的崇敬之情。我曾经看过一篇发表在一家地方报刊上，题名是《我还是艾教员》的文章。文章记述了身为党内马克思主义权威理论家的艾先生，一次到中南海怀仁堂出席一个重要会议，一些熟识的已经在党内担任了重要职务的战友和同事在见面聊天之后便问及艾先生现在在干什么，言外之意，凭他的学识和能力，他也一定担任了重要职务。但艾先生却十分坦然和平静地说：我还是艾教员。

“我还是艾教员。”这一既朴素实在又掷地有声的回答，折射出一位马克思主义理论家视名利淡如水，视事业重于山的磊落胸怀。的确艾先生把自己一生的追求和信仰都放到了传播和宣传马克思主义的理论伟业上，直至他逝世，都还是一名始终坚持在马克思主义理论教育课堂上的教员。他任过的最高职务也只是代理过河南省开封地委副书记，中央党校副校长。可是他的学识和人品却永远令世人敬仰。他的生命就如那本《大众哲学》的书一样永远光彩夺目，他留给我们今天的启示应该很多很多。

掌握命运之线

——再读《牧羊少年的奇幻之旅》

朱莉萍

多年前就读过巴西作家保罗·柯艾略的《牧羊少年的奇幻之旅》，回想起来这是一个讲述牧羊少年在撒冷王的指引下寻找自己的天命和宝藏，最终发现宝藏就藏在原点的故事。印象最深刻的就是关于论述幸福秘密的“勺里的两滴油”的片段。前段时间，因为出差路上想带一本随身读物，这本小小的、薄薄的书非常适合，就带上了。看着看着，我发现自己被深深吸引住了，或许是因为它道出了我现阶段面临的一些困惑，并告诉我需要坚持的真理。能流传百世的作品就是这样，在不同的人生阶段和人生境遇下，能品出不同的味道，并给人以信心和勇气。这次重温这个故事，在我脑海中不停闪现的是三个词：改变、行动和努力。

改变——掌握命运之线。

书中有这样一段话：“我知道为什么想回去牧羊。我已经熟悉了羊群，它们不会让我费很大力气，并且能讨我喜欢。我不知道沙漠能不能让我喜欢……”这段话特别触动我，因为我自己也正处在变与不变的矛盾中。害怕未知、害怕改变是人性的本能，不变总是相对容易些。当维持现状和改变现状两种思想在斗争时，稍给自己一点心理暗示，就容易倾向于维持现状。

想起明代袁了凡所著的训子善书《了凡四训》。了凡先生遇上一位算命很准的孔姓算命先生，孔先生说的话在了凡先生之后的人生道路上“纤悉皆验”，连考试得第几名都不差。当了凡先生认为命数已定时，遇到了一位禅师，经过点拨，才对“立命”有了不一样的认识。所谓算命，用科学一点的说法，就是用一个人以前及现在的状态，推算今后可能的状态。就像抛物线，不在同一直线上的三个点可以确定一条抛物线，三点一旦确定，线条的延伸趋势就不可改变了。但是如果有个点稍做移动呢？那就会出现一条完全不同的抛物线。人的命运也一样，如果在某一刻，不再按照原先的既定方式来过人生，那就无法再用所谓的经验来推算今后的人生了。说到底，自己的命运是掌握在自己手里的，只要命运这条抛物线上的关键点移动一下，就会是一条完全不同的命运之路。所以，关注现时、改善现时，那么将要发生的事情就会变得更好。

想想自己，二十多岁的时候面临着无数的未知和选择，充满朝气和希望。现在三十多岁了，很多事情都慢慢开始定型了，面对变与不变的选择时，就会犹豫不决，心里想改变，但害怕改变需要付出的巨大代价。或许这时候我该想想，这个改变能带来更好未来的概率有多大，够大的话，那就用破竹的勇气去改变，让命运这条抛物线牢牢掌握在自己的手里。勇敢的人，才会有更美好的未来。

行动——一直在路上。

书中有这样一个故事：买爆米花的小贩希望四处旅行，但他却宁可买一辆爆米花车，年复一年地攒钱，等老了才去了非洲一个月。而牧羊少年却永远在实现自己愿望的路上，没有停歇过。小贩的可悲之处就在于他只知道等条件成熟后再去实现梦想，而不知道只要愿意，他是可以去创造条件实现梦想的——只要行动就行。

我们都很喜欢做规划、做准备，让生活和工作井井有条，这并没有错。但不能忘了，执行力才是真正推动生活往前的力量。就像很多人想着，存够买房的钱就出去旅行，结果买了房还要装修，装修完还要娶妻，娶了妻还要生子，等等。如果什么事都必须等万事俱备才行动，那将会错过很多人生的精彩。所以古人也发出了“明日复明日，明日何其多”的感慨。

越来越喜欢一句话：我们一直在路上。

努力——跬步的无穷力量。

书中还有这样一段话："当你渴望得到某种东西时，整个宇宙都会协力使你实现自己的愿望。"以往看到这样的话，或许我只会一笑了之："唯心"。现在我却深深地敬畏这句话。我想上面那句话中的"渴望"可以理解为渴望并为之努力。然后来看看下面三个公式吧：$1.01^{365}=37.8$；$1^{365}=1$；$0.99^{365}=0.03$。原来每天0.01的差距，一年以后就是天差地别。当我们用0.01的努力换来近38倍的回报时，不就是一种整个宇宙都在帮我的感觉嘛！

0.01这个数字，在我们的生活中显得太渺小，往往会被忽视。可是日积月累，这小小的数字就能显示出可怕的威力，它能主宰这个宇宙是帮助我们还是离弃我们。所以，不要因为小小的努力就不在乎，更别让它把我们丢向0。

其实这本薄薄的书里还有许多闪着光、等着我们汲取的智慧，值得我们在不同的人生阶段去读一读、看一看。有了一定的经历和阅历后，慢慢地发现，真理往往都是浅显易懂的，但事情就是这样，简单的道理，很多人终其一生都未必真正理解。希望上面三点小小的感悟，能为我打开一扇小小的门，让我越过迷茫和困惑。这本小小的书，我还会继续看，继续悟，让它陪伴我的人生之路。

我的读书生活

项树江

2015年，我先后或交叉性地读完了周庆武（我的同事）的抗日小说《烽火青春》、李存修（我的老乡安丘人）的地质纪实著作《岱崮地貌发现记》、边丽艳（我的同学）的文化书籍《金源文化之旅》、张军的《大清一品》、刘亮程的散文集《一个人的村庄》等5本书（去年的这个时候已读完6本书）。目前正在阅读贾平凹的小说《老生》及毕飞宇的小说《推拿》。估计春节前还能读完一两本有一定分量的书。

几年前，记得有篇文章说，中外读书的数量是有较大差距的。上网重新搜了一下，其结果是，以色列人年均读书64本、俄罗斯人55本、美国人50本、日本人40本、韩国人7本、中国人4.35本。就我个人来说，每年除了能读七八本有“厚”度的书以外，再加上一些小册子等“薄”书以及杂志刊物等也不过20多本而已。在周围人看来，我好像是个爱看书、爱学习的“书呆子”，虽然比国人平均读书数量高一些，但与喜欢读书的外国人相比，其“呆”的程度还是有很大的差距。

这几年，我潜意识中好像已把读书、看报当成了“消费、消磨”时光的一种方式方法，而且自我感觉良好，对读书的一些做法还自以为是、自得其乐。但是，在渐行渐读中，我也深刻地认识到，在获取知识、信息的同时，总感觉自己知之不少又知之甚少。

有人说，书，非借不能读也。但在我这儿却是“书，非买不能读也！非自己的书不能读也”。因为读书时，我喜欢拿支铅笔随看随划、随记、随注释、随写随笔。一本书看完后，书的扉页及里面的空间被我勾勾画画、圈圈点点，弄得面目全非、成了我的读书“作品”了。如果是借来的书，怎么会好意思乱写乱画、有“感”而发呢！如果有朋友借我的书，我会很痛快地借出去，但对特别熟识的朋友总会不自觉地叮嘱几句“抓紧看啊，看完赶紧还我”。因为我看过的书，是需要编号后收藏入箱的，而不是放在书柜里、摆在书橱上，用来充门面的。闲来无事时，我会把收藏且看过的书拿出来晒晒太阳，并重新捡拾、回味一下当时的所记所思所想。特别是对书中的人物关系、人物脸谱（对书中的人物姓名、角色，我会记录在书的最后几页上），也许会在脑中不由自主地重新检索、认识一遍的。还有，就是我会有意识地翻看、复习一下当时不认识的字词、不解其意的词句、不甚了解的史实而记录在“案”的东西（当时查字词典或通过手机上网百度后，记在书上的注释、解释）。

读书是需要时间的，时间都去哪儿了？鲁迅先生说：“时间就像海绵里的水，只要愿挤，总还是有的。”鲁迅先生还说：“我是把别人喝咖啡的时间用来工作的。”关于读书的时间问题，我很认同“只要愿挤，总还是有的”道理，关键是看你怎么去用、怎么去消费时间。据说，前几年一名印度工程师写了一篇《令人忧虑，不阅读的中国人》的文章红遍网络，引起关注。他说：“我在从飞往上海的飞机上，正是长途飞行中的睡眠时间，机舱已熄灯，我吃惊地发现，不睡觉玩 iPad 的，基本上都是中国人，而且他们基本上都是在打游戏或看电影，没见有人读书。在法兰克福机场候机时，我注意到，德国乘客大部分是在安静地阅读或工作。”

是的，我们不得不承认，近些年，我们打手机、发短信、刷微博或打游戏的时间太多，上网、聊天、看电视、忙于应酬的时间太多，而逛书店、进图书馆、坐下来看书的时间太少。还好，这几年，我自觉还算是个愿意挤时间、找空闲读书的人，除了节假日能连续读上几个小时外，一般能够化零为整式地阅读一些“厚书、有分量”的书。下班回家后，先坐在沙发上，边吃水果边休息边看书 20 多分钟，然后帮助家人做饭、忙点家务；睡觉前，把看书当成催眠术。上班时间也自觉地多看些业务报刊、书籍，以提高自身的业务水平和能力素质。

有位学者说，一个人的精神发育史，应该是一个人的阅读史。我虽然不能著作等身，但我也要向读万卷书、行万里路迈进，让更多更好的书摆在身边，随时阅读，让读书成为自己生活中不可或缺的一部分。

读书，为灵魂添香

——我的读书观

杨　立

人性之美，在于内涵。书，好书。一字一句，浇灌我们内心的花园；一砖一瓦，修筑我们精神的堡垒；一针一线，编织我们修养的衣服。在遇到困惑时，他是指点迷津的导师；在碰上风浪时，他是遮风避雨的港湾；书是夜行的启明星，书是理想的垫脚石，书是成功的敲门砖。所谓腹有诗书气自华，读书的重要意义就是：能让人生愈加醇厚而充实，能让灵魂散发出迷人的香气。

人生是一场孤独的修行。于我而言（不少人而言），书是最佳的伴侣。然而，并非所有的书都值得去读。庄子云："吾生也有涯，而知也无涯，以有涯随无涯，殆已！"。精力有限，读之有道。譬如：我是学理工科的，就偏好看一些文史类的书籍来中和一下。地学大家——李四光先生少时熟读四书五经，国学功底甚为深厚，旧体诗写得很好。曾为其学生写挽诗："崎岖五岭路，嗟君从我游。峰峦隐复见，环绕湘水头。风云忽变色，瘴疠蒙金瓯。山兮复何在，石迹耿千秋。"这便是一个文学和科学共生同行的一个典范。用文理互通来交换左右脑的思维方式不失为工作之余一种劳逸结合的妙法。归根结底：读书还是要杂读，人最好别跛脚走路，精神亦然。

酒不宜贪杯，菜亦不可死撑。陶潜云："好读书，不求甚解。"但我理解的不求甚解并不是囫囵吞枣。有些食物浅尝辄止即可，有些食物需细嚼慢咽。我们读不同的书的时候，投入时间占比不同，理解的程度也不同，所以吸收营养的深度更不同。缺钙喝奶，缺碘加盐，关键的一点在于得往最缺的地方补。正如术业有专攻。例如，地质专业相关的书就是应该咬文嚼字，触类旁通。对于工作、生产多有裨补。闲暇之余读的书多为兴趣使然，虽然也得选择，对于生活情趣自有调和，孰轻孰重因人而异。书的种类琳琅满目，选择好属于自己的精神血统，认祖归宗。故读书最好是选择性地精读。

《孟子》语：“虽有天下易生之物也，一日暴之，十日寒之，未有能生者也。”我还记得在“纪念中国人民抗日战争暨世界反法西斯战争70周年”盛典的重要讲话中，习主席说了一句：“靡不有初，鲜克有终。”这话对于我们的行事是深刻的告诫。读书也合其理，贵在持之以恒，须知冰冻三尺非一日之寒，量变才可能引起质变。我十分赞同格拉德威尔在《异类》一书中的观点：“人们眼中的天才之所以卓越非凡，并非天资超人一等，而是付出了持续不断的努力。一万小时的锤炼是任何人从平凡变成超凡的必要条件。”这倒不是说我们读书必须要遵从一万小时定律。这是用来说明坚持对于有效读书的重要性。与中国古谚“书读百遍，其义自见”异曲同工。读书得力之法在乎坚守，像文火炖母鸡一样地慢读恒读。

综上简言之，我的读书观：杂读不偏，精读有选，恒读弥坚！读万卷书，行万里路。好马配好鞍，同样好书才能让我们的人生锦上添花，生命的充实感和存在感愈加强烈。厚积薄发吧！生命！正因为我与读书产生了不解之缘，并且坚持阅读适合自己的书，所以我在野外开展工作时，看山不仅是山，看水不仅是水，更增添了一份读书所赋予的特有的人文情怀。漫漫人生，书山有路勤为径，毕竟路就在我们脚下。这旅行并不孤独，远方有一个馥郁的灵魂等我们共舞。拿近年来的流行语，身体和灵魂总有一个在路上。

好了，背上书，我要出发了！你呢？

常读经典，精神明亮

雪　樱

常读经典，精神明亮，这是我多年读书的深刻感悟。

经典是茶，细细品咂，泛着历史的醇香；经典是酒，慢慢回味，弥着岁月的味道；经典是水，无声滋润，蕴出生命的智慧。就像我们家乡的泉水，清澈，甘甜，洁净着我的身心，赐予我源源不断的力量。和着岁月读经典，与书为伴，学无涯、思无涯，其乐融融，我收获太多的快乐与感动。

每个人的阅读史，也是人的成长史与文化史，充满着初探的好奇、掘进的惊险和抵达的欢喜。16岁那年，我患上一场大病，全身关节变形，疼痛形影不离，我坐在了轮椅上。花季，下起了倾盆大雨，我是说不出的心痛，苦闷、彷徨、绝望、无助；天天以泪洗面，稍稍一动，浑身便像过电流一般痉挛，那段时间，恍若在火上煎熬。后来，经过治疗，我能够坐起来看书了，生命迎来新生，那时的心情如冰心的诗句：“病后的树荫，也比以前浓郁了，开花的枝头，却有小小的果儿结着，我们只是改个宠儿相见啊！”

朋友送来一本海迪大姐的《轮椅上的梦》，红色的扉页，像一团火焰，瞬间点燃了我的心房。残疾少女方丹的坎坷经历引起我的共鸣，她在乡下最艰难的时候，好友黎明送来的书籍为她带去无尽的力量。

“任何化学物质产生的火焰终将熄灭，用生命点燃的火焰永远燃烧。”这句话深深地激励着我，不畏困难，重拾梦想，勇敢追梦。从那以后，我读书上了瘾，也踏上了文学创作的道路。

“搁在书架上，以备一千次、一百万次被人取下”，很多时候，经典作品的魅力就是这样，叫人一次次地拿起，爱不释手。《羊皮卷》《钢铁是怎样炼成的》《穆斯林的葬礼》《约翰·克利斯朵夫》等，让我如饥似渴，在文字构筑的世界里自由遨游，忘掉病痛，告别封闭，获得精神的充实和愉悦。起初的时候，我经常请作家朋友推荐好书，但经过长期体验，才懂得，适合自己才是最好的。别人的阅读路径，你无法重复，而我的阅读感悟，也是外人所不能复制的。人的寿命有限，不可能读遍所有好书，因此，有选择的阅读，常读经典，就成为一种必须。

然而，互联络时代，电子阅读渐成气候，碎片信息充斥着我们的眼帘，现代人被各种潮流“生吞活剥”，这个时候，经典阅读的重要性不言而喻。我把经典阅读比做一杯牛奶，营养、补钙，有益健康、精神明亮；而电子阅读则像一杯可乐，畅快，过瘾，但经常饮用就会对身体造成损失，包括那些畅销书籍，也是同样的道理。常读经典，多读经典，成为我的生活方式。

经典需要慢读。慢读，是一种态度：既是怀揣虔诚，敬畏古人或先人的智慧，也是慢慢消化，坦诚交流，品读精彩的细节，咀嚼思想的“干货”。经典作品是经得住时间考验的，作者的倾注与构思也是无与伦比的；很多时候，浮躁的心灵无法走进那些大师的心灵，功利的眼睛也看不透作品的内涵，“名著之伟大从来不在于它所谓的中心思想，而在于围绕这个中心思想，它拥有太多人人心中有而个个笔下无的动人细节，正是这些细节，诠释了亘古不变的真理”。我常常是，第一遍粗读、快读，第二遍慢读、细读。慢读的过程，是从文字的褶皱里汲取营养，撷取智慧。

今年重读《平凡的世界》，小说中有个关键词：栖惶，令我感悟颇深。栖惶，不只是物质上的贫瘠，更多的是反映人心灵的不安。当少安为找媳妇发愁的时候，他是栖惶的；当他从山西带回秀莲后，他还是栖惶的，既有对润叶的不舍，还有深深的无力感；少安办起窑厂后，他是栖惶的，为不能接济乡亲而感到愧疚；他下定决心贷款扩建窑厂后，他还是栖惶的，后来因操作失误以失败告终，欠下一屁股债。想想，人生，何处不栖惶？栖惶，是生存之状态，也是生命之韧性，就像书中的话，“人啊，忍，韧，仁。”这样的慢读，使我更加理解路遥，也变得更为坚毅。

经典需要静读。静读，是一种方法。张炜先生曾倡导：“静读经典，回归传统。”他还说，当下我们忙于奔波，时间那么少，就该拿来读好书。所以，读经典，更划算、更过瘾，眼界会更高。所谓“静读”，不只是安静阅读，更多的是过滤、抵抗、回归，滤去外在的躁动，找回真实的自己，守住精神的家园。央视主持人白岩松带研究生，“东西联大”的最后一堂课上，他为学生泡功夫茶喝：30 分钟内，谁也不许说话。从静开始，是一种提醒，而静读经典，也是一种教化：告诫我们，远离各种诱惑，抵抗庸俗，拥有定力。

以《红楼梦》为例，开始读的时候，我沉溺于宝黛的爱情，以及大观园的热闹场面之中，“花红柳影，鸟语溪声”；而静读使我潜心钻进红楼的世界中，拨开表面浮华，触摸经典的肌理，感受人物的灵魂：读出诗香与书香，馥郁心灵，读出温度与襟怀，陶冶精神。字里行间，氤氲着雪芹的大情怀与大悲悯，也让我明白了鲁迅先生所说的“人情小说”的深义。“花落水流红，落水落花春去也”，人世间的盛衰、荣辱、聚散、欢悲，淋漓展现，叫人慨叹。而语言的新雅与灵性，使我回味不尽，“丝垂翠缕，葩吐丹砂”，“角门虚掩，微月半天”，一字一句，吐出汉语的馨香，思考与琢磨的过程，也提高了我的悟性。读书又好比串门，挨家挨户拜访圣贤，一本书引出一连串的“亲戚”，叫我流连不已，挪不动脚步，生怕错过任何一本好书。

经典需要常读。常读是一种习惯。苏东坡说过：“旧书不厌百回读，熟读深思子自知。"常读常思，常读常新。作家史铁生在《扶轮问路》中说过："读书不要多，要诚实，不在乎多，在乎善思。"他还引用刘晓枫先生的话："古圣贤们早有一门隐微写作的功夫，即刻意把某些思想写得艰涩难懂，为把那些读而不思的人挡在外面，以免自误误人。"每年寒暑假的时候，我都会重读古典文学，《论语》《孟子》《世说新语》《古文观止》等大部头，还有《百年孤独》《老人与海》《悲惨世界》《荒原狼》等。天冷的时候，坐到双腿冰凉，酷暑的季节，汗水湿透衣衫，我像蚕吃桑叶一般，孜孜不倦，常常忘记吃饭，那个过程，也是一种历练。而自己喜欢的一些书籍，置于床头，经常拿出来温故。常读是提升，是积淀，我养成了两个不变的习惯：一是专注，每次阅读都会专注一个点，或是一个问题。有些时候，遇到喜欢的篇章，我会抄录，不觉中便能够背诵下来；二是，认真写笔记，记录要点与感想，至今已经记录十余本笔记了。每过一段时间，我都会拿出来翻看，写作的时候，翻出来查阅资料也很得心应手。

常读经典，提高我的文学素养，心灵变得强大起来。生活中，遭遇磨难，能够乐观直面；日常中，与人交往，懂得宽容大度；写作时，遇到挫败，学会坦然对待；更多的是，常怀感恩，保持谦卑，精神世界因此变得明亮而安宁。我越来越觉得，安静阅读，是一种莫大的福气。穿越时空，与古人对话，向圣人请教，倾听伟人的真知灼见，是多么豪奢的事情：有一种感动叫"雪夜访戴""管宁割席"；有一种高雅是"读书藏书、赌书泼茶"，即李清照赵明诚夫妇的生活情趣；有一种境界是"眼中无书，心有有书"，陈寅恪、章太炎、冯友兰等大师的背书工夫，使我倍感惭愧，崇高修养让人仰视……

常读经典，也是改变气质的过程，用林清玄的话说，便是"生命的化妆"。一本经典作品，就是一个制高点；一位伟大作家，就是一个精神坐标，使我们坚守自己的底线与理想。"止谤莫如自修"，最好的自修，便是安静阅读；“读书深处意气平”，最好的调节，便是独处阅读。王小波说过，“智慧本身就是好的。有一天我们都会死去，追求智慧的道路还会有人在走着”。常读经典，就是追求智慧，筛选出大浪淘沙后的金子，照亮我们的心灵，走向真正的幸福；对我而言，这是长途跋涉后的返璞归真，遇见更好的自己，涤洁灵魂，磨砺精神，温暖一生。

《大地的朗读者》（诗二首）

——读《生命在大地上闪光》

孙大顺

那些未能说出的，大地也不能将它合上
那些未能经历的，草根一样隐秘的蔓延
我们渐渐老于崭新的一天
老于每一个饱满的夜晚，老于生活中留守的隐疼
而你，一个大地的朗读者，永远留在31岁
永远的年富力强，没有疾病和劳累
守护着你深深眷恋的这一片热土
做一个烙在边陲尽职尽责的国土人

省略了一个加号，“五加二”“白加黑”
省略了生命中随处可见的抒情时光
减去了一个地质灾害隐患
减去了一件宅基地纠纷，减去了一个疑似问题图斑
做一个葱郁的梦吧，一缕晨曦喊醒了靖西的山水
那被他关照过的稻田记得，被他丈量过的道路记得
那被他保护过的矿山记得，被他碰落的露水记得
大风过后，那一道天幕上划过的闪电记得

记得一个人肩上的蓝，一个人的无畏和忠诚

在辽阔的祖国，一个叫安宁的地方
他腾空自己，怀抱着青山绿水，蛙鼓虫吟
三月的乡村，河岸野花盛开，迷蒙的春光
为你送行。盛夏的傍晚，久久不语的暮色
为他送行。金黄的秋天，所有的稻穗都起身为他送行
霜降过后，接力的星光照亮你回家路程
人间五谷活着，他就活着。仿佛，他还在身边

像灯盏一样亮着，他的爱那多河一样满
古龙山峡谷一样纯净。爱被一再放慢
爱深深眷恋的土地，爱停不下来的工作
爱让人纯粹，也让人寂寞。他用一把贴身暖过的尺子
丈量着做人的温度和良心。唯有品行高洁的人
才能用一把尺子撬动人情世故，满怀深情地绘制一卷春色
歇歇吧，我的兄弟。用一朵花开放的时间
洗净裤腿上的新泥，看看屋檐下就要出嫁的燕子

行走在田间地头，一定要抬头和布谷鸟打招呼
顺手给月亮寄上一枚圆圆的邮票
在妻儿的身边，要借来一些闲适的时间
用流星、晴朗、泉水、柴火、三步并作两步的爱
不能言说的愧疚和沉默，来安顿亲情
一座新房子和一个幸福计划，让我们的心
越来越辽阔、柔软、干净。仿佛，他还在身边
一个名叫韦寿增的人，一个大地的朗读者

《风把中年吹成了树叶》

——读刘杰《中年危机》

风把中年吹成了树叶，青丝成群结队
返回故乡，留下星光自照料岁末
半生和中年惺惺相惜，黑夜患上重病
必须按时服下一抹晨曦

我把你养成了闪电。忽明忽暗
山水像囊中之物
越来越薄的白纸不再守口如瓶
镜子开口说话。我日渐慵懒

飞起来吧，波澜。你已起伏得太久
落下吧，热泪。你在眼眶里转得冰冷
清水和药片，就像墓地和医院一样无法切割
时光的那头，我会是你的谁

幸福一路小跑，阳光和雨滴同时抵达
多年前，我把自己伪装成风暴寄给你
现在，我们在似曾相识的暮色里
像模像样地告别

读书的乐趣

宫志强

大革命家孙中山先生说过："我这一生除了革命就是读书。我一天不读书就无法生存下去。"

的确，读书是学习的最直接的手段。有人把书籍比作精神食粮；有人把书籍比作人类进步的阶梯；有人把读书比作打开心灵之窗，认识世界，认识人类的工具。无疑，现代文明社会中，书籍，是富有文化素养的人须臾不可离开的东西。

在一个文明发达的国度里，读书的风气是非常浓厚的。它是一种自觉习惯，是一种无形制度，是人们精神生活的一个重要内容，是一个国家经济科技文化不断向前发展的强大动力。

"心静"是读书的首要条件。拿着一本好书，沏上一杯好茶，坐在写字台前，摒弃浮躁和喧闹，静静地翻阅，静静地思考，静静地做读书笔记。既从书中汲取了丰实的知识养料，又激发了自己的想象力、判断力、创造力；既能回眸历史，又能注视现实，还能放眼未来，真是一种高雅境界中的精神享受。

每个人的读书习惯是不一样的。郭沫若先生曾说过，他一辈子读过很多书，但从来不做读书笔记，从来不写读后感，从来不在书中的所谓"重点"处划杠杠做记号，而是把书中的内容和道理全部装进了大脑。他认为，书的内容没有重点不重点之分。如果书里有重点，那把"重点"挑出来不就完了，何必要写厚厚一本书呢？郭老的这个观点很有意思而又耐人寻味。毛泽东同志读书的习惯，是对书里内容圈圈点点，把读书时产生的感想及时写在书页的空白处，写得密密麻麻、满满当当，有时读完一本书，他的读书感想自然也成了一本书的初稿。

法国的大哲学家卢梭说过，他读一种书从来不能超过一个小时，否则就厌倦了，他是定时地换着看不同的几种书。一天能看七八种，才有读书的兴趣，不觉得疲倦。大科学家爱迪生，喜欢集中时间集中精力攻读一本书，拿到一本好书他能从晚饭后捧读到第二天凌晨，一气呵成读完，中间如果停顿，反而失去兴趣。真是读书习惯，各有所爱。

我的一个朋友说过，尽管现在电脑技术发达，电子书库储存着千万种书，随时可从电脑上调阅查看，但他还是要定期到书店去购买他喜欢的纸质书籍，回到家或坐在沙发、或倚在床上慢慢翻阅。他说，翻阅纸质书本与从电脑上读书，感觉是绝对不一样的。我的另一个朋友是学计算机专业的，但直到现在只看纸质书，出差时无论坐火车还是乘飞机，都要带上几本纸质书，从不用笔记本电脑看书。

列宁是读书写作的天才，假如别人看一本需要五六个小时，他只需要一个多小时就能看完，而且能背诵出书中的主要内容段落，其阅读速度和记忆力令人惊叹。列宁读书涉猎广泛，历史的、经济的、军事的、文学的、科技的、政治的、哲学的，等等，多多益善。毛泽东偏爱看历史书，而且是线装本古籍，今天看不完，插上纸条做记号，明天继续看，天天月月年年如此，如《资治通鉴》，百看不厌。为了读书，毛泽东利用了一切可以利用的时间，即使生命快走到终点，他还向医生索要书看。他提出：“让读书学习占领工作以外的时间。”对他来说，读书既是求知，又是休息，难以分得太清。他能够带领人民推翻蒋家王朝，他从未上过军校却能成为伟大的军事战略家，因素当然很多，但爱读书爱思考，恐怕是重要因素之一。诺贝尔奖获得者物理学家李政道，工作之余爱看文学和历史书。他年迈时回忆，年轻时特别喜爱文学和写作，如果不是从事高能物理研究，有可能成为一名作家。火箭专家钱学森，业余时间爱看音乐之类的书，他特别愿听交响乐，这可能是受他夫人的影响。相对论创造者爱因斯坦，工作之余专攻五线谱书籍，因为他是一名水平高于音乐专业人员的小提琴手。

数学家华罗庚，一辈子只读数学方面的书籍，其他学科的书籍，基本不看。大法学家王铁崖教授，一生专注于执著于“国际法”的研究，很少阅读国际法学以外的书籍，因而在国际法学领域功力极深，独领风骚。在他眼里，国际法是人类社会通向宁静与和谐的必经之路，正因为术业专攻造诣极深，他才能简洁明了地概括出人人都看得懂的国际法内涵：“国际法就是不同国家共处的游戏规则。”鲁迅先生小时候喜欢坐在家乡小城涓涓细流的小溪边，捧阅诵读。长大了进大城市以后，“躲进小楼成一统，管它春夏与秋冬”，喜欢憋在家中书房里，不断抽着劣质香烟，埋头读书和写书。他说过，哪有什么天才，我是把别人喝咖啡打麻将的时间都用上了。他之所以能成为中国的文学泰斗、思想先驱，得到毛泽东在不同场合的高度评价，也就不难理解了。

单位上有位高级工程师，是土地测量方面的重量级专家，他业余时间最爱看的，是政治外交和名人传记方面书籍，对外国历史上的政治家军事家法学家，他几乎都能说出来个一二三，真是技术界的奇才。我有一个老友，孔子的第 73 代孝子贤孙，是山东省地质大师。工作时，谈起地质学知识和矿政管理，侃侃而谈，并有多本地质学的专著；业余时，谈起历史、政治、经济、旅游、文学、科技等，同样侃侃而谈。我想这同他平时里博览群书，好学善思是分不开的。

大部分读书人喜爱藏书。我到过山东大学一位经济学教授家里做客。其书房三面墙壁都是“顶天立地”的书橱，里面耸立着高低不平、厚薄不一、学科不同的各类书籍，让人赏心悦目之余又感受到了浓浓的文化气息，久坐畅谈不愿离去。民国时期，大国学家陈寅恪先生，留洋多年，没有拿到任何学位学历证书，却满腹经纶，造诣极深。据说，他藏书3000多本，即使是战乱时期，也不舍得丢掉，而是装入几个大箱子里跟着他颠沛流离，真是嗜书如命！难怪傅斯年说：陈寅恪是真正的读书种。大书法家兼作家沈尹默先生，一生作品颇丰，却不喜藏书。据说他家只有一个小书柜，里面摆满了古董花瓶之类，不见一本书。国画大师刘海粟曾经风趣地说，书橱除了摆放书籍的实用功能外，还有装饰功能——补壁。

爱因斯坦曾说，人一生总不能老是读书，人过50岁以后就不宜再多读书，老是陷在书籍里会影响人的思考能力和创造能力。这种观点受到许多喜爱读书的人的指责，说这不像大科学家该说的话。应该是“活到老学到老”。但我体会，爱翁的意思是，人既要勤于读书，又要善于思考；既要能坐在书房里捧读钻研，又要能走出户外积极参加社会实践，在实践中培养才干；即要善于积累积淀，更要善于创造创新。老是停留在“积淀”的境况，没有任何创造发明之举，人生就没有多大意义了，也就失去了读书的本质目的。正是爱翁有着超于常人的想象力和创造力，才创建了人类社会的伟大科技成果——相对论。

一个真正的人，会终生与书相伴，从书中不断汲取奔涌不竭的知识清泉，来充实自己的思想，充实自己的生活，充实自己的事业，充实自己的人生！

大地疾驰伴书香

穆学仁

我是一名火车司机，长年驾驶机车奔波在千里铁路线上，寒来暑往，可以说饱尝着艰辛与孤寂。但感到欣慰啊，是书香使我忘记了疲劳、放飞了思绪，因为，她的倩影始终不离不弃，与大地疾驰一路同行。在书香的陪伴下，在朝霞的映照里，在追寻梦想的道路上，我一步步地走来……

书香心仪，独享一见钟情。童年时，我便接触到了《水浒》《三国演义》《岳飞传》等小人书。“文革”期间上初中，我又翻跳进了被查封的校图书室，“偷”到了《青春之歌》《红旗谱》《静静的顿河》《悲惨世界》等一批中外书籍。书香芬芳，阅读着作品中的故事情节，我的心灵一次次与之碰撞，从而，也对人性的真善美、假恶丑有了初步的认识。

记得，在上世纪80年代末，而立之年的我参加了成人自学考试，不难想见，一个只相当于小学文化程度的“文革初中生”，要自学大学课程谈何容易？可令人欣慰的是，以前阅读过的中外文章却帮了大忙，许多熟悉的作品竟出现在了复习大纲中。作品的作者、时代、内容、人物、特色等，似乎既清晰又模糊地还流淌在我的记忆里啊。正所谓磨刀不误砍柴工，读书的积累，无疑减轻了其他应试科目的压力。三年后，当红绸面的自考大专毕业证书摆在书桌上时，我仿佛已品味出了“书中自有颜如玉”的含意。

人生短暂，书海情长，撷一曲“腹有诗书气自华”的千古传唱，才能尽览用心良苦！可见，读书“如鱼入水，冷暖自知”，有的人浮光掠影、一目十行，有的人精研细究、字句斟酌……但无论怎样，却都有一个共同点，那便是开篇有益。改革之年，一篇报告文学《哥德巴赫猜想》把我吸引住了。我想，自己为什么不能像文中说的一样，不达目的决不罢休？对啊，一个人是要有点梦想的，为此，我便萌发了写作的念头，但是，却高兴得太早了，几年间，一次次投稿一次次败北。不应该呀，难道"书中自有颜如玉"也会捉摸人？我疲倦了、消沉了，心中惆怅万分，大有"万里悲秋常做客，百年多病独登台"的感受。

还是书香给予了我信心和力量，让我懂得了不懈追求的重要。书香没有刻意地说教，却以一篇篇自强不息的文章感染、呼唤着我。这期间，我阅读了《平凡的世界》《红楼梦》《战争与和平》等多部作品，在一遍遍揣摩、一次次诘问中反省、构思。在我们西部铁路，多数地段处于崇山峻岭、大漠戈壁中，在穷乡僻壤的沿线各处，有着许多守桥人和护洞人，而这些人又多为女性。她们撇家舍业守护着一条线路，夫妻两地分居的酸楚、聚少离多的苦衷以及家长里短的诸多烦恼，不知又有谁能说得清？在那时，相互间的联系方式太单调了！对此，我有着切身的体会，因为，我的妻子就工作在附近的186地质勘探队，地质勘探人很忙，身影总是在大山荒漠中穿梭，所以，我与妻子相聚之时，便是在每年那短短的12天探亲假里。大千世界，还有多少人同病相怜！

这时，书香仿佛轻柔地说，素材的关键在于勤奋和捕捉呀。思索中，一个亮点忽然间闪过，对啊，在我们跑车人中，就有一个火车司机的爱人是看洞工，而他们夫妻之间私下约定的联系信号，竟然是在火车开到隧洞前的鸣笛方式，当听到了熟悉的汽笛声，妻子肯定会站在线路边的老地方，与呼啸而过的丈夫默默对视。找到了，找到了，还有什么能比如此期盼更动人，一时间，我真的好想知道，那长短可辨的声声汽笛，可是牛郎织女眺望星河的传承延续，那疾驰大地的车轮，又在倾诉着人世间几多悲欢离合？欲罢不能啊，这是多么好的素材、多么动人的故事。我如获至宝，反复推敲几易其稿，然后便将一篇《特殊的爱情信号》的文章投了出去。至今，我还记得这篇小小说在人民铁道报刊登后，一道跑车的司机们拿着报纸、大呼小叫、嚷嚷着非要我请客的场面。

不以物喜，不以己悲。书香敞开着博大的胸怀，使我学到了智慧、增添了追求和拼搏的勇气，同时，也清晰地从铁道线、列车上、工友中、妻子的眼神里，看到了火热的生活、脚下的土地、矿藏的勘探，世事的艰辛，是多么值得去讴歌。多少个日日夜夜，在书香的鼓舞和循循善诱中，我与笔墨稿纸为伍，默默地走在这条没有鲜花、没有掌声、没有舞伴、没有音乐的路上。那时，刚实行成本核算，我经过实地调查，很快便采写了一篇通讯《浪里淘沙始见金》，介绍了单位上节约成本的经验。嘿，没有想到，文章竟在《中国科技报》《教育报》发表了，还引起到了较大反响，使节约光荣的风气在机车上迅速被发扬光大。铁路大提速开始，我又采写了一篇《祁连山下铁马奔腾》的通讯，发表在《人民铁道》报，见报后，也较好地调动起了大车们提速保安全的热情。

是书香拓宽了我的视野和知识，也增强了我弘扬先进鞭挞丑恶的信心，我相继在各类报刊又发表了《身怀绝技驾龙人》《大漠团旗火样红》《岂能唯我独尊》等一批新闻作品以及多篇职工教育论文，都收到了较理想的效果。在这条路上，书香把我紧紧拥在怀抱里，我又如饥似渴地拜读了《红高粱家族》《没情况儿》《孤变》等文章。到了上世纪 90 年代，我竟然也有多篇新闻通讯和百余篇文学作品见诸报刊。

回首往事，催人奋进。我知道，读书没有终点，只有起点，读书需要静思，做到既不迷信权威，更不可“一叶障目”。要细读书读好书，吸吮精髓去赞美生活、感恩土地、歌颂阳光。就此，我怀揣着期盼，又开始了有选择的阅读，从而思绪便徜徉在了《白鹿原》《活着》《耻》《人性的污秽》《行者无疆》《胭脂雨》等作品中。每每读到亲切时，似乎就有了一种冲动，就有了写作的欲望。这期间，我又在各类刊物发表了《天路》《火车驶过的岁月》《风雨列车》《一碗泉，绿色梦》等多篇文学作品。

大海吞吐日月，读书气象万千。书香脉脉含情，毫不吝惜地让我登高望远，收获了很多很多。由于工作成绩突出，2002 年，我被选拔到了单位教育科工作，在很好完成本职工作的同时，我又先后在《人民日报》《工人日报》《中国教育报》《民族文学》《铁路文艺》《短小说》等报刊发表了多篇作品，并先后荣获了中国作协文学创作二、三等奖，广亚会、弘邮杯、中国教育报等征文一等奖以及连续荣获五届火车·人征文优秀作品奖。2005 年，我被中国铁路作家协会吸收为会员，2009 年，又被授予铁路“职工艺术家”荣誉称号。在以后的日子里，我又读了《追寻彭加木》《李四光传》等一批纪实文学作品，那呼之欲出的主人公形象，令我感慨万千，他们与祖国、人民、大地同呼吸共命运的情操，不正是我们一代又一代人、前仆后继追寻着的中国精神吗？

书香淋漓尽致，努力水到渠成，终于让我得到了理想的收获。在此之前，我心中的确还颇有些成就感的，可是，当翻开一本新书阅读时，这种自满的念头却烟消云散，因为，那飘逸的书香仿佛又在说：朋友，你才刚迈出了第一步啊！

生命意念与文化人格的延续

——读徐观潮历史文化散文集《失落的文明》

詹冬华　邹亚群

一直以来，鄱阳湖像是鄱湖子弟心内的一汪清泉，广袤、博大、美丽。而对生于斯，长于斯的徐观潮先生来说，鄱阳湖显然并不仅仅如此。他的血液中似乎都已经渗进了鄱阳湖水，他了解她，就像了解自己一样。

《失落的文明》一书，从生态话语、历史气韵和文化人格等三个层面，围绕鄱阳湖，对其进行了一番深刻而极具厚重感的呈现。

一、天人相亲的生态话语

鄱阳湖是中国第一大淡水湖。地球的运动变化造就了这美丽又可爱的彭蠡之水。“沉枭阳浮都昌，沉海昏起吴城”，沧海桑田之变，古彭蠡最终演化成如今容貌艳丽、心灵澄澈的鄱阳湖。

徐观潮先生在书中详述鄱湖之美，深抒鄱湖之爱。首先，他从地理科学的角度阐述了鄱阳湖的产生及变迁，又细述两类神话，解释民间盛传湖之成因。或许渔民们并不想知道何谓燕山运动，只知道颇具人情意味的彭蠡开湖。千百年来，渔民们依靠着湖穿衣吃饭，生产生活，在湖上生老病死，繁衍生息。正是因为如此，湖与人才能在漫长的相处过程中和睦相亲、水乳交融。

彭蠡既潴，阳鸟攸居。鄱阳湖的丰饶博大使之成为候鸟的理想栖息地。人类依水而生，鸟类也傍水而居。人鸟之间因着彭蠡之水而结缘，形成最亲密的邻里关系。人的灵性和鸟的灵性结缘在一起，才会有天人相亲的快乐兴盛景象。人类的迅速扩张，必然导致生存环境的不堪重负，抢占其他生灵的生存空间。兽语不同人言，它们没办法向人类表达自己的抗议与恳求。然而，这并不意味着人类可以忽略大自然生灵该有的平等的生存权利。天地之间，人类何其孤独。鸟类的情感触觉并不比人类迟钝，甚至比人类更加纯洁、纯粹，不掺杂一丝虚情假意。雁对伴侣的忠诚专一，对同伴的关心帮助，对施恩者的感激回报似乎比人类的情感显得更加真实而自然。候鸟短暂的一生充满痛苦和艰辛，它们为了生存而不断迁徙，迁徙途中的艰辛苦难大概构成了鸟类的生命常态。它们在这样的生存方式中尽显物竞天择的严苛与残酷。与之相比，人类并不二致，人类也在天灾人祸的苦难之下繁衍生息。如今，人类似乎已经意识到必须停止对环境的过度利用，对生态平衡的摧毁。因为，这些过度行为已经对人类自身利益造成损害。然而，人类是否也该站在其他生灵的角度考虑问题。作为万物灵长的人类，真的就意味着是万物的主宰吗？

徐观潮先生在这里讲述了“鸟痴”老李的真实故事。老李精通古诗，洞悉鸟性，在鄱阳湖畔开办候鸟医院，倾注其纯净的爱鸟之情，用心呵护这一方鸟的天堂。正如作者所言，老李已经完全把自己融入了鸟的世界和人的诗情画意里。老李就是一只留守的孤雁，身无彩翼，心随云飞，值守在这人与鸟的家园，转译兽虫鸟语，把另一个生命世界的情感语言刻在这漭漭的草洼湿地。

抛却人类中心主义，作为万物灵长，人类更该保护同为自然之子的万物生灵，肩负起维护自然生态伦理的义务。

二、悠远苍凉的历史气韵

鄱阳湖从历史的深处走来，不带一丝犹豫，不留一丝遗憾。只是，那深不见底的湖水中不知藏了多少前尘旧事，我们为之唏嘘兴叹，却不知我们也正在成为鄱阳湖新的一个轮回往复。人生代代无穷已，江月年年只相似。鄱阳湖不动声色地体察着生命轮回、四季更替，鸟类迁徙、人世兴衰。

徐观潮先生客观而周详地考察了鄱阳湖大战的史实和民间传说，既科学可信，又不乏口耳相传之间的温情。这是一个在鄱阳湖边长大的人所特有的能力，既能了解湖的壮烈不凡，又能体察其不为外人所道的细腻与偏爱。历史更替的完成的确源自于战争的成王败寇，王者的成功站在了历史的最前端，败者的语言则湮没在浩瀚的湖水当中，这本无可厚非，然而，老百姓的心里自有一把是非曲直的秤杆。

洞天福地，人杰地灵。鄱阳湖是灵气充溢之地，自然聚集神仙，人才辈出。神仙真人在鄱阳湖留下足迹又遁迹了，但他们的踪影却在。后人在追仙寻真过程中发现原来仙人的踪迹早就在凡夫俗子的柴米油盐酱醋茶中遁形演化，成了寻常物。或许，所谓的仙人仙迹本就来自凡夫俗子的人心常情。正如陶潜先生的桃花源，谁说不是化形于这苍莽俗世，又匿迹在理想破灭的失望中呢？

仙人也好，凡人也罢，他们终究向着时间的那一头慢慢远去，留下一个渐趋淡漠的背影，或忧伤、或快乐，而关于他们的传说则会一直在鄱阳湖畔流传。历史终究已然过去，一湖洗尽铅华事，徒留后世怅哀情。我们留不住岁月的辉煌和璀璨，岁月却留下了我们的感怀和孤独。徐观潮依湖而立，凭湖伤悼。悠远而苍凉的历史气韵在这里展露无遗。

“沉枭阳，浮都昌；沉海昏，起吴城。”原来亘古不变只是人们一个不切实际的念想，天道轮回于世界万物，即使厚重如大地，也须在沉浮起落之间完成一次次生命意念的延续，而何况脆弱渺小如人类。

三、鄱湖百姓的文化人格样式

徐观潮先生在散文中具体而微地叙写了鄱阳湖地区百姓的生存样式，对湖区百姓的文化人格进行追溯与重塑。

不同于城市人基本脱离土地的生存方式，在鄱阳湖边生活的百姓自然依托着丰盛的湖中产物及其湖水灌溉下肥沃的土地而给养自足，繁衍生息。所以说，称鄱湖为母亲是最贴切不过的了。湖区百姓所有的生命活动似乎都离不开这一湖清水滋养。耕种、打鱼、外出、读书、从商，正是这一湖清水成就了鄱湖文明。

在农业时代，湖区百姓日出而作，日落而息，耕种渔猎，勤恳作业。他们完全依水而生，傍水而长。鄱阳湖最天然的产物给渔民们带来了食物和财富。渔民们在这鄱阳湖畔世代捕鱼，生养繁衍，心存敬畏地获取大自然的给养，尽享大自然的包容之爱。过度地攫取只会得不偿失，心存敬畏是渔民们世代生存的习惯，也是传统文明的智慧所在。

鄱阳湖水的灵气赋予了鄱阳湖子民别样的灵巧与机智，到了水运时代，鄱阳湖流域出现了四大辉煌且显赫的商业古镇，在这千年的历史中，四大古镇因水而兴，因水而荣，因水而衰。考察得知，江右商帮的繁荣兴盛并非空穴来风，更不是偶然得之。任何经济的昌荣都不只是单纯的商业实力竞争，更是厚重的人文实力的显现。和合共赢、重情轻利、团结进取、包容厚德是江右商帮得以举世瞩目的重要因素。四大古镇扼守着江西的五大河流，观千帆竞渡，看百舸争流，阅人间沧桑，享千年荣宠，风光无限。然而，对于现代工业社会来说，贪婪与唯利是图成为现代商人难以摆脱的标签。庆幸的是，鄱湖子弟中还有这么一位良心企业家，遵从圣训，反哺乡梓。这也是对江右商帮之传统商业精神的良好传承与重塑。当今时代，文化精神的传承显得尤为重要。见微知著，鄱阳湖未来的辉煌，或许可以尤胜于前。

不管是农耕文明所展示出的生态智慧，还是曾经的商业重镇遗留下的优秀人文气质，都在徐观潮先生的文字中得到很好的追溯和重塑。而其中最为突出的莫过于对文化灵魂的敬畏与信仰。

治学授徒曾经风靡鄱湖地区，鄱湖精魂在书院文化中得到最大的传承，那时的书院成为文化的摇篮、文化精英出没之处。也是文化传播和文化思潮风起云涌之地。陈澔和他的云住书院因着某种现代化的潮流而一夜成名，却在还未来得及睁眼面世就沉沦在喧嚣的尘俗里，被人们冷落，遗忘。

民宅门梁上的“耕读传家”依旧是鄱湖子弟坚定的精神诉求和文化信仰。他们在耕作之余，敬畏于“读”，于熙熙攘攘之外，坚守住鄱阳湖的最后一湖清水，坚守住鄱湖子弟的该有的生命意念和文化品格。

生命意念加文化人格是散文集《失落的文明》的文眼所在，是鄱阳湖奔流不息的魅力所在，也是鄱阳湖人的灵魂所在。

蹉跎莫遣韶光老

杜启龙

小时候，最幸福的时候就是躺在父亲的臂弯里，听他讲一些离奇古怪的故事。

那时候，乡村没有电，更别说什么娱乐设施。天一黑，我就闹着父亲到床上去。如果是夏天，会在院子里铺一凉席，我枕着父亲的胳膊，透过树梢，仰望着天空闪烁的星星，听他讲牛郎和织女。

父亲是个文盲，从没上过学，可在我眼里，他就是一个取之不尽的大宝藏。那里面不仅有牛郎织女，还有嫦娥，还有武松、宋江……随着时间的推移，我终于发觉宝藏的枯竭。当我晃着他的脖子让他讲故事时，他连连说着好好好，就开始讲起来：从前，有个放牛娃，叫牛郎……

这个听过一百遍了，换个，换个。

在梁山有个好汉，叫武松……

这个听过一千遍了。我有些不耐烦了，高声喊着，换换换！

父亲无奈地说就会讲这些。还说自己不识字，又不看书，哪有那么多新故事啊！他嘴里小声说着，就响起了鼾声。

那个夜晚，我第一次听说了一个叫“书”的东西，感觉里面光怪陆离神秘莫测。

没多久，我真的领略到了书的魅力。我家新买了一盏罩子灯，比普通柴油灯不知亮多少倍。一个飘着蒙蒙细雨的晚上，上小学三年级的二子来到我家，说是想凑下我家的灯光。

他从怀里悄悄掏出一本厚厚的长方体的东西，封面上还有彩色的图画。我瞪着眼睛看他轻轻打开，一页页地翻看起来。我忽然明白，这就是书。我的眼前一亮，赶紧跑到妈妈身边，说也想看看那本书。

母亲对二子说，一个人看多没意思，你读出来吧，让大家都听听。

二子很爽快地答应了。

从此以后，我知道了狡诈的狼外婆，知道了憨厚的阿里巴巴，还知道了卖火柴的小女孩……每天晚上我老早都到大门口迎接二子到来。尽管他会把“大帅”读成“大师”，会把“破绽”读成“破定”，可这些丝毫没影响我对书的膜拜。二子为我打开了一扇大门，让我看到了另外一个世界，那里是冰凌砌成的墙壁，星星串成的明灯，白云织成的纱幔……

后来我上学了，再也不用求别人读书听了。可是，除了学校里发的语文课本，哪里还有书呢！家里有文字的东西，一样是贴在门上的春联，另一样就是糊在墙上的报纸。这丝毫没影响我读书的热情。没有书就四下里“淘”。到邻居家串门或者走亲戚时，只要发现是书，尤其是用来夹“鞋样子”（一种纸片做的，像鞋一样的模板）的书，必想法弄来。

在学校里，同学们把“淘”来的书相互传阅。每有一本新书，同学们都老早挨上号，有时候要等一个月才能看到。除此外，到庙会的时候，家长会破天荒地给几毛零花钱，而这足够买一本买小人书了。

随着识字量的增多，对读书也越来越痴迷。可是这样的“闲书”在课堂上是不能看的，家长更不能容忍孩子的“不务正业”。那次，父母去地里干活了，把我留在家里做作业。趁父母不在家，我赶紧把藏在枕头下面的《射雕英雄传》拿了出来。这本书我等了好久才拿到手，后面还有五六个同学在排队呢。

郭靖的降龙十八掌令敌人闻风丧胆，黄蓉的打狗棍法神出鬼没，我正为他们叫好时，忽然感到耳朵一阵热辣辣地疼。我这才发现妈妈不知什么时候回来了：我们不让你干活，你就在家里看这！你，你……母亲已经怒不可遏，抓起书来就要撕掉。我疯了似地抢过来，哭着跑了出去，才算免去了一场“焚书坑儒”之灾。

当然，也有政策放宽的时候，比如去放羊。羊群在草地上悠闲地吃草，这个时候可以找个阴凉地方，拿出书，肆无忌惮地读。

现在想想，那时候就把四大名著、《封神演义》《杨家将》《岳飞传》《儿女英雄传》《包公案》等一些有名的和没名的书读完了，更没想到是还读了高尔基的《母亲》《童年》，托尔斯泰的《安娜·卡列尼娜》等外国名著。读这些书的时间，大多是在帮妈妈烧锅的时候和放羊的空隙里。

其实，真正能够“明目张胆”地读书是走出了家乡，进入了师范学校之后。我第一次看到学校的图书馆，眼睛几乎瞪了出来。天哪，这里竟然有这么多的书！

从此后，图书馆像磁石一样吸引着我，我把所有课余时间都花在借阅图书上。清新亮丽的散文，如汩汩清泉沁人心脾；跌宕起伏的小说，人物命运百转千回，令人牵肠挂肚；更是那碰触心灵的诗歌，在午夜奏响心灵的和弦……

雨果说，书籍是造就灵魂的工具。我读书完全是兴之所至，心无旁骛，任由思想在文字构筑的世界里驰骋。或喜或悲，或赞或叹，真个是精骛八极，心游万仞，但觉天人合一，物我两忘，高山流水，天上人间。灵魂在文字的撞击和融合中，变得鲜活起来，生命在文字的纵横中完成了一次独特的体验。读书，让人的心变得柔软，让 世界充满阳光，正如柯里叶尔所说，在岑寂的时候，书籍使我们欢娱，远离一切的痛苦。

正因为对书的钟爱，所以当老师提出要我们毕业后每年都能读一本书时，我不觉哑然失笑。一年一本书，老师太小瞧我们了。

时光荏苒，我现在已经毕业二十年了。一次和同学谈起起老师的话，不觉心头一震，脸上似乎汗涔涔了。我们现在书柜里的书越来越多，这些在儿时完全可以用“垂涎欲滴”来形容，可很多都在束之高阁。

越来越多的应酬，让我们很少有时间坐下来审视自己的脚步。电脑、电视、手机，这些声光电的高科技正以前所未有的速度掠夺着我们的精神家园。

一日，到邻居家串门。看到他家正上初二的孩子投入地玩着 iPad，我一时兴起，问，你现在读书吗？

那孩子抬头看了我一眼：读，每天都读啊！

我心头一喜，追问，都读的什么书啊？

语文、数学、英语、物理……老多了。

我说的是课本以外的名著。

哦，你说的是“闲书”啊，谁有时间去读那啊。

他妈妈听了，也感慨地说，现在学校，老师千方百计地抓成绩，把学生赶得像陀螺一样。除此外，又给他报了钢琴班、乒乓球班……

我忽然感觉一种莫名的滋味涌上心头。是啊，学生们关注的是分数，名次，哪有时间看“闲书”啊。仅仅是学生吗，看现在书店摆放最多的不是那些能“改变命运”的考试教材吗？

书，还有谁愿意捧一本“无用”的书在灯光下让心和文字一起跳动！难怪有人说，现在识字的人多了，读书的人少了。读书，再次成了奢侈的事情。是啊，我们走得太快了，灵魂已经被远远地落在了身后。

此时，已是午夜，我合上最后一页书，悄悄走到阳台上。在这万籁俱寂的时刻，遥望满天星光，不觉心旷神怡，仿佛又回到儿时。不觉感叹：“蹉跎莫遣韶光老，人生唯有读书好。”

孙少平 我们那个时代的骄傲与遗憾

——再读路遥小说《平凡的世界》

张世奇

路遥耗尽毕生心血乃至生命创作的长篇小说《平凡的世界》，引起过巨大的轰动。不仅仅是因为小说获得茅盾文学奖，也不仅仅是因为路遥悲剧性的生活与命运。而是因为小说中的主人公孙少安、孙少平作为自强不息、不屈与命运抗争的典型形象，曾激励着上个世纪八十年代的一批农村青年，为振兴中华，为改变自己的命运，或多次冲锋，挤上高考的独木桥，成为"时代的宠儿"；或"曲线救国"，投笔从戎，最终迈进军校的大门；还有的先感水暖，开办企业，成为改革开放后第一批农民企业家。而今天，当我们在快速发展的道路上蓦然回首，顿觉中华民族传统文化与道德缺失的时候，孙少安、孙少平被作为回归道德与良心的典范，再一次撩拨起人们的记忆，《平凡的世界》重新成为舆论的热点。

我初识《平凡的世界》是在1988年，那时我刚大学毕业，分配在县一中教书。学校没有房子，居住在租赁的两间南屋里，中间没有隔墙，实际上就是一大间平房。条件虽然艰苦，但一个从农村来的孩子，鲤鱼跳过了龙门，端上了教师这个吃公家粮的饭碗，已经很让人羡慕了。每天中午，一边吃着午饭，一边听着收音机里男低音播送的《平凡的世界》，强烈的共鸣，仿佛让我走进了陕北那个贫穷的双水村，与少平、少安共同经历着饥饿、自卑、屈辱、迷茫、无奈和欢乐。他们身上共有的那种忍受苦难的韧性，对美好生活永不放弃的信念，对亲人、对朋友、对弱者甚至对

“仇人”的无私的大爱，每每让我感动，有时泪如泉涌，虽然他们的贫困苦难程度远远超过了我们，但我们有着太多的相似经历，有着太多的相同命运，有着太多的相同感受。“生活不能等待别人来安排，要自己去争取与奋斗”、“人的生命力是在痛苦的煎熬中强大起来的”，“如果能够正确理解苦难，苦难就能给人带来崇高感”，诸如此类的豪言壮语，都是那个时代特有的精神强音。我们这一代农村出来的人就是靠着这些励志的精神药物，从青涩的热血青年一路走来，成为各行各业的骨干，收获日臻成熟的中年。

屈指算来，孙少平应该是我的同龄人，至多大二三岁吧。纵观近三十年来中国社会价值观念的变化，结合自己的工作经历，对比小说中的孙少安、顾养民、孙兰香的性格和命运，我时常为孙少平感到深深的遗憾。

孙少安作为家里的长子，他承载了家庭和生产队里太过沉重的责任，和少平不同的是，他追求的目标是超前的、大胆的但是具体的、实际的，从划分饲料地、与同学刘根民的关系、从为学校运砖到自己创办砖场、扩大砖场几个情节，都显示出他较强的社会洞察力和组织实施的魄力，孙少安几乎就是那个地方那个年代最“完美的农民”形象。作为少平同学的顾养民，用今天的眼光来看就是典型的“高富帅”，他不仅家庭条件好、人长得帅气、学习成绩好，而且身为班长，处理人际关系方面，有着少平等同龄人少有的理智冷静和成熟，他的命运随着考取医科大学肯定是一路顺风的。与少平同样善良聪慧而又有远大理想的妹妹兰香是幸运的，在两个哥哥的呵护和教导下，她心无旁骛，毫无悬念地考上大学，收获爱情，成为山窝里飞出的金凤凰。

孙少平无疑是个心地善良的人，对家人、恋人、同学、工友，对所有曾经帮助过他的人、对比他困苦悲惨的人，甚至对伤害过他的人，他都充满了真诚的爱；少平同样是一个敢于担当、爱憎分明的人，为了公平正义即使得罪掌握自己命运的人也在所不惜，他的人格魅力是小说最成功的标志之一。但由于不加取舍，过多的责任、过多的付出，也成为自己前进的羁绊，家庭的、社会的、经济的、感情的，让这个精神上的雄鹰总是在原地顾恋盘旋，最终也飞不出那个煤矿。

认识田福军、结识田晓霞、到黄原演出、在黄原团委打工是少平思想升华的几个重要节点，这让他看到了外面更加精彩的世界，也激起了他走出去闯荡世界的无限幻想，他坚信知识可以改变命运，他坚信读书和自我道德完善，相信天生我材必有用，但是他的理想只是飘忽在心头的经幡，他不知道自己适合干什么，也不知道自己从哪里起步，只是一味地走出去。他找不到理想和现实的接口，他拒绝了“明白人”的指点、建议和善意的帮助，他以简单的借口放弃了高考这个时代主流的成功捷径，丧失了一次次提高自己的机会；他所做的一切只是在社会最底层徘徊，重复着“自虐”和“自恋”，在心灵上满足着一个与众不同的“强者”和“善者”的形象塑造。另外，作者为少平设计安排了与不计较身份地位差别的田晓霞的一段浪漫感人的爱情故事，也让处在底层的少平产生了“处低而不低”的幻觉，而现实中这样的爱情根本就不能维持下去，所以就有了田晓霞的因公牺牲，看似残酷，实则是主人公命运悲剧化的一笔浓墨和故事编排的无奈。

在给妹妹兰香的书信中，少平一再教育妹妹不要自卑农民的身份，要跳出农民的局限。事实是少平虽然在思想的某些方面看似跳出了农民的思维圈子，但行动上最终还是没能走出这个圈子。因为贫穷，曾经自卑，因为要改变命运，所以要自强，不惧苦难，崇尚个人奋斗，拒绝外援，进而自虐自恋，这恰好从另一个极端反映出灵魂深处的保守和自卑。济贫帮困、主持正义一方面反映了少安朴素善良的本性，也反映出其与弱者同病相怜、与强者思想对立的民粹心态。

你与什么样的人为伍，就决定了你到达的高度。明确目标，懂得取舍，才能有更大的收获，有了更大的收获，才能有更大的善行。一个人的优点有时恰恰是一个人的弱点，“世事洞明皆学问，人情练达即文章”。近三十年后再读小说《平凡的世界》，看同名电视连续剧，我不能不为少平深深地遗憾！

马行，孤单行走在地平线上

孙士红

不知道专家们用什么标准去衡量一首诗好不好，对于我，有生活有画面，简单亲切，读得懂，才是“极好的”。比如《大地文学》第二十六卷中，马行的8首诗。

第五届宝石文学奖授奖词里介绍说“这是一位地球物理测量员的诗集”。哦，马行原来是地球物理测量员。

年轻时，我曾梦想像徐霞客那样，识遍万水千山，用掌心就能看出那些山山水水身世里的沧海桑田。然后，在开满杏花的黄昏，给一群孩子讲，地球的故事。可是老爸认为我体弱多病，报考地质学校不合适。

现在，马行的诗像一部微公路片，火车、卡车、塔克拉玛干、罗布泊、昆仑山、天山旅馆……一组组地质队员日常生活的画面，安静地播放给对地质生活心怀浪漫想象的人。我看到，天边的地平线上，一支小小的队伍，远离人群，跋涉于广袤荒凉的天地之间。背景音乐如同《加州旅馆》的滑棒吉他，回旋往复着苍凉、劳顿，还有，彻骨的寂寞。

“在当雄，火车陪着一个小小的县城，停了停

向前一百六十公里，在那曲草原歇歇脚，开始去更高的地方”（《火车》）

“我叼着香烟，卡车在行驶

不见草木，不见流水，不见飞鸟

只见一座座沙丘过后，还是一座座沙丘”（《驾驶卡车行驶在塔克拉玛干》）

“都三天了

大风还在刮

勘探队队长失踪，技术员失踪

……

指北针还在，方向却不见了

……

我和罗布泊被大风刮得空空荡荡

……大风把灵魂刮到半空”（《罗布泊》）

这样的句子，平实如面对面聊天。讲述的内容事关生活工作的极端环境和状态以及生死攸关。你忍不住想象，那里面曾有着怎样的惊心动魄。而他讲给你这些时，语气淡然，甚至没有悲喜。似乎只要活下来了，一切便像暴雨后的海面，狂风后的草原，不留痕迹。长年奔走于荒漠戈壁，习惯了别离与奔波，世界的大与空，让他学会了面无表情。因为，再大声的悲欢，也没人听。

也因此，他的诗句里，总见大地，天空，地平线，这些广阔辽远的形象。在这样的“大”里面，人显得如此渺小，人的伤痛苦乐也变得轻描淡写。在荒凉的尽头，有开在天边的小花草，或者未经人类踏足的一小片原生态区域，仿佛是“我不小心/走到大地外面/看到了，人类丢失的童年”，“可是我膝关节有伤，不敢走得太远/正在抄近路，悄悄回返”。他不感慨，不议论，甚至不描绘。只负责平静地呈现：现实就是这样粗粝，硌得人隐隐作痛。

黄河滩、开满梨花的园子、帐篷，是他的三个家。常年迁徙，可是他们不能像吉普赛人那样去扑进人群，载歌载舞。他们去的是海上，大漠，山谷，远离人烟。野外作业，他有三件宝，指南针、短刀、月亮。在月光里望着篝火，吸烟和想念。银河与弯月触手可及，家乡和爱人却如此遥远。边疆旅馆里的夏夜，和大漠一样荒凉寂寞。“脱掉上衣，从背包中找出药丸/左腿结疤的伤/仿佛旧工衣上的/一块补丁或许，月亮/

才是疗伤的最好药丸/那一夜，它在我床头/亮了又亮"（夜宿天山克孜尔宾馆）离开人群太久，药丸已经无法疗伤。多情还是天山月，在彻夜不眠的夜晚，一直相伴。而在城市里，我们有多久没站在星空下，抬起头看看月亮了呢？

除了失踪的队长，在他的镜头里，还有一个女队员。"越过那片工区/我又看见她/工具包斜挎在肩上/宽沿草帽在戈壁滩上/忽隐忽现……那年，她是一个从西安分配到地质勘探队的/女队员/她的名字，比一支小野菊还要简单/第27号"（第27号女工）。"队伍里唯一的女孩子，生活中有诸多不便。比如最基本的一条，在赤裸裸的戈壁滩上，想去厕所都找不到有遮挡的地方。诗人对这个年轻的女孩心存怜惜，可是在这里，什么都会被广漠与荒凉淡化，连名字都可有可无。我很想知道，后来，这个27号女工怎么样了呢？每首诗都如此，看似平淡的叙述背后，隐藏着让人牵肠挂肚的故事。诗人不做澎湃的抒情和深刻的思索，他只塑造形象。诗中没有让人惊艳的句子，却绝对有让人过目难忘的形象。比如《我坐在昆仑山的石头上》《27号女工》《驾驶卡车行驶在塔克拉玛干》。质朴得几乎没有形容词，可是在苍黄浑厚的底色之上，自有他平静然而不容忽视的鲜明。

马行就是这样，平静淡然。但在他的平静底下，有一种克制的力量，像弹簧，越压制，越强劲。这种原生力量来自于独特工作环境下的独特体验。无疑，这体验不仅仅是他个人的。

什么才是好诗呢？我不禁又问。乡村女诗人余秀华的走红绝不是偶然，因为在这个世界上，单纯而有真实生活质感的诗已经太久不见了。谁要整天听故作高深的无病呻吟呢？不管写什么，怎么写，只要还对生活有渴望，接地气，就能打动人。马行以及余秀华，他们抒写个体生命与世界碰撞催开的小小花朵，在他们的诗句里，隐忍（马行）或者喷张（余秀华），都看得到结实的生活质地。原本，生活大多数时候就是这样素面朝天，书写时太过雕琢，诗就成了只能看不能用的装饰品，只属于少数人。我们需要像手绘细瓷饭碗一样真诚又实用的艺术。当一个时代，艺术充斥于生活中的角角落落，无处不在时，这个时代，才是真正的盛世。艺术也才是真正的艺术。

当然，我希望在马行的诗里，能更多看到地质人讲述地球的故事。

大淖深处有人家

余显斌

1

那里有一片湖，偏不叫湖，叫淖。一片无边的水，长着无边的芦草，苇花白的时候就漫空飞起，罩着人家的房屋。

大淖的两边，有人家，有厂房，有晒干的牛粪巴巴，还有个轮船公司，不过，已经不办了。码头一座木房子空静静的，晴日中，有群小孩在这儿弄棒玩耍，耍累了，就对着水射尿，嘻嘻哈哈，比谁射得远。远处水面，有小船划过，一桨一船一人，船上是割下的芦苇，苫草房，或做柴烧饭。远处，有炊烟升起；有人用竹匾挑了才出壳的小鸡小鸭去卖。

当然，这儿还有锡匠，还有挑夫挑妇。

十一子是个锡匠，巧云是个挑妇，他们是汪曾祺先生《大淖纪事》中的人物。

2

老先生的文章，我是近几年接触的。首先看到的是《受戒》，一刹那间，就被文字里特有的韵味击中了。

我读过周作人的散文，平淡净白的文字，不瘟不火的描述，蕴藏着一种巨大的静，让你身入其中，不知不觉一身轻白，仿佛背手行走于后院树荫下，看山花自开，听山鸟自鸣，轻松悠闲。

我一直以为，此种文笔，只适宜于写散文，抒写心灵，是不宜于写小说的。现代小说，动辄城砖厚，故事情节离奇古怪，叙述手法匪夷所思，语言啰唆，让人看之再三，不知所云。我无论如何没想到，小说可以用如此轻淡的笔法，空灵的文字，刻画出一幅水墨画般的意境。

《受戒》是我一个下午读完的。

读完《受戒》，意犹未尽，我去了小城书店，卖了几本汪曾祺先生的集子。

3

有人说，汪曾祺先生是中国最后一个士大夫。我说，老先生是最后一个美文作家。那可真是美文呐：他的语言是出水荷花，沾露带香，不着一丝人间烟尘味，仿佛古诗词中提炼出来的，可又浑然不着一丝痕迹。他的叙述总是不急不迫，如一乡下老农手拿蕉扇，院中闲步一般。文中意境，总是那么静，那么净，如倪云林的山水风景画。

只不过，倪云林的画是死的，老先生的是活的。在他的文章中，有人唱歌，有人笑骂，当然，也有人恋爱，有人在月夜敲人门扉，有人在船上喁喁情话。

这些，在《大淖纪事》中，更是组成一副绝美的风俗画，十一子和巧云就生活在这幅风俗画中，呼之欲出。

4

十一子是个小锡匠，不是大淖人，是远处来的，随着叔叔老锡匠，还有其他锡匠来到这儿，以给人打锡器谋生。他们晴日中忙碌，雨天时就练武，或者唱戏，引来一群一群的人看，其中多是小媳妇大姑娘。

她们来看戏，也来看十一子。

十一子帅气，高大，歌唱得好，做人也硬气。他一笑，一片阳光飞上眉宇，也飞在了女孩们的心中。

而他的心中有一个人，就是巧云。

巧云娘在巧云很小时就扔下她走了，她爹又摔坏了腰。花朵一样的巧云，靠做手工活儿支撑一家的生活。一次，她洗衣落水，被十一子救起。两个年轻人，一朵爱情花就开了，却遭到一个地痞的摧残。

这个地痞，就是刘号长。

刘号长仗着是保安队的人，有几个钱，有一帮兄弟，专干敲门打户的事。一晚，趁巧云睡着，撬开巧云的门，占有了她。为了达到长期占有巧云的目的，他带着一帮兄弟打伤十一子。这个地痞，终于惹来众怒，大家在老锡匠的带领，举行示威活动。

最终，刘号长认错，滚蛋。

故事结局，皆大欢喜，巧云将十一子接进自己家，用心呵护着身受重伤的十一子。

结局，又是沉重的，为了生活，巧云当起挑妇，一个弱女子干起男人干的活。她挑着担子想，十一子很快就会好起来的吧？会。当然会的。

5

读这篇万字小说，是一个星期六的下午，我坐在阳台的藤椅上，拿着一本书，看着这篇汪氏代表作。

我看得很慢，看看又放下。

好小说如人参果，得像悟空沙僧的吃法，慢慢来，一小口一小口品咂，千万别如八戒一样，一口囫囵下去，什么味也尝不出，有点暴殄天物。

读完《大淖纪事》，我闭上眼，沉默着，仿佛还走在大淖中。我的耳边，还有小孩们拿着耙子扒草的笑声，还有女人们叽叽喳喳的声音。我的脑中，还有巧云织席的样子，还有巧云洗衣落水时“哎呀”的惊叫声。

甚至，我能听到巧云在十一子受伤时流泪询问的声音：“他们打你，你只要说不再进我家的门，就不打你了，你就不会吃这样大的苦了。你为什么不说?”

一时，我眼睛涩涩的，为那个时代人的命运而难受，同时，又为他们执著的爱而感动。这儿有地痞，有流氓，但更多的是美，是好。这种人性的美好，纯洁如露，洁白如霜，让人不忍玷污。如果说，沈从文《边城》是这种人性美的序曲，那么，他学生汪曾祺更使得这种美得以继续，并在《大淖纪事》中走向完满。

《边城》是一轮人性之月，高悬于文学天空。

《大淖纪事》更是一轮美学之月，高挂于文学的天空。

6

那个下午，读完《大淖纪事》，我才知道，文学中竟然有这样一种优美的叙述，一个个文字都仿佛有了灵魂，都知道说话。我这才知道，小说，不只是在风起云涌中见人性，在田园牧歌中，也能显现人的灵魂。

汪曾祺说，我写的是美，是健康的人性。

《大淖纪事》就是这种美的极致，人性的极致，它如一支优美的牧歌，一朵洁净的山花，一挂反射着丝丝光彩的溪流。

读《大淖纪事》，让你一颗心都是美的。

读《大淖纪事》，我们会明白自己走入红尘究竟有多深。

繁华与忧伤的双重变奏

——读萧红的《后花园》

曹 瑞

在读《后花园》之前，我读了一下《萧红传》。也不知道是因为萧红颠沛流离香魂早逝的坎坷过于影响我的心绪，还是的确基于《后花园》本身的文本叙述。在读的过程中，隐隐约约感觉和她的自传体小说《呼兰河传》有些相似，甚至感觉《后花园》就是在写萧红自己，她给自己已走过的 29 年的人生唱了一曲悲歌。《后花园》寄存了作者 29 年来关于人生的思考，对于无法掌控的被动命运的思索，对于人之存在价值的哲学思考，人生而为何？是作者在这篇文章里最神情的思索。

文中的后花园很美，是萧红童年最美好的部分．她用了大片文字描绘后花园的生命，有蝴蝶纷纷乱地闹，有马蛇菜、爬山虎熙熙攘攘地长，后花园是那么恬静又富于活力。这似乎就是萧红记忆中和祖父吟读诗书看春去秋来的后花园。与之形成对比的是，文中主人公冯二成子生活在阴森的没有一丝阳光的磨坊里，简单、寂静、呆板，如同萧红那个没有父母疼爱的家。文中触及冯二成子的情感启蒙和无果单恋，在这段感情里，他全身投入为她失眠为她苦，情感意识在向日葵般少女的微笑里一一绽放，周围所有的时间空间在这一刻似乎都明晰起来，在这个寂寞的院子里，他找到了存在的理由。但是，落花有意流水无情，冯二成子在这段感情里倒像一个自说自话的说书先生，空把一腔炽热寄托给并不明白自己心声的姑娘，而他只能在姑娘出嫁的唢呐声里再次迷茫。这段情感历程很像萧红和萧军那段无疾而终的恋情，这段感情里萧红尝到了人世间除了祖父之外的唯一温暖，她全心全意地在这段恋情里绽放，但是萧军不理解萧红的人生道路和革命道路的选择，而且似乎还喜欢上了别人。二萧分道扬镳。这段感情给萧红留下了难以磨灭的创伤，她借冯二成子之口，说出了对这段感情和人生的思索：“人活着为什么要分别？既然永远分别，当初又何必认识！人与人之间又是谁给造了这个机会？既然造了机会又是谁把机会给取消了？”这里，她表达了失去存在理由后的最绝望的情绪。而只有经历过创伤的人才能把创伤写得如此深刻。

海德格尔在《存在与时间》中说过，一个人在无能为力的时候，只有两条路可以走：要么放弃自我，接受别人安排的价值；要么沉浸在生活的琐事中，在空虚中度日。冯二成子和萧红都做了前一种选择。冯二成子和王寡妇的结合“庄严得很，因为百感交集”，但是没有了冯二成子暗恋邻家姑娘时的壮怀激烈。婚姻成为一种生存的需要。萧红也是如此。据周鲸文先生回忆：“我总觉得两人心里有些隔阂。端木性格娇气，而萧红坚强。这两性格凑在一起，都在有所需求，而彼此在动荡的时代，都得不到对方给予的满足。”萧红也曾写信给作家白朗说香港很美但她还是寂寞。而冯二成子在妻子孩子先后离世的苦痛中，再次回归到无存在价值的寂寞当中。

作者在写这篇文章的时候正是1940年春天，萧红和端木刚来到香港，一方面她时常沉浸在自己的梦中，一方面又被病痛折磨。社会无情使她又加倍怀念童年和故乡。鲁迅说，人在陷入回忆的时候，难免会感到寂寞。正是在这种回忆与寂寞中，在远离故乡的动乱岁月和异地他乡饱经沧桑之后，在对已逝岁月的回忆里，对亘古以来生存命题的又一次冷静审视。萧红的情感经历和人生思索悄然投射到这篇《后花园》里。

萧红是一个很善于塑造自己独特艺术风格的女作家。在《后花园》里所反映的独特特征也很值得我们玩味。

首先，几度繁华，几次凋零，这是一曲繁华与忧伤的双重变奏。造境方面，繁华与阴冷交替。文中后花园是灿烂、明快、热烈的，犹如理想中的萧红的精神世界。生命如锦般盛开。“拉倒的倭瓜丝就倒在地上仍旧开着花，铲也铲不尽，拔也拔不完”、马蛇菜“红得它自己随时要破裂留下红色汁液来”。可是，这个园子里却有一幢古墓的屋子散发出阴冷的寂寞。“磨坊里的小油灯好像古墓里边站的长明灯”。写到东方快启明的时候，又是一种阴森森的冷气随着朝露而来。但作者又毫无磕绊地将笔锋一转，以孩子般稚嫩的眼光描绘这个“亮晶晶的后花园”。作者时常在这种繁华与阴冷的交替描写后花园的景致，在暗示主人的命运的同时给人一种别样的美学体验。

冯二成子的命运亦是如此，在希望与忧伤中交替，在存在与虚无中交替。在冯二成子感情萌芽之前，除了磨面喂驴子之外，几乎不知道自己的存在价值和意义。在恋上邻家姑娘之后，他知道自己是有感情有牵挂会欢喜会茶饭不思的。似乎生活突然有了希望，有了活力，有了存在的理由。但是，心爱的姑娘却嫁给了别人。他又陷入了不知道活着是为了什么的沉思中。如果说与寡妇的结合让他百感交集有了希望，那么妻子早逝孩子夭折无疑又是巨大的绝望。文章最后，冯二成子陷入了虚无当中。冯二成子在希望与绝望、绝望又有希望的双重变奏中转换。

也正是在这种巧妙的变奏转换中，作者完成了对“生命无常，人生何为”这一命题的诠释与思考。

其次，对比和象征成就其圆融技巧。文中出现了很多意向式动植物。黄瓜、葫芦、倭瓜等在文中反复出现，这些多籽植物在古中国与生殖崇拜息息相关。而在弗洛伊德的理论中，黄瓜则象征着男性生殖器。那么作者反复强调的黄瓜至少与男主人公性意识萌动有着千丝万缕的联系。还有文中枝枝蔓蔓随人折伐却生命力极强的草本植物，蒙着眼睛却什么都能听到的驴子的小耳朵，古墓里长明灯似的小油灯，无不暗示着主人公命运的发展。

对比手法最明显运用，就是后花园的绚烂鲜活和磨坊的冷静死寂。还有寂寞的磨倌和天真活泼爱笑的邻家姑娘的对比。当冯二成子失去恋人，连赵老太太也搬走的时候，出现了“旷野、蓝天”的广阔无垠与冯二成子极目所见的白亮亮的大路只剩下窄狭的一条的对比。当他失恋后到王寡妇的家，周围的黑暗与王寡妇的灯很明亮的对比。先前“并非怎样精细而是一位厚敦敦的老头”模样的园主和后来“年轻的、爱漂亮、爱说话的，常常穿了很干净的衣裳”，都形成意象的对比。

我在看的时候一直在思索，为什么萧红能够在这样的尖锐对比中很自然地穿梭转换？也许一方面的确因为作家的才华，另一方面，可能是源于作者小时候的经历。一方面是后花园和祖父带给她无限温暖与疼爱，让她对于美好有了切入心扉的体验；另一方面，家族中父亲的冷淡、母亲继母的恶言恶色和祖母的用针刺手指，这些无疑给萧红心里留下阴暗色调。她时常在关爱与恶语中行走，完全不同的两种色调在作家心中的激荡也许就成就了这样的写作面貌吧。

再次，文章充满着绘画美、诗意美，是乡土小说的诗画演绎。萧红的绘画功底很好，她对色彩和线条描摹都很擅长，这些也难免会反映到文章当中。她把“红澄澄的大灯花”、“冒着白烟的冷气”、“嘴唇是红的，眼睛是黑的，周身发着光辉”的邻家姑娘，还有噙着“亮晶晶的眼泪”的冯二成子等组合到了一起，仿佛形成一个色彩斑斓的乡土画。

如果说吴组缃、施蛰存等人的小说里都充满着古诗般韵味。那么，萧红的文章里则充满着现代诗的韵味，比如：“把六月夸得和水滚着那么热”“花儿和鸟儿睡着了，太阳回去了。大地变得清凉了好些。从后花园透进来的热气，凉爽爽的，风也不吹了，树叶不摇了”，等等，把记忆中故乡人和故乡事描摹得如诗如画。

从生活中来，到灵魂中去

——读闫文盛散文集《你往哪里去》

徐春林

闫文盛这个名字很熟悉。我订阅《散文》杂志有些年头，经常会在《散文》上见到这个名字。《都市》这本刊物我知道有些年头，那年山西女作家寇子来修水，朋友介绍寇子时说："《都市》发表过她的中篇小说《坐在石头上的女孩儿》。"说完还加以强调："头条刊发的。"之后，我经常在百度搜索《都市》。几年后，也就知道闫文盛是这里的执行主编，还是一名非常出色的70末出生的优秀作家。

之后在网络上偶然有联系。简单的几个字。是问候。或者是讨书。

我读过闫文盛的系列散文《主观书》。大多是在《散文》杂志阅读的，还有些其他的杂志。很多名刊都发表过，具体哪些不全记得。我不知道《你往哪里去》（百花文艺出版社，2015年，1月）与《主观书》有没有关联。但是《你往哪里去》的篇目里有《主观书》，而且排在第一。

我很小的时候就喜欢阅读散文。朱自清的《背影》，冰心的《小橘灯》，老舍的《济南的冬天》，我都顺背如流。那时我对散文的理解限于两种：一是记叙一件感人的事，二是写一段优美的语言。也许是出于简单的心，在读散文的时候，我仅此理解在词句和中心思想上。

很多年之后，我变得复杂起来。对于散文有了更高的期望，常常习惯用一种不能道明的思维去左右阅读。拿到一本书时，不仅注意书的包装，就连纸张也很在意。随之才翻阅书里的内容。我已经习惯了这样。我知道这是个弊端，好的文字与这一切没有联系。可我还是改变不了这种习惯，也习惯了在审美里寻找散文的美。

我不得不承认闫文盛是一位才气冲天的作家。不仅有才华，而且还才情十足。这得从《主观书》开始说起。第一节《理想的黄金》。“黄金”本是个物体，是价值。出身于贫瘠的人，按理来说，“黄金”是人生的追求目标。而在闫文盛的笔下，精神财富高于物质财富。因此他是区别与肉体和精神苦难的作家。他在《理想与黄金》的末尾写道：“我们哪里是为了黄金。”

好的散文，我自认为是哲学的，美学的，还是生活学的。拿着这本“生活志”来说（《你往哪里去》是百花文艺出版社策划的“生活志”丛书），是一部贴近生活，贴近实际的生活志。哲学的思想见凸，却不见痕迹；思想深刻，回味无穷。美学的思维见凹，却不见锋利；风和日丽，月明江滩。

著名作家、编辑家汪惠仁在序言里写到：文字的身体固然不能全然跳出权力的叙述，但它可以努力展示自己与生活是怎样被权力叙述的（摘自《我们需要什么样的身体——序“生活志”文丛》）。

拿美学来说。一般来说，人类的社会生活分为物质生活和精神生活两大部分，而这其中包含着一系的美学。闫文盛的这本《你往哪里去》，很唯美。记录的衣、食、住、行，全都塑造得非常的美。简单的生活，在闫文盛的感性思维里，一些非逻辑化和个体化的生命感受异常的奇特。

再拿“生活学”来说。这并非一门立书的学问，也不能与哲学和美学并列而论。读到这本“生活志”的时候，我还是提出生活这门学问来。文学源于生活，高于生活。这里的生活是指艺术。任何思想感情的发生都源于生活，都是主体感受人生的产物。精神产物是人们的社会存在的意识。不可否定，《你往哪里去》描摹生活的特点非常明显。这点是艺术的需要，也是艺术成功的所在。

“他很早时候拥有了与他所经历的光阴不相称的目光。我们都以为，那是一个大孩子所具有的成熟的目光。这是一个有趣的现象。

而今他一天天长大，他生命中的一切迹象变得更加清晰无疑。”（摘自《父与子》）

文学是“人”学。丹麦著名文学理论家勃兰兑斯说过：“文学史，就其最深刻的意义来说，是一种心理学，研究人的灵魂，是灵魂的历史。”《儿子的睡眠》《父与子》《旧园》等文字。故事和情景构筑一个细小的世界，是感性和现象层次分明。读来，不仅是在体验与感受思想情感，而是在追寻和思考人生的意蕴。

我想一部好的散文，不光是去认识死去的社会风习，而是了解当下人的感情的复杂性。因此，一个时代与另外一个时代的文学，就像历史，一段一段的历史一样，通过艺术表现感性形态的生活，同时又超越它。把读者带进一个更为深远、显示人的价值和生命意义的世界，一个仅仅只有精神追求开放的世界。可喜的是，这点，闫文盛做到了。这是一个作家的成功之处。

高尔基说：“文学的第一要素是语言。”闫文盛的语言是独特的。一是语言里反映了巨大的含量。“等到我们老了，那时间也就老了吧。”二是语言艺术相当深刻，细腻地传达了思想感情，表现了人的心理生活。“因为儿子，我不能够再像从前那般懈怠于生计。此刻儿子还不知道，他已经在改变他的父亲。从他生下来即是如此。我身上被改变的痕迹越来越重。”

我最后说一个文学宗教的问题。我认为一部好的作品是民族的，也是宗教的。宗教是人民的鸦片。一个好的作家是神灵化的，是民族精神希望的寄托者。唐宋时期有“以禅入诗”和“以祥喻诗”运思方式。读了《你往哪里去》后，禅意和禅喻回旋于脑际，陷入深思。

闫文盛是位出色的作家，是毫不质疑的。也是禅人。闫文盛的散文集《你往哪里去》是我喜欢的文字，我相信读者也一定会喜欢。

法国大革命与“中国梦”的实现

——再读《旧制度与大革命》有感

梁丽丽

多年前的大学时代，大胆地去图书馆借阅了托克维尔的《旧制度与大革命》，当时由于理论水平和视野的局限，对这本书也只是泛泛而读，并无太多感触。三年前，中央政治局常委、中纪委书记王岐山在主持听取专家学者对反腐败工作的意见和建议的座谈会时，向与会专家推荐了法国历史学家、思想家托克维尔的《旧制度与大革命》一书，在中国引起了一股狂热的读书风潮。因此，我在工作学习空闲之余，怀着无比虔诚的心，再读《旧制度与大革命》，感慨不已唏嘘良久，托克维尔犹如一位饱经世故饱读史书的长者，拉家常般娓娓道来，如数家珍，既生动有趣又别开生面。

1789 年法国爆发了一场改变人类历史的大革命。出身贵族家庭的法国历史学家托克维尔对这次大革命的爆发展开了研究。作为其研究的成果，1856 年，《旧制度与大革命》得到出版。这部著作用严谨而又幽默的语言，系统地分析了法国大革命爆发的原因，成为研究法国 18 世纪特别是大革命历史的一部名著。诚然，托克维尔对大革命爆发的分析并不一定全面、客观，甚至还体现出其贵族阶级立场，但也给我们研究大革命为什么会爆发提供了一个视角，给处于经济快速发展、社会快速动员、制度不断转型的现实中国以更多有益启示，在读后不得不把法国大革命与中华民族伟大复兴的“中国梦”联系起来。由法国大革命想到当今“中国梦”的实现，是这次读书最大的心得。

《旧制度与大革命》所讲述的法国大革命时期的这段历史，发生在法国大革命乃是法国甚或欧洲发生的激烈的政治及社会变革，法国的政治体制在大革命期间发生了颠覆性的改变，统治法国几个世纪的绝对君主制与封建制在短短三年间分崩离析，传统观念逐渐被全新的天赋人权、三权分立等民主思想代替。对于这个伟大、激烈的革命，托克维尔曾评价道，它代表法国的“青春、热情、自豪、慷慨、真诚”的年代。然而在《旧制度与大革命》这本书中，托克维尔对这场甚至改变其自身命运的波澜壮阔的大革命本身着墨并不多，而最重要的是《旧制度与大革命》提出了革命原因的最深刻的分析。

从18世纪30年代到1770年，法国经济一直快速而稳定增长，农业收成良好、人口增长、海外贸易也在发展，特别是与广大农民相联系的农业一直处于很好的发展状态，而在法国大革命的前夜，这种繁荣更是达到了巅峰。因而在《旧制度与大革命》中，托克维尔用两个章节提出了这样的问题：在路易十六世统治时期是君主制最繁荣的时期，何以繁荣反而加速了大革命的到来？何以减轻人们负担反而激怒了人民？托克维尔对此也深感困惑，在进行了深入的剖析后，托克维尔如是说：“一方面是一个民族，其中发财的欲望每时每刻都在膨胀，全民都想发财，每一个老百姓都想发财，但另一方面是一个政府，他不断地刺激这种热情，不断地从中作梗，点燃了又把他扑灭，就这样从两方面促使了自己的毁灭，这就是法国大革命。”这样的论述在书中比比皆是，由此就形成了被后人称之为托克维尔悖论的论断，法国大革命不是爆发于经济危机，恰恰相反，它是出现在经济繁荣之中。大革命是在“人民对苛政感受最轻的地方爆发的”“大革命的特殊目的是要到处消灭中世纪残余的制度，但是大革命并不是在那些中世纪制度保留的最多、人民受其苛政折磨最深的地方爆发，恰恰相反，革命是在人民对此感受最轻的地方爆发”。对托克维尔悖论，后世的学者试图从不同视角给予解析，但较为一致的观点是：究其根源，较之革命时代的英国和美国，革命时代的法国不仅阶级矛盾太尖锐，或者说阶级不平等的状况太严重，而且经过思想启蒙运动的洗礼，社会各界已普遍产生了彻底纠正这种不平等状态的强烈愿望。从我个人来看，也十分赞同，是各阶级的相互分离和相互仇视直接导致了大革命的爆发。托克维尔说："我便明白，既然法国公民比任何地方的公民更缺乏在危机中共同行动、互相支持的精神准备，所以，一场伟大的革命就能在一瞬间彻底推翻这样的社会。""再也组织不起什么力量来约束政府；也组织不起什么力量来援助政府。最后，作为其基础的社会一旦动摇，这座君主的宏伟大厦顷刻之间就会全部毁灭。"因为"只有人民，尤其农村人民，除使用暴力外，对于压迫几乎始终处于无法反抗的境地"。

托克维尔用优美的富有哲理的话语总结了法国大革命爆发的原因，描述了大革命前法国的真实场景。时间过去两百多年，把目光转回中国，当年法国大革命中的有些场景仿佛在现实中国也能找到若离若现的影子。建国六十多年，尤其是改革开放三十多年来，中国驶入了经济发展的快车道，如今已成为世界第二大经济体，综合国力大大增强，国际地位日益提高。然而在中国崛起的过程中，我们也付出了沉重的代价，生态环境遭到破坏，国人精神层面出现断层，传承数千年的中华文明传统不断受到贬损，社会公平正义的底线不断遭到挑战，贫富差距仍在不断拉大，等等。从《旧制度与大革命》中，从当年托克维尔的话语和描述中不难找到一些对现实中国特别是实现中华民族伟大复兴的"中国梦"的启示。

必须落实科学发展观要求，统筹社会发展，树立正确的稳定观。"夹起筷子吃肉、放下筷子骂娘"。经济发展并不一定必然带来社会稳定，快速的经济发展往往会带来急遽的社会不稳定。农民负担减轻了，不代表农村就稳定了。人民收入增长了，更不代表社会就会稳定了。要谋求社会稳定和谐，实现"中国梦"，仅仅靠发展经济是不行的。200 多年前，托克维尔就已认识到这个道理。可惜的是，我们过去却没有认识到这个规律，或者是忽视了这个规律，导致了改革开放 20 多年来取得的伟大成就背后仍然存在着贫富差距拉大、城乡差别增大等问题。发展并不必然能解决一切问题，关键是看要什么样的发展。真正的发展，是实现社会全面的发展，包括人与人、人与自然的全面的协调的可持续发展，在发展中妥善处理好这两对关系特别是人与人的关系、阶级阶层间的关系，不能把一部分人的发展建立在另一部分人牺牲的基础上，而是充分发挥公共权力的职能和作用，加大各阶级阶层在国家政治生活中良性的政治参与互动。政府以中立人身份，用公共权力来合理合法地规范和调节阶级阶层间的利益矛盾和利益冲突，实现阶级阶层间的和谐共进，在阶级阶层关系上打下社会稳定基础。因此除了发展经济外，政府更应该重视对阶级阶层关系的宏观调控和统筹。

再者，改革已步入"深水区"，再不是摸着石头过河的时期。在当下社会转型，矛盾多发期和凸显期，尤其要坚定改革的决心，唯有改革才能解决流弊，才能使人民过上更有尊严的生活，真正实现每个中国人的"中国梦"。在这方面，习近平总书记提出要以"踏石留印、抓铁有痕"的勇气加强纪律作风建设，把权力关进制度的笼子里，以实际行动取信于民。党的群众路线教育实践活动的开展无疑抓住了问题的根本，"照镜子、正衣冠、洗洗澡、治治病"则是找准了解决问题的命门，中央相继出台了八项规定，六项禁令，习近平总书记提出"老虎"、"苍蝇"一起打，一批曾经权倾一方、位高权重的官员相继落马，人民群众看到了党中央大力反腐的坚定决心，城镇化继续强力推进，网络乱象也得到了遏制，坚定走有中国特色社会主义道路正成为全国各族人民的共识。正如习近平总书记所说，"人民对美好生活的向往，就是我们的奋斗目标"。

历史告诉我们，每个人的前途命运都是与国家和民族的前途命运紧紧相连的。我愿意为社会经济发展，为社会公平正义尽一份绵薄之力，公平、自由、民主的中国必将屹立于世界民族之林。我坚信，中华民族伟大复兴的"中国梦"会很快在不远的未来实现。

把日子过成诗

章 华

我初读《雅舍小品》一书大约在初中时，是被梁实秋先生幽默的调侃所吸引。那书中篇篇文字均不长，都是一气呵成的流畅，随手翻翻总是叫你忍俊不禁。例如读《理发》：“戴眼镜的朋友摘下眼镜，一片模糊，所见亦属有限。尤其是在刀剪晃动之际……对于左右坐着的邻座无从瞻仰，是一憾事。左边客人在挺着身子刮脸，声如割草，你以为必是一个大汉，其实未必然，也许是个女客；右边客人在喷香水擦雪花，你以为必是佳丽，其实亦未必然，也许是个男子。所以不看也罢，看了怪不舒服。最好是废然枯坐。”这里作者描写细腻，运用了比喻等修辞手法增强了内容的形象感和趣味性。理发一方面可以唤起读者美好的回忆和审美角度，另一方面会再次引起读者对理发一事的真实感受。

慢慢年岁渐长，觉得梁实秋先生所写大多是身边各种琐碎，如《洗澡》——若说赤身裸体便是邪恶，那么衣冠禽兽又好在哪里？如《饮酒》——花看半开，酒饮微醺的趣味，才是最令人低徊的境界。又如《麻将》——麻将之中自有乐趣；贵在临机应变，出手迅速；同时要手挥五弦目送飞鸿，有如谈笑用兵。再如《排队》——我不太明白为什么到了陌生人聚集在一起的时候，便不肯排队，而一定要奋不顾身。不再列举，篇篇嬉笑怒骂皆文章，信手拈来，描述得不仅栩栩如生，还格外犀利有趣，可见梁先生有一颗善于发现的心，且热爱生活，各种细微均能成文。再看如今行色匆匆的我们，总是不肯停下脚步，放下手机，去看看身边忽略的风景忽略的人呢？

随着成年成家后，这本书也陪伴了我十几年，每天为生活、工作忙碌，快节奏地过日子，难免焦虑心结，浮躁世事。待静下来，再读此书，却又有不一样的感觉，感觉梁实秋老先生的心态竟如此平和广博。

何谓雅舍？且看书中所写：“有窗而无玻璃，风来则洞若凉亭，有瓦而空隙不少，雨来则渗如滴漏。”不仅如此，还有“自由行动”的鼠子，还有“又黑又大，骨骼都像是硬的”的蚊子，就是这样一处住处，老先生还是亲切地称它为“雅舍”，纵然不能蔽风雨，“雅舍”还是自有它的个性。有个性就可爱。在逆境中依然自娱自乐，娓娓道来，带上自嘲，更多的是对环境的宽容，即使有压力烦扰，老先生却都能换成调侃的文字——雅舍之陈设，只当得简朴二字，但，我有一几一椅一榻，酣睡写读，均已有着，我亦不复他求。这些都潜移默化了作者的生活态度，那是难免的焦躁，却不能尘封乐观的心，不掩盖从琐碎中发现趣味的人生。

生活一如一辆马车，有人用金银装饰它以炫耀，有人用抱怨做车幌而无趣。然梁老先生“素面朝天”，信马由缰、自自然然地行走人生。原来，平和又容易满足，才是实实在在的幸福生活。这也是我读《雅舍小品》一书最大的收获。

生活本就平静琐碎重复，而持有平和宽容，乐观自嘲的态度最为重要，那就是把柴米油盐的日子过成诗，吹着悠然的口哨，喜欢淡然的日月，热爱平常的风雨，最值得关注而认真经营的，当是自己身边的光阴——有明有暗，有浓有淡，立体而丰富多彩。

呀，这才是我们有滋有味的生活呢。

《生命册》梁五方的命运解读

曹宝辰

梁五方的出现一开始是作为英雄人物出场，因年少气盛的性格，在镇政府大会堂与“唐大胡子”斗法“龙麒麟”取胜，“越师”九爷，被赶出师门自立门户，甜蜜爱情随之而来，初出茅庐大获全胜，人生走上完美顺畅的大道，在村中心志高而气盛，独自盖新瓦房，在村中不合群，人太“各色”“太毒”，“头扬的太高眼里没有人”，遭村中村民嫉妒而怨恨，遇运动遭同村人批斗，“得二十四条罪状”。

梁五方被村民斗争的时候，海林家女人“她很不甘心，一脸的狰狞，眉眼里火苗乱蹿，有一次鞋底子终于刮着了五方的脸，她一下子哇的一声叫了……”；聋子家媳妇“她还算是善良的，她用两个指头捏着锥子的尖儿，猛地往前送一下，尔后马上就收回袖子里去了。她的头全湿了，眉头吊梢着，鼻子里喘着粗气，一脸亮晶晶的汗珠”、“她的牙紧咬着，两眼放光，把憋了很久很久的一口气聚在三个手指头上，逮住了就狠狠地掐一回！手能扇着梁五方的脸，她是多么快乐呀”。我个人认为这里不是对梁五方“太独”“各色”的痛打，是海林家女人等对自己贫苦命运无法改变的泄愤嫁接。那个大时代所有人都是反叛的，梁五方不被斗争，刘五方、赵五方也会被斗争，这是一次集体宣泄，也掺杂着嫉妒报复的心态。

相信每个人都有“如果我那年不发生什么事情，我现在怎么也混成亿万富豪了”的感慨和后悔。就像老姑夫蔡国寅那年没和顶头上司团政委吵了一架，他也不会“莫名其妙”复员回家务农，老姑吴玉花没有蔡国寅的热烈追求也不会退学。“4873 部队 25 年后出了两个将军，都是他带过的兵”，人生没有如果，人生命运就像一列不停息的火车，载着你奔向生命的尽头，如果改变命运你就要脱离轨道。如果梁五方在运动中接受命运的多舛，吸取教育，低下头来做人和李月仙在艰难批斗中种地过日子，等待大时代到来，将会是另一个精彩人生；九爷是梁五方的师傅，如果九爷宽容接纳“傲造造”“越师”的梁五方，也将会是另一个人生；如果五方听懂老姑夫“赶紧滚”的警告暗示，与媳妇跑路避开风头……一切都没有如果，他在大政策中失去了曾经所有的一切，“自己亲手新盖的瓦房和他的自行车、缝纫机被没收充公”，成分由中农改为“新富农”，李月仙被他故意打回了娘家，梁五方短暂的爱情和美好人生从此结束，他人生的焰火像一根燃烧的火柴瞬即熄灭。他的精彩“就像是一列装满了火药的列车轰轰隆的开过去了”，“南唐北梁”的“口碑”此后就再也没有人提了。

中学时在操场上观看过法院的公开审判大会。记得有 5 个罪犯，其中有 2 个十恶不赦的杀人犯，3 个盗窃犯，2 个杀人犯脖子后面插着写着罪犯名字的木制白色令牌，五花大绑被民警押着两肩膀，深低着头，弓着腰像是在给人山人海的围观群众认罪，在群众仇恨表情下伴着复仇快感的脸上，我也没有找到像海林家等女人脸上的凄厉狰狞。梁五方不是“骆驼”遇到的“一个坏人或有私心的人，他就可以拖住你，让你什么事也干不成的人”，“或者有可能给你的企业制造麻烦的人，这已是不成文的规则”中“麻烦人”和“不成文的规则”，梁五方代表着那个时代所有被斗争的人，作者用一个人的悲情人生诠释了所有那个时代过来的人。梁五方被斗争“其实，那也不过是因为梁五方当众戗了她们一句话。（你要切记：话是最伤人的，一句伤人的话就可以给你带来灾难。看见的伤害不叫伤害，那终归是可以治愈的。看不见的伤害才是最大的伤害）”。我们生活在熙熙攘攘的群体中间，难免一句话或一件事情得罪了人，那人便耿耿于怀，即使不是伺机报复，也是我们有困难时不肯帮助，还要落井下石。当我们做出更好的成绩，那人不是给予赞赏，而是冷嘲热讽。《生命册》里海林家女人等代表着人生途中的麻烦人，也代表你生命中从井上落下的石头，也代表那个时代的世俗和眼光。书中骆驼、老姑夫、范副省长、梅村、杜秋月生命从繁华走向落寞，拐点都是都是来自于“麻烦人”和“不成文的规则”。梁五方毁于自己的本性，同时也是本性决定命运的真实写照。梁五方“我死也不服，我要上告”38年的悲情申诉故事才拉开序幕。

他投诉的热情从“像一头豹子似的蹿起来”突然不见了开始，到“重又出现在人们面前的时候，只见他上蹿下跳，暴跳如雷，声嘶力竭”，后来遣送的“绳子越捆越紧，一次一次五花大绑地让人绑着给押送回来，他就老实些了”，“有时候，他赤着脚，冬天里还穿着一条单裤，冻得哆哆嗦嗦的，人瘦的像狗一样”，到吴志鹏学校里借五分时的“他眼里已没有了当初的暴烈和激动，只有星星点点的火苗儿亮着，我甚至在他眼睛里发现了一丝游移”，再见他的时候“眼中的火花”随着一次次被押送回彻底熄灭，“流窜犯”“滚刀肉”的申诉在五十五岁时提到“彻底解决”。梁五方的命运和时代大环境紧密咬合在一起，他性格的独立特行和孤立又是他悲剧的原因，从在运动中被斗争至平反，一路走来的是悲壮凄凉，好在“梁五方的结局也是颇具喜剧色彩的”。

梁五方六十八岁在镇福利院“眨蒙着眼，给人说着什么的时候，一时，又很神秘的笑了”，更是对他自己人生的透彻参悟，茅塞顿开后的从容。青竹不会像杨柳那样随风起舞而容易折断，梁五方命运最后的转变，是经历过生活的洗礼和鞭挞，青竹浴火的重生，涅槃成的算命先生最后成了“院里院外，停满了车，都是来找他算命的”人的神话，伏拜在曾经被他们打过骂过欺凌过的“流窜犯”“滚刀肉”脚下。

《生命册》第一句话，“我是一粒种子”。人的生命何尝不是在撒种，有撒在岩石上的，有撒在路边的，有撒在荆棘里的，有撒在肥沃的土壤中的，有撒在水里的，有撒在浅土里的。梁五方的生命就像撒在浅土里的，生根发芽后，阳光照耀下营养水分跟不上，晒焉了匍匐卧地后的重生。他没能像他家地里长出的，参加过 1958 年国庆节献礼的“红薯王”一样，幸运活在了他爷爷的爷爷打的淤井口上。

《生命册》说“我知道，我们终有一天要回归土地”。